Libertad bajo palabra
[1935-1957]

Letras Hispánicas

Octavio Paz

Libertad bajo palabra
[1935-1957]

Edición de Enrico Mario Santí

SEGUNDA EDICIÓN

CATEDRA

LETRAS HISPANICAS

© Octavio Paz
Ediciones Cátedra, S. A., 1990
Josefa Valcárcel, 27. 28027-Madrid
Depósito legal: M. 38.866-1990
ISBN: 84-376-0775-2
Printed in Spain
Impreso en Lavel
Los Llanos, nave 6. Humanes (Madrid)

Prólogo

Trabajar en la edición crítica de un autor vivo es una labor de experiencia y riesgo. Aún más cuando se trata de la obra de uno como Octavio Paz, que es también un destacado crítico. Sean mis primeras palabras de agradecimiento para el propio Paz, quien me propuso el proyecto, me aclaró problemas del texto y me señaló las fuentes de algunas alusiones.

Debo agradecer también la generosidad de la doctora Alicia Reyes, nieta del escritor Alfonso Reyes, quien me dio acceso al archivo de su abuelo y me ha permitido citar la correspondencia entre Reyes y Octavio Paz.

Mis colegas de Georgetown University y de la División Hispánica de la Biblioteca del Congreso en Washington me brindaron constante ayuda cuando rastreaba la pista de muchas dudas. Michael Gerli, director del departamento de español y distinguido medievalista, me aclaró muchas dudas sobre poesía española, y Alfonso Gómez-Lobo, catedrático de filosofía, aquéllas sobre literatura e historia antigua. Georgette Dorn, Roberto Esquenazi-Mayo y Guadalupe Jiménez, a su vez, me brindaron amplio acceso al acervo de la Biblioteca del Congreso. José Manuel Hernández, vicedecano de la Facultad de Lenguas y Lingüística, me facilitó un oportuno viaje a México para cotejar fuentes y consultar direc-

7

tamente con Octavio Paz. Por último, dejo constancia de la ayuda de mi asistente Peter Siavelis, quien fotocopió textos e hizo el índice de primeros versos, y de mi alumna Vivian Brates, quien me diera acceso a fuentes sobre el surrealismo. Todos ellos son actores en la comunidad de trabajo e investigación que para mí es Georgetown.

Las virtudes de la edición se las atribuyo a mi compañera, Nivia Montenegro, quien revisó el texto con esmero, hizo críticas sutiles y me ha ayudado a formar, en este último año, mi propia «vida sencilla».

Washington, D. C.
primavera de 1988.

Introducción

*sobre el papel, sobre la arena, escribo
estas palabras mal encadenadas.*
(«La vida sencilla»)

Octavio Paz

I. Libro de cambios

Libertad bajo palabra [1935-1957] es el libro de la formación poética del escritor mexicano Octavio Paz (1914). Consta de 207 poemas, algunos de ellos entre los más conocidos de su obra y de toda la poesía hispánica, como *Entre la piedra y la flor,* «Himno entre ruinas» y *Piedra de sol.* Es también uno de los libros donde mejor se puede apreciar la abundancia, excelencia y variedad de la obra poética de Paz. Esa virtud bastaría de por sí para explicar la popularidad de que disfruta y la influencia que sigue ejerciendo en la poesía hispánica contemporánea. Si nos dejáramos llevar por las fechas del título, que reflejan el periodo entre los veintiuno y cuarenta y tres años del poeta, pensaríamos que se trata de una simple antología de este periodo clave en su vida y obra. Es cierto que el libro recoge muchas versiones revisadas de poemas escritos durante esos años. Pero tal descripción distorsionaría la verdadera naturaleza cambiante del libro, así como su íntima conexión con la vida (real o inventada) del poeta. Más cierto aún es que la edición que hoy se publica se fue gestando durante más de cincuenta años, y que el título *Libertad bajo palabra* nombra a varios textos (y no uno, como se suele pensar) en la larga obra de Paz: un poema que data de fines de los años cuarenta; un libro de 74 poemas publicado en México en 1949; una monumental recopilación de 1960 que recoge ese libro y duplica su extensión con otros ocho libros suyos; una nueva edición de este último en 1968 que reordena los poemas y excluye muchos; por último, la primera sección de una recopilación de su obra poética de 1979. El presente texto —su primera edición crítica— se basa en este último pero, fiel a su tradición, también lo cambia. Libro de cambios: cambio de libro.

En 1979, con motivo de la publicación de *Poemas 1935-1975*, su última recopilación, Paz decía: «Equidistante de la Antología y de las Poesías Completas, este libro reúne mi obra poética —mía tanto como del tiempo y sus accidentes»[1]. Lo dicho sobre *Poemas* se aplica perfectamente a *Libertad bajo palabra*. Se trata de una «obra poética» tal como la ha ido construyendo el poeta en sucesivas revisiones guiadas por su lectura crítica y su memoria. Estamos, pues, ante un libro que es también una vida, o al menos una significativa porción de ella (entre 1935 y 1957), tal como su autor la ha reescrito sucesivamente. De ese libro se podría decir lo mismo que de *Les fleurs du mal* de Baudelaire, *Leaves of Grass* de Whitman, los *Cantos* de Pound, *Cántico* de Guillén o, de hecho, lo que el propio Paz ha dicho sobre *La realidad y el deseo* de Cernuda: «ha crecido lentamente como crecen los seres vivos»[2]. También se podría decir que ha cambiado lentamente como cambian los seres vivos. No obstante ese parecido, la analogía con esa tradición es relativa. Aquellos son *libros totales,* enciclopedias del ser poético que reúnen la totalidad de la obra bajo un solo título; el de Paz es un libro total pero inscrito en el tiempo, limitado por las fechas del título: comienzo y fi-

[1] *Poemas, 1935-1975,* Barcelona, Seix Barral, 1979, págs. 11-12. En lo sucesivo toda referencia a esta edición aparecerá bajo las siglas LBP4.
[2] «Apuntes sobre la realidad y el deseo», en *Corriente Alterna*, México, Siglo XXI, 1967, pág. 15.

nal de una época que sus poemas registran y revisan periódicamente. De ahí la paradoja del título: la libertad del libro, la totalidad a que aspira, es siempre condicional, limitada. Si bien *Libertad bajo palabra* ha sido su más célebre libro de poemas, no ha sido ni el único ni el último: sólo el tiempo dirá si algún día reunirá toda su obra bajo ese título.

Resulta importante, para comenzar a darnos una idea más cabal del libro, abordar su largo y complejo historial, sus distintos periodos de gestación. Una primera observación: su formato recopilatorio data de 1960. Ya esa edición de 316 páginas, 225 poemas distribuidos en cinco secciones[3], contenía la siguiente «Advertencia» anónima:

> Bajo el título de uno de sus libros más conocidos, este volumen contiene la obra poética de Octavio Paz desde 1935 hasta 1958. Se han excluido los poemas de adolescencia, con la sola excepción de cuatro composiciones iniciales en la sección «Puerta condenada». El autor, además, ha desechado algunos poemas; otros aparecen en versiones corregidas y, en fin, se recogen muchos inéditos o que sólo había aparecido en revistas y periódicos.
>
> El libro está dividido en cinco secciones. La división no es cronológica (aunque tiene en cuenta las fechas de composición) sino que atiende más bien a las afinidades de tema, color, ritmo, entonación o atmósfera [LBP, pág. 7].

La «Advertencia» aclaraba varias cosas. Primero, que el título del libro se deriva de otro anterior. En efecto, en 1949 Paz ya había publicado, en México, *Libertad*

---

[3] *Libertad bajo palabra. Obra poética (1935-1958)*, México, Fondo de Cultura Económica, 1960. Se publicó en la serie «Letras mexicanas». Toda referencia a esta edición aparecera bajo las siglas LBP2.

bajo palabra, un libro de 134 páginas, 90 poemas distribuidos en seis secciones que incluían poemas escritos a partir de 1932[4]. Segundo, que LBP2 excluía, con contadas excepciones, «poemas de adolescencia»; los incluidos aparecían en versiones revisadas. Y tercero, que la división del libro alteraba la secuencia cronológica a favor de una ordenación de criterio estético. De esta manera, se advertía la definición de «obra poética». Lejos de la mera recopilación de textos publicados, se trataba de un texto vuelto a elaborar según criterios personales: actualización de la producción anterior, revisión textual, y ordenación estética antes que la cronológica.

Ocho años después, en 1968, Paz publica una edición revisada de LBP2, reducida a 264 páginas, 195 poemas distribuidos en cinco secciones[5]. En ella aparece, junto a la «Advertencia» a la primera edición, esta otra:

> No estoy muy seguro de que un autor tenga derecho a retirar sus escritos de la circulación. Una vez publicada, la obra es propiedad del lector tanto como del que la escribió. No obstante, decidí excluir más de cuarenta poemas en esta segunda edición de *Libertad bajo palabra.* Esta supresión no cambia al libro: lo aligera. Apenas si vale la pena añadir que el conjunto que ahora aparece *no es una selección* de los poemas que escribí entre 1935 y 1957; si lo fuese, habría desechado sin remordimientos otros muchos... Por otra parte, corregí unos cuantos poemas y me pareció que, sin renunciar

---

[4] *Libertad bajo palabra,* México, Tezontle, 1949. Según el colofón, el libro se acabó de imprimir el 18 de agosto de 1949, constó de 1.100 ejemplares y estuvo al cuidado de Francisco Giner de los Ríos y Joaquín Díez-Canedo. Toda referencia a esta edición aparecerá bajo las siglas LBP1.

[5] *Libertad bajo palabra. Obra poética (1935-1957),* México, Fondo de Cultura Económica, 1968. Nótese la precisión de las fechas del subtítulo: la fecha del último poema del volumen («Piedra de sol») es en efecto 1957. Esta edición también se incluyó en la serie «Letras mexicanas». Toda referencia a esta edición aparecerá bajo las siglas LBP3.

a la división en cinco secciones, era necesario ajustarse con mayor fidelidad, hasta donde fuese posible, a la cronología. La nueva disposición me obligó a cambiar los títulos de algunas secciones [LBP3, pág. 8; lo subrayado es del autor].

Nuevas advertencias. Primero, que esta edición elimina muchos poemas: «más de cuarenta» o de veinte, según la cuenta[6]. Segundo, como subraya, que «el conjunto no es una selección». En efecto, los poemas han sido revisados. Más que una selección, se trata de una reelaboración de la obra. De ahí que, por último, revise no sólo poemas sino la ordenación misma del libro: la cronología adquiere ahora mayor importancia que el criterio estético. A su vez, la definición de obra poética adquiere otro matiz: mayor fidelidad a la cronología, a la que la estética ayuda.

Once años después, con motivo de la edición de su *Poemas, 1935-1975* (LBP4), recopilación de cuarenta

---

[6] Nuestra cuenta del número de poemas distingue, en aquellos textos de varias secciones, entre poemas unitarios y series de poemas. Utilizamos una distinción retórica: cuando nos ha parecido que el poema mismo reclama unidad retórica, lo contamos como un solo poema. En cambio, en aquellos casos en que se impone una heterogeneidad retórica y resalta esa falta de unidad, hemos optado por contarlo como más de uno. De ahí que contemos como unidades los siguientes poemas: «Bajo tu clara sombra», «Raíz del hombre», «Noche de resurrecciones», «La caída», «Cuarto de hotel», «Entre la piedra y la flor», «Elegía a un compañero muerto en el frente», «El ausente», «Virgen», «Hacia el poema». En cambio, contamos como series de poemas los siguientes: «Sonetos» (5 poemas), «Apuntes del insomnio» (4 poemas), «Frente al mar» (3 poemas), «Crepúsculos de la ciudad» (5 poemas), «Conscriptos U.S.A.» (2 poemas), «Lección de cosas» (10 poemas), «En Uxmal» (6 poemas), «Piedras sueltas» (8 poemas), «Trabajos del poeta» (16 poemas), «Ser natural» (3 poemas). Las diferencias entre la cuenta de Paz y la nuestra es lo que explica, entre otras cosas, que en LBP3 él haya advertido la exclusión de «más de cuarenta poemas», cuando según nuestro criterio ese número equivaldría sólo a 26. Aun cuando la cuenta nuestra excede en cada caso a la de Paz, hemos optado por dar ambas a fin de que el lector tenga dos perspectivas sobre la misma cuestión. De esta manera, en el resumen estadístico de esta «Introducción», la cuenta del editor aparece bajo las siglas EMS, mientras que la del autor aparece bajo las de OP.

15

años de producción poética, Paz vuelve a revisar el texto, lo que ahora es su primera sección. La ordenación es la misma de 1968, pero revisa muchos poemas y, sobre todo, vuelve a incluir doce de los que había eliminado anteriormente para hacer un texto de 261 páginas, 206 (o 176, según Paz) poemas distribuidos en cinco secciones[7]. Esta vez su extensa «Advertencia», de la que citamos los pasajes más pertinentes, nos dice lo siguiente:

Los poemas son objetos verbales inacabados e inacabables. No existe lo que se llama «versión definitiva»: cada poema es el borrador de otro, que nunca escribiremos... Pero hay poetas precoces que pronto dicen lo que tienen que decir y hay poetas tardíos. Yo fui tardío y nada de lo que escribí en mi juventud me satisface; en 1933 publiqué una *plaquette,* y todo lo que hice durante los diez años siguientes fueron borradores de borradores. Mi primer libro, mi verdadero primer libro, apareció en 1949: *Libertad bajo palabra.* En 1960 se publicó, con el mismo título, un tomo que reunía mis trabajos poéticos desde 1935 hasta 1957. Se ha editado varias veces y es el origen de este volumen.

La impresión de 1967 [LBP3] fue una edición corregida y aligerada: modifiqué muchos poemas y suprimí más de cuarenta. Algunos aprobaron el rigor, otros lo lamentaron. Ahora, con la misma dudosa justicia, he indultado a once de los condenados[8]. Repito lo que dije entonces: este libro no es una selección de mis poemas. Si lo fuera, habría desechado sin remordimiento muchos otros más. La selección la hará el tiempo. Ya sé que es un juez ciego y guiado por otra ciega: la casualidad. No importa: a lo largo de los años, a sabiendas de la inutilidad de mis esfuerzos, he corregido

___

[7] En el texto de nuestra edición (LBP5) un asterisco * señala cuáles fueron estos textos «indultados».

[8] En realidad fueron doce, no once los «indultados». El error es otro síntoma de lo que Paz llama el «tiempo y sus accidentes».

16

una y otra vez mis poemas. Homenajes a la muerte del muerto que seré.

Los escrúpulos que me han llevado a eliminar, rehacer y corregir mis poemas, me han impedido también recoger los de mi adolescencia, con la excepción de los cuatro primeros de *Puerta condenada*. Equidistante de la Antología y de las Poesías Completas, este libro reúne mi obra poética —mía tanto como del tiempo y sus accidentes. En la primera edición me incliné por una división en la que atendía, más que a la cronología, a las afinidades de tema, color, ritmo y tono. En la segunda procuré ajustarme con mayor fidelidad a las fechas iniciales de composición. En esta nueva edición el criterio predominante ha sido el cronológico. Triunfo final de la memoria, quiero decir: de la vida, sobre la estética [LBP4, págs. 11-12].

La nueva advertencia resume la trayectoria del libro y repite los criterios que rigen su composición. Pero también introduce una confesión explícita, no vista en ninguna de las advertencias anteriores: señala LBP1 como el origen de la «obra» —«mi verdadero primer libro». En efecto, Paz ve los siete libros que escribe entre 1933 y 1942 —lo que se podría llamar su «prehistoria»— como «borradores de borradores», menos suyos que de sus influencias. Si no fuera porque el propio Paz no cree en el concepto de «voz poética» se podría decir que fue en ese libro de 1949 que encontró la suya. De esta manera, la recopilación de 1960 (LBP2), así como su edición de 1968 (LBP3), elaboran la obra antes y después de 1949 a partir de esta fecha y libro centrales.

Por último, la presente edición (LBP5) reproduce mayormente la de LBP4 pero incorpora, a petición de su autor, más de veinte cambios en el texto. Entre estos cambios está la separación de un poema («Monumento», LBP5, pág. 132) de su serie, lo cual aumenta el número

17

de poemas por uno a 207. El autor no ha escrito una nueva «Advertencia» para esta edición, pero sí adjuntó la siguiente carta (sin fecha, recibida en Washington, D. C. a principios de febrero de 1988) a la lista de cambios enviada al editor y que repite, en clave personal, los criterios que hemos indicado:

Querido Enrico:

Me alegra mucho saber que ya está casi terminada tu edición de *Libertad bajo palabra*. ¡Qué lata te he dado! Ese libro se fue haciendo poco a poco a través de los años, sin un plan fijo; esto explica, en parte, las diferencias entre cada edición. Además, mi manía correctora. No sé si es vicio, anhelo de perfección o simple inseguridad ante lo que escribo. Probablemente las tres cosas. No te extrañará, por todo esto, que ahora te envíe, con estas líneas, algunas modificaciones hechas en los últimos trece años *(Poemas* se publicó en 1975)[9]. En las hojas anexas encontrarás, aparte de algunos cambios, una fe de erratas y unas pocas dedicatorias nuevas.

En estos días saldré hacia Nueva York. Estaré muy poco tiempo y no sé si tendré ocasión de verte. Después, en mayo y junio viajaremos a Europa. Ya te pondré al corriente de mis andanzas... Mientras tanto,

un gran abrazo,

Octavio

Un resumen estadístico del historial del libro daría los siguientes resultados:

---

[9] *Poemas* se publicó en 1979, aunque 1975 sí es la fecha-tope de los poemas en esa recopilación.

Siglas	Fecha	# de secciones	# de poemas		# de páginas
			EMS	OP	
LBP1	1949	6	90	74	134
LBP2	1960	5	225	208	316
LBP3	1968	5	195	164	264
LBP4	1979	5	206	176	242
LBP5	1988	5	207	177	287

Resumamos este recuento general con una observación y dos citas. Ante todo, la concepción revisionista, lo que Paz llama su «manía correctora»: es evidente que plantea una relación metafórica entre vida y obra. Es decir, la elaboración de la obra poética a partir de múltiples revisiones y correcciones introduce un espacio estético o dramático entre el poeta y su representación: crea una *persona*, una *máscara*. No cabe duda que los poemas de *Libertad bajo palabra* reflejan la biografía de Octavio Paz, pero ese reflejo está filtrado por la inevitable (y, en este caso, cambiante) interpretación del auto-retrato. Sobre esta relación metafórica, el propio Paz ha dicho en 1979, en ocasión de una retrospectiva de su obra:

> Entre la persona más o menos real y la figura del poeta las relaciones son a un tiempo íntimas y circunspectas. Si la ficción del poeta devora a la persona real, lo que queda es un personaje: la máscara devora al rostro. Si la persona real se sobrepone al poeta, la máscara se evapora y con ella el poema mismo, que deja de ser una obra para convertirse en un documento. Esto es lo que ha ocurrido con gran parte de la poesía moderna. Toda mi vida he luchado contra este equívoco; el poema no es confesión ni documento. Escribir poemas es caminar, como el equilibrista sobre la cuerda floja, entre la ficción y la realidad, la máscara y el rostro. El poeta debe sacrificar su rostro real para hacer más viviente y creíble su máscara; al mismo tiempo, debe cuidar que su máscara no se inmovilice sino

que tenga la movilidad —y más: la vivacidad— de su rostro.

¿Qué sentido tendrían entonces, dentro de esta concepción, las múltiples revisiones a que han sido sometidos tanto los poemas como la ordenación del libro a lo largo de los últimos cuarenta años? El propio Paz en el mismo texto lo explica así:

> Eliot decía que la poesía es impersonal. Quiso decir, sin duda, que el arte verdadero exige el sacrificio de la persona real en beneficio de la máscara viva. Corregí mis poemas porque quise ser fiel al poeta que los escribió, no a la persona que fui. Fiel al autor de unos poemas de los cuales yo, la persona real, no he sido sino el primer lector. No intenté cambiar las ideas, las emociones y los sentimientos sino mejorar la expresión de esos sentimientos, ideas y emociones. Procuré respetar al poeta que escribió esos poemas y no tocar lo que, con inexactitud, se llama el fondo o el contenido; sólo quise decir con mayor economía y sencillez. Mis cambios no han querido ser sino depuraciones, purificaciones. Y quien dice pureza, dice sacrificio: obedecí a un deseo de perfección. Por supuesto, es posible que no pocas veces me haya equivocado. Escribir es un riesgo y corregir lo escrito es un riesgo mayor[10].

Reconocer el sentido metafórico de la obra poética, su relación figurativa con la vida del autor, no desdice la importancia que juegan las circunstancias del autor en su elaboración. Las fechas del subtítulo de *Libertad bajo palabra* indican que se trata de la obra desarrollada

---

[10] «Los pasos contados», *Camp de l'arpa, Revista de Literatura*, año IV, núm. 74, abril de 1980, págs. 51-52. El texto es una versión elaborada de los comentarios hechos a una lectura, en agosto de 1979, de selecciones de *Poemas, 1935-1975*. En lo sucesivo, toda referencia a este texto aparecerá bajo «Los pasos».

entre 1935 y 1957. Esas fechas nos dan, además, una clave sobre la naturaleza del libro: no es ni una selección ni una antología, sino un diario. ¿Qué nos dice ese diario? ¿Qué comienza y qué termina en 1935-1957? Nos limitaremos, en esta introducción, a comentar este periodo en particular, siempre conscientes de que la obra de Paz se extiende más allá de él.

II. Cambios de libro

Esos años abarcan tres épocas, demarcadas por periodos de residencia, en la vida y obra de Paz. Una primera en México, 1935-1943; una segunda en el extranjero (Estados Unidos, Europa y Asia), 1943-1953; y una tercera de regreso a México, 1953-1959. Un cotejo bibliográfico revela que durante estas tres épocas Paz publica un total de 12 libros de poemas: siete en la primera, dos en la segunda, y tres en la tercera[11]. De esos doce libros LBP2 (el de primer formato recopilatorio) reelabora nueve, incluyendo el titular. Pasemos una ojeada a estas tres épocas en la vida del poeta para luego determinar

[11] Estos son, en la primera: *Luna silvestre,* México, Fábula, 1933, *¡No pasarán!,* México, Simbad, 1936, *Raíz del hombre,* México, Simbad, 1937, *Bajo tu clara sombra y otros poemas sobre España,* Valencia, Ediciones Españolas, 1937, *Bajo tu clara sombra, 1935-1938,* México, Letras de México, 1941, *Entre la piedra y la flor,* México, Nueva Voz, 1941, *A la orilla del mundo y Primer día, Bajo tu clara sombra, Raíz del hombre, Noche de resurrecciones,* México, Compañía Editora y Librera ARS, 1942; en la segunda: *Libertad bajo palabra,* México, Tezontle, 1949, y *¿Águila o sol?,* México, Tezontle, 1951; y en la tercera: *Semillas para un himno,* México, Tezontle, 1954, *Piedra de sol,* México, Tezontle, 1957, y *La estación violenta,* México, Fondo de Cultura Económica, 1958. Tomo estos datos de la excelente *Octavio Paz: Bibliografía crítica,* edición de Hugo J. Verani, México, UNAM, 1983. Nótese que Verani incluye como publicación aparte (lo que yo llamo libro) el poema *¡No pasarán!* He cotejado estos datos con los que ofrece Luis Mario Schneider en otra bibliografía sobre la obra de Paz, aún inédita, a la cual generosamente el autor me ha dado acceso. Sobre la primera época en particular véase mi introducción, bibliografía y notas a Octavio Paz, *Primeras letras (1931-1943),* Barcelona, Seix Barral, 1988.

en qué medida su tardía recopilación constituye una interpretación retrospectiva de esos años.

1935-1943

Los ocho años que median entre 1935 y 1943 son los de la iniciación poética de Paz. Iniciación en dos sentidos: comienzo y ritual de ingreso. La época se divide, a su vez, en tres etapas: antes (1935-36), durante (1937) y después (1938-1943) de su viaje a España.

México

Paz escoge 1935 como fecha inicial clave, a despecho de que el poema más antiguo que figura en el libro («Nocturno», LBP5, pág. 119), data de tres años antes, de que su primer libro se publica en 1933, y de que su primer poema es aún mayor[12]. Ya sabemos, sin embargo, que no se trata de una antología, y que la fecha inicial no tiene por qué corresponder a un comienzo bibliográfico, lo cual tampoco significa que sea arbitraria. En 1935 Paz llega a la mayoría de edad. De 1935 son las primeras versiones de *Bajo tu clara sombra* y *Raíz del hombre,* sus primeros poemas extensos de tema erótico y que con el tiempo llegarán a formar parte de la primera sección de LBP2 y sucesivas ediciones. De 1935 son también sus «Vigilias: fragmentos del diario de un soñador», suerte de diario poético que el joven poeta comienza a escribir a raíz de la trágica muerte de su padre, el dirigente zapatista Octavio Paz Solórzano. La muerte en 1934 del padre, con quien el joven Paz tenía una re-

---

[12] Ver *Alcancía,* núm. 2, febrero de 1933, pág. 32. A pie de página el poema lleva la fecha de «1932». «Nocturno» no es, sin embargo, el primer poema que Paz publica. Ver, en cambio, «Cabellera», que hace poco exhumara Hugo J. Verani, *Revista de la Universidad de México,* 12, abril de 1982, pág. 3. El poema figura, ya revisado, en LBP1 y lo reproducen todas las sucesivas ediciones.

lación difícil, desata sentimientos oscuros que se irán resolviendo, dentro de un marco introspectivo, tanto en la poesía como en la prosa de esta época.

Si ninguno de los siete poemas de *Luna silvestre* (1933), su primer libro, se recoge en la posterior recopilación será porque Paz no identifica ese libro como su origen poético, o al menos no es el origen que escoge su *persona* poética. En vez de la lírica intimista que reflejaba aquella primera *plaquette* —restos de un modernismo tardío— los cuatro poemas adolescentes que sí recoge en «Puerta condenada» («Nocturno», «Otoño», «Insomnio» y «Espejo», LBP5, págs. 119-122) comportan la primera evidencia de sus temas más persistentes: vigilia, soledad, desamparo, el enigma de la identidad personal. Los temas de ese origen que sí escoge están ligados, en su momento histórico, a los de «Contemporáneos», la generación mexicana de vanguardia que todavía en 1930 —como la «Generación del 27», sus congéneres españoles— influía en las artes del momento. De «Contemporáneos» Paz deriva, en materia de poesía, lo que él cree esencial y que en el grupo apenas se vislumbra —la nota visionaria y apasionada que, heredera del romanticismo e influida por el surrealismo, aflora en la obra de algunos del grupo, sobre todo en la de Xavier Villaurrutia[13].

De esta primera época, ni los poemas de *Luna silvestre* ni los cuatro poemas adolescentes que sí rescata reflejan el desasosiego político del momento mexicano. El paso hacia el sexenio del presidente Lázaro Cárdenas (1934-1940) sufría de las tensiones entre un nuevo nacionalismo de corte socialista y los restos del humanismo liberal. Casi como un emblema de esta época nacionalista, Samuel Ramos, profesor de filosofía de la Uni-

---

[13] Sobre la relación entre éste y Paz véase, del último, *Xavier Villaurrutia, en persona y en obra*, México, Fondo de Cultura Económica, 1978.

versidad de México, publica en 1934 su *El perfil del hombre y la cultura en México,* suerte de interpretación psicológica del carácter del mexicano y temprano ejercicio de filosofía nacional. El intimismo adolescente de Paz no tarda, por eso, en sufrir un encontronazo con la historia que lo rodea. El 18 de julio de 1936 el General Francisco Franco se levanta en armas con una facción del ejército español en contra del gobierno constituido de la República. La reacción del mundo entero fue de indignación ante tal abuso de poder, pero en México en particular dio lugar a una identificación colectiva. «El cardenismo», ha escrito Carlos Monsiváis al respecto, «despliega valerosamente las reivindicaciones del nacionalismo revolucionario»[14].

La reacción inmediata de Paz, apenas dos meses después del levantamiento, fue su poema *¡No pasarán!* El poema es desigual, lo cual explica que las ediciones de LBP nunca lo hayan recogido, a diferencia de otros poemas de inspiración «republicana» como, por ejemplo, la «Elegía a un compañero muerto en el frente de Aragón» o «El barco». Pero el testimonio de *¡No pasarán!* anticipa otro conflicto personal que estalla a principios del año siguiente. «En 1937», ha dicho a propósito, «abandoné, al mismo tiempo, la casa familiar, los estudios universitarios y la ciudad de México. Fue mi primera salida» (LBP4, pág. 665). La reacción ante la guerra española, unida a su desilusión con la carrera de derecho, cataliza en Paz el radicalismo soterrado de los años anteriores. El descontento de esos años —fines de 1936, principios del 37— se refleja en la serie de sonetos neo-barrocos «Crepúsculos de la ciudad» (LBP5, págs. 128-132): «escritos contra mí mismo: no estaba

---

[14] «Notas sobre la cultura nacional en el siglo xx», *en Historia general de México,* ed. Daniel Cosío Villegas, México, El Colegio de México, 1976, II, 390.

contento con mi vida ni con lo que hacía»[15]. La salida es con dirección a Mérida, capital del estado de Yucatán, para fundar una escuela para hijos de obreros y campesinos. Días antes de partir publica *Raíz del hombre,* cuyo aliento y extensión (508 versos en 62 páginas) demuestran la ambición con que el joven poeta encara el tema erótico.

Dos temas —el erotismo y el compromiso social— caracterizan, por tanto, la poesía de estos años. No comportan una contradicción interna sino, como veremos, las dos caras de un radicalismo personal que va aflorando durante la juventud madura del poeta. Durante la estancia de cuatro meses en Yucatán, Paz funda un «Comité pro-Democracia Española». También va gestando, ante el testimonio de la explotación del indio yucateco y el prejuicio que sufre, *Entre la piedra y la flor,* su poema más ambicioso de tema social y cuya primera versión (242 versos en 15 páginas) publicará sólo cuatro años después. Esa conciencia social se concreta en junio de ese año cuando Paz regresa a la Ciudad de México, contrae matrimonio y acepta una invitación de Pablo Neruda al «Segundo Congreso Internacional de Escritores en Defensa de la Cultura», a celebrarse en la España en guerra a partir del mes siguiente.

La estancia en España dura casi cuatro meses —de julio a septiembre. Aunque era delegado oficial, Paz participa vigorosamente fuera del Congreso: lee sus poemas en recitales públicos, da conferencias en radio y en persona, publica fervorosos artículos a favor de la República. La experiencia en España sirve para aglutinar tanto un contexto intelectual como una poética incipiente. El contexto lo forman los escritores hispánicos del momento: además de escritores hispanoamericanos

---

[15] Cito de «Pequeño monumento», *Sombras de obras. Arte y literatura,* Barcelona, Seix Barral, 1983, pág. 282.

—Carpentier, Neruda, Huidobro, Vallejo y Guillén— conoce y trata a muchos españoles, sobre todo a los ligados a la revista *Hora de España* —Gil-Albert, Gaya, Cernuda, Serrano Plaja, Altolaguirre. La poética se refleja en un librito, *Bajo tu clara sombra y otros poemas sobre España,* que publica Manuel Altolaguirre en las Ediciones Héroe de Valencia: cinco poemas en 47 apretadas páginas. La mitad del libro la ocupan poemas eróticos: «Helena, 1934», primer fragmento de lo que llegará a ser *Bajo su clara sombra,* y seis cantos de *Raíz del hombre.* La otra mitad contiene poemas de tema civil, o como dice el libro, «Cantos españoles»: «¡No pasarán!», la «Elegía a un compañero muerto en el frente de Aragón» y una «Oda a España». (Además de los poemas eróticos revisados, sólo la «Elegía» sobrevivirá en LBP5.) Al yuxtaponer en dos secciones diferentes los dos temas de amor y guerra *(ars amandi, ars bellandi),* el libro reúne dos retóricas irreconciliables que reflejan la poética no sólo del joven Paz, sino del grupo de *Hora de España.* Como el propio Paz, los jóvenes españoles atraviesan una etapa de transición: todos rechazan el arte puro, pero no el aspecto crítico, el rigor estético, de la vanguardia; desean un arte comprometido, pero sin renunciar a la independencia del arte y el artista. De ahí la «ponencia colectiva» que miembros de la revista leen en el Congreso y que Paz percibe como la articulación de la moral poética que sus congéneres mexicanos no habían logrado: a la vez responsable ante la sociedad y libre ante el arte y la conciencia[16].

---

[16] «La pintura, la poesía y la literatura que nos interesaba no era revolucionaria; no era una consecuencia ideológica y sentimental, o si lo era, lo era tan sólo en una tan pequeña parte, en la parte de una consigna política, que el problema quedaba en pie», en «Ponencia Colectiva» (España, *IIº Congreso Internacional de Escritores para la Defensa de la Cultura (1937). Actas, Ponencias, Documentos y Testimonios,* ed. Manuel Aznar Soler y Luis-Mario Schneider, 1979; Valencia, Consellería de Cultura, Educació i Ciencia, 1987, III, 188.

Para principios de 1938, a su regreso a México, Paz se ha convertido en militante de la causa republicana. Reflejo de esa angustia será el poema «El barco» (LBP5, págs. 160-165), que escribe durante su travesía de regreso a América, donde predomina la reflexión sobre las consecuencias humanas de la guerra. Pero en el mismo México, la actividad es múltiple: publica una antología de poemas españoles de guerra y comienza a escribir una columna para *El Popular,* el diario de la Confederación de Trabajadores Mexicanos. Esa doble actividad literaria y política culmina al año siguiente cuando asume la dirección de la revista *Taller,* que con el tiempo acogerá a muchos de los escritores españoles exiliados que llegan a México. De hecho, *Taller* será la revista hermana de *Hora de España* y articulará una poética análoga que, con los años, Paz resumirá bajo el doble lema de «Poesía e Historia». En qué consiste la pertinencia de la poesía, cuál es la relación entre ésta y la vida, y cómo se podría realizar su confluencia para beneficio de ambas, son las preguntas que se hacen Paz y la generación de *Taller.* De ahí la importancia del amor, que el poema debe emular: algo que, cuando ocurre, nos turba y transforma. De ahí, también, la atención del poeta a la circunstancia histórica, sobre todo la actual —corren los años de la segunda guerra— de crisis mundial[17].

En *Taller* Paz publica, en 1939 y 1940, apenas dos poemas: «Oda al sueño» y «Noche de resurrecciones», de los cuales sólo el último, en versión revisada, sobre-

---

[17] Para tres resúmenes de la poética de *Taller,* ver de Paz, «Poesía mexicana moderna», en *Las peras del olmo,* 1957; Barcelona, Seix Barral, 1971, páginas 49-57 y «Antevíspera: *Taller (1938-1941)»,* en *Sombras de obras,* págs. 94-113; e «Inventario. Posdata. Revueltas, Paz, *Taller y Contemporáneos»,* *Diorama de la Cultura* (suplemento cultural del diario *Excélsior),* 30 de mayo de 1976, pág. 14. El primer ensayo es de 1954. *Taller* se ha reproducido en facsímile en dos tomos, México, Fondo de Cultura Económica, 1982.

vivirá en LBP5 (págs. 88-91)[18]. Son odas sobrias, de retórica y aliento filosóficos y evidentemente influidas por lecturas del romanticismo inglés (Keats) y alemán (Hölderlin). No reflejan, por tanto, sus preocupaciones políticas en ese momento; antes bien, delatan la tensión entre política y estética que se extremará en 1940 a la llegada a México del poeta chileno Pablo Neruda como cónsul general de su país. Desde los días de España Paz comparte con Neruda, además de la poesía, la simpatía hacia la causa republicana y la amistad de los españoles desterrados. Pero la distancia que Paz empezaba a asumir hacia la izquierda —a raíz de su repudio, en 1939, del pacto Hitler-Stalin de no-agresión— a diferencia de la militancia estalinista de Neruda, hicieron difíciles las relaciones entre los dos. En los meses que suceden a la publicación de *Laurel* (1941), la célebre «antología de poesía moderna en lengua española» que Paz edita con los poetas Villaurrutia, Juan Gil-Albert y Emilio Prados y en la que Neruda se niega a colaborar, la amistad se desintegra: los poetas tienen un altercado y luego un debate público[19].

La ruptura de Paz con Neruda viene a culminar una serie de desencantos de signo político entre los cuales se distinguen el citado pacto de 1939 —que crea en el grupo de *Taller* las suficientes dissensiones como para influir en el cierre de la revista en enero de 1941— y el asesinato de Trotsky en México al año siguiente. Estos dos eventos llevarán, dos años después, a su salida de México en ruptura total con su contexto. Pero la ruptura en-

---

[18] Ver «Oda al sueño», *Taller*, 4, julio de 1939, págs. 36-39 y «Noche de resurrecciones (Fragmentos)», *Taller*, 10, marzo-abril de 1940, págs. 25-29.

[19] Paz ha contado su versión de los hechos en el epílogo «*Laurel* y la poesía moderna» a la segunda edición de *Laurel. Antología de la poesía moderna en lengua española*, prólogo de Xavier Villaurrutia, México, Editorial Trillas, 1986, págs. 485-510.

tre los dos poetas tiene también un aspecto simbólico más personal. En 1941 Paz cumple veintisiete años, ya ha publicado cuatro libros de poemas, amén de muchos poemas que aún no recoge en libro. También ha escrito suficiente prosa como para rellenar un tomo, ha sido director de una importante revista literaria, y ha colaborado, junto con otros poetas consagrados, en la confección de una antología de toda la poesía moderna en lengua española. En ese mismo año publica otros dos libros suyos que son también extensos poemas: *Bajo tu clara sombra* y *Entre la piedra y la flor*. Y a estos seguirá, al año siguiente, la colección *A la orilla del mundo*, su séptimo libro, donde recoge muchos de los poemas de esos años. El volumen de toda esa obra ya acredita, por tanto, una madurez que a su vez reclama la independencia política, moral y poética.

Bajo tu clara sombra, en esta primera versión de 416 versos en nueve páginas, suscita un inmediato contraste con *Raíz del hombre*, el otro poema erótico que le antecede. Ambos textos trazan la trayectoria de la pasión amorosa: ávido comienzo, exultante culminación y solitaria resolución. Difieren, en cambio, en su estilo. *Raíz del hombre* es un poema desbordante e imperioso, un canto apasionado que *dramatiza* el amor; mejor dicho, el *acto* amoroso. *Bajo tu clara sombra*, en cambio, es una oda intelectual, contenida, casi retórica, *sobre* el amor. Análoga distancia es la que media de *Entre la piedra y la flor* a aquellos tempranos «Cantos españoles»: el extenso poema que Paz gesta desde su estancia en Yucatán (su primera versión consta de 242 versos) describe los efectos de la explotación del campesino yucateco sin entrar, como harían los «cantos españoles», en explicaciones de las causas abstractas que la promueven. *A la orilla del mundo*, a su vez, recoge 27 poemas, incluyendo *Bajo tu clara sombra* y *Raíz del hombre*, en 153 páginas. De hecho, su carácter deliberadamente recopilatorio lo hace el antecedente más claro de LBP2 y destaca cómo a partir de 1942 —debido acaso a su ruptura con Neruda— Paz se propone demostrar, a través de la acumulación de su obra, su mayoría de edad poética. Pero el libro dramatiza un equilibrio y una contención rebuscados, como si persiguiese el mismo punto medio entre intimismo y poesía social que había intentado en el librito publicado en España.

Nuevas influencias, por tanto —sobre todo la amistad con trotskistas y surrealistas exiliados en México, como Victor Serge, Jean Malaquais y Benjamin Péret— llevan a Paz a asumir una posición política mucho más crítica que se refleja en los textos en prosa de la época. En materia de poesía el texto clave será «Poesía de soledad y poesía de comunión», importante ensayo de 1942 en *El hijo pródigo,* la otra revista independiente que ayuda a fundar, donde defiende la función disidente de la poesía. En materia moral y social lo será una columna semanal para el diario *Novedades,* donde fustiga la sociedad mexicana por su mendacidad y pobreza de imaginación[20]. «Y así, gracias a mis amigos de *El hijo pródigo* y a mis nuevos amigos europeos», recordará Paz al cabo de los años, «pude encontrar una vía de salida del enredo moral, político y estético que me asfixiaba al iniciarse la década de los cuarenta»[21]. Hacia fines de 1943, y con ayuda de una beca Guggenheim, Paz rompe con México y marcha hacia los Estados Unidos, Europa y Asia, en un fértil periplo que ha de durar nueve años.

[20] Para más detalles y los textos pertinentes de esta época ver *Primeras letras.*

[21] Cito por la transcripción de Margarita García Flores, «Es preferible escribir a reventar», *La onda,* 9 de marzo de 1975, pág. 8 de la primera conferencia de Paz en la serie «Cuarenta años de escribir poesía», en el Colegio Nacional de México, en marzo de 1976. En lo sucesivo toda referencia a este texto aparecerá bajo «Cuarenta años (I)».

Los nueve años fuera de México se dividen en tres etapas: casi dos años (1944-1945) en Estados Unidos: en San Francisco y Nueva York; seis (1946-1951) en París, como miembro del servicio diplomático mexicano; y dos (1951-1953) de vida diplomática itinerante en Nueva Delhi, Tokio y Ginebra.

Durante las primeras dos etapas Paz publica relativamente poco —poemas en revistas mexicanas y latinoamericanas— y tres libros importantes sólo hacia el final[22].

Son en su mayoría años de recogimiento, lectura, meditación y diálogo en diferentes partes del mundo. También de incubación de sus libros más importantes. El viaje a Estados Unidos, a principios de 1944, es muy distinto a los anteriores. A diferencia de Yucatán o España, los Estados Unidos, como Francia, son otra cultura, otro idioma y otro clima intelectual. Además, una ruptura —política, moral y personal— influye en esta salida. Esa ruptura propicia la auto-exploración que se refleja en sus poemas.

Estados Unidos

Después de una breve estancia en Los Ángeles —donde coincide con los motines de los *pachucos* (méxico-norteamericanos de los años cuarenta) contra la re-

---

[22] Para los datos bibliográficos de los poemas, ver las notas respectivas de los poemas que recoge en *Libertad bajo palabra*. Los libros, publicados todos en la segunda etapa, son, además de LBP1, *El laberinto de la soledad*, México, Cuadernos Americanos, 1950 y *¿Águila o sol?*, México, Tezontle, 1951.

presión policiaca norteamericana— Paz se instala en San Francisco para disfrutar de su beca Guggenheim y a escribir, no el proyecto de estudio que se había propuesto (sobre «la idea de América»), sino poemas. «Hacia 1944», recuerda de esta época, «se operó en mí otro cambio. Como tantos otros poetas modernos lo habían hecho antes y como tantos otros lo harían después, descubrí el lenguaje de la conversación, el lenguaje coloquial» («Los pasos», pág. 55). En efecto, la nota distintiva de la poesía de Paz a partir de entonces, su contribución más duradera a la lírica del momento y que han de reflejar los poemas de LBP1, es el descubrimiento de los poderes expresivos del lenguaje hablado, lo que T. S. Eliot llamara, en su ensayo que data de esos años, «la música de la conversación»[23]. A ese efecto resulta fundamental su lectura de la poesía norteamericana (Eliot, Pound, Stevens, Williams) e inglesa (sobre todo Blake y Yeats). Poco a poco va enviando a revistas del continente los poemas que luego recogerá en LBP1: publica tres de ellos en 1944, doce en 1945, nueve en 1946, tres en 1947, y siete más en 1948.

El periodo en California se prolonga hasta principios del año siguiente. En marzo se agota la beca y Paz comienza a trabajar como corresponsal de la revista mexicana *Mañana* en la conferencia mundial que se celebraba a la sazón en San Francisco (entre abril y junio de 1945) y que desembocaría en la fundación de las Naciones Unidas. Los artículos de *Mañana* son importantes no sólo por lo que revelan de su aprendizaje político en ese momento, sino también porque su difusión en México

---

[23] «The Music of Poetry» recogido en *Selected Prose of T. S. Eliot,* ed. Frank Kermode, Nueva York, Harcourt Brace Jovanovich, 1975, págs. 107-115. Es concebible que el propio Paz haya sido el responsable de publicar una traducción del ensayo de Eliot en *El hijo pródigo,* 1, abril de 1943, págs. 21-30, en la época en que era miembro del consejo de redacción de la revista.

le abrirá, a fines del mismo año, la puerta del servicio diplomático mexicano. Terminada la conferencia mundial, Paz se traslada a Nueva York en busca de recursos económicos durante una época precaria tanto para él como para el país. Allí trabaja en diversos empleos (entre ellos, el doblaje al español de cine comercial norteamericano), y durante parte de ese verano como profesor en la Escuela de Idiomas del Middlebury College en Vermont, cuya campiña sirve de escenario a su encuentro con el poeta norteamericano Robert Frost[24]. Para septiembre está de regreso en Nueva York participando en un homenaje al poeta mexicano José Juan Tablada, que acaba de morir el mes anterior en la misma ciudad[25]. Pero ese regreso dura poco: en diciembre se traslada a París, vía Londres, para asumir funciones en la embajada mexicana.

Europa y Oriente

El París de la posguerra —«sin gasolina, sin calefacción, racionado, hambriento y en el que medraban las sanguijuelas del mercado negro»[26]— aún resultaba mucho más tolerable que el Londres bombardeado donde visita fugazmente al poeta Luis Cernuda. Pero si la vida material era pobre, la vida artística e intelectual era muy rica: París reivindica la ocupación nazi. El deseo de mu-

[24] Ver «Visita al poeta Robert Frost», *Sur,* núm. 133, noviembre de 1945, págs. 33-39, reproducido en *Las peras del olmo,* págs. 160-166.

[25] Ver «Estela de José Juan Tablada», *Letras de México,* vol. 5, núm. 116, 1 de octubre de 1945, págs. 145-146 y 159; también recogido en *Las peras del olmo,* págs. 59-66.

[26] Cito por Margarita García Flores, «Convertimos en muladar el más hermoso sitio del planeta», *La onda,* 16 de marzo de 1975, pág. 6. Texto de la transcripción de la segunda conferencia de la serie «Cuarenta años de escribir poesía» en el Colegio Nacional de México. En lo sucesivo toda referencia a este texto se hará bajo «Cuarenta años (II)».

chos, incluyendo el del propio Paz, era que a la liberación sucediese la verdadera revolución proletaria, libre de la doble condena del fascismo y del estalinismo, y junto con ella una segunda vanguardia artística. La vida cultural la ocupan, por eso, dos grandes grupos ideológicos: los escritores existencialistas (Jean-Paul Sartre, Maurice Merleau-Ponty y el grupo de *Les Temps Modernes)* y los comunistas (sobre todo Louis Aragon); frente a ellos, los independientes, incluyendo los restos del movimiento surrealista (André Breton, Benjamin Péret), que se reunían en torno a la revista *Fontaine* dirigida entonces por Max-Pol Fouchet. Con este último grupo Paz siente más afinidad y colabora. Con los surrealistas Paz comparte, además de una política independiente, el interés por México —a Péret lo conoce allá, Breton (como Antonin Artaud) también había visitado el país y estaba fascinado por la cultura—; la unión de acción política y poética (la revolución como visión poética y subversión); y una investigación de los poderes del inconsciente— fuente, según los surrealistas, de liberación espiritual y estética. De los surrealistas le separa, en cambio, la edad (Paz era el más joven del grupo), la estética (sus poemas no revelan un estricto automatismo), y la tradición cultural (su arraigado hispanismo). Por otra parte, si el existencialismo parisino lo decepciona («no produjo una nueva literatura ni una nueva poesía», «Cuarenta años» (II), pág. 6), encuentra un aliado en el disidente Albert Camus («no fue un filósofo sino un artista, pero un artista que nunca renunció al pensamiento», *ibíd.).* Y si trata a otros poetas y escritores franceses y europeos —como René Char, Henri Michaux, Emile Cioran y Kostas Pappaioannou—, o a artistas y escritores hispanoamericanos —como Rufino Tamayo, Fernando de Szyszlo y Carlos Martínez Rivas— es con Breton, líder del movimiento surrealista, con quien entabla el más fértil intercambio de intuiciones e ideas. Es Breton, por intermedio de Péret, quien invita a Paz a las reuniones del grupo surrealista en el Café de la Place Blanche, y es él quien le publica, en el *Almanach Surréaliste du demi-siècle,* una traducción del poema en prosa «Mariposa de obsidiana»[27].

No obstante esos contactos de la época parisina ha escrito Paz que «no eran tiempos felices aquéllos». «Habíamos salido de los años de guerra pero ninguna puerta se abrió ante nosotros: sólo un túnel largo (el mismo de ahora, aunque más pobre y desnudo, el mismo túnel sin salida)... Rechazados, buscábamos *otra* salida, no hacia afuera, sino hacia adentro. Tampoco adentro había nadie: sólo la mirada, sólo el desierto de la mirada»[28]. Son esos años de influencia surrealista, de hecho, los que llevan a una puesta en práctica del onirismo —latente desde la época de «Nocturno» e «Insomnio» y la prosa de las «Vigilias»— en poemas como «Virgen» (LBP5, págs. 175-178), cuya primera versión, con el título de «Sueño de Eva», data de 1944, y muchos de los textos de *¿Águila o sol?*[29]. «El surrealismo desató mis imágenes y las echó a volar», resume Paz en sus recuerdos de la época. «Oí a mis pensamientos pensarme cuando parecía no pensar en nada; me eché a caminar, con los ojos cerrados, por el bosque maravilloso: el bosque de la distracción» («Los pasos», 56).

---

[27] Ver «Papillon d'obsidienne», traducción de Martine y Monique Fong, *Almanach Surréaliste du demi-siècle,* número especial de *La Nef,* núms. 63-64, marzo-abril de 1950, págs. 29-31. Sobre Breton, Paz ha escrito varios textos: trata su pensamiento en una conferencia de 1954, «El surrealismo», recogida en *Las peras del olmo,* 1957; Barcelona, Seix Barral, 1971, págs. 136-151; y en «André Breton o la búsqueda del comienzo», en *Corriente alterna,* 1967; México, Siglo XXI, 1972, págs. 52-64.

[28] Cito de, *«Destiempos* de Blanca Varela», en *Puertas al campo,* 1966; Barcelona, Seix Barral, 1972, pág. 94.

[29] Ver LBP5, nota 49; una traducción francesa de «Virgen», hecha por Alice Ahrweiler, se publicó en *Fontaine,* 57, diciembre de 1946-enero de 1947, págs. 726-737.

Por eso, el más fértil intercambio es el que sostiene consigo mismo —un mexicano solo en medio del centro cultural que era París —según reflejan las obras que va creando. De ahí que para septiembre de 1947, como le confiesa en carta a Alfonso Reyes, ya tenga «listo el original de un libro de poemas» (LBP1), y que poco más de un año después también le comunique su redacción de una serie de ensayos «sobre el ya no vestido de plumas, sino andrajoso mexicano» *(El laberinto de la soledad)* y de «un librito de poemas en prosa: Arenas movedizas» (las primicias de *¿Águila o sol?*)[30]. *Libertad bajo palabra* se publica, según el colofón, «el día 18 de agosto de 1949», y el 20 de septiembre, el mismo día que recibe su primer ejemplar en París, le escribe nuevamente a Reyes agradeciéndole que hubiese facilitado su publicación y confesándole que «el libro ha sido como una prueba, superior a la de Descartes, de mi existencia personal, de la que ya empezaba a dudar». Se refiere, desde luego, a sus dudas sobre su identidad no sólo como poeta (su último libro de poemas lo había publicado hacía siete años), sino como persona. De hecho, el libro abunda en poemas sobre el tema de la identidad personal. La secuencia de sus seis secciones traza las distintas etapas de una biografía metafórica: el itinerario espiritual hacia el dominio de la personalidad y el accésit poético que proclama el título y explica el prólogo homónimo. No hay que ir más allá del título, de hecho, para descubrir la paradoja de esa identidad poética: el poeta es un condenado («maldito», hubieran dicho el siglo pasado), con-

[30] Me refiero a las cartas de Paz a Reyes, fechadas en París, 24 de septiembre de 1948 y 26 de julio de 1949. En otra carta, fechada el 8 de julio de 1949, Paz se queja de que «el libro debería haberse publicado a fines de 1946». Cito por los textos inéditos que guarda la Capilla Alfonsina en la Ciudad de México. Agradezco a la doctora Alicia Reyes, directora de la Capilla, la oportuna consulta de estos y otros materiales y su permiso a citar de la correspondencia entre los dos escritores.

denado a inventar. Es libre en su invención, pero sometido a las condiciones que el lenguaje impone. La palabra y el concepto «libertad», como se sabe, están en el aire de la época. Para el existencialismo (francés) significa la opción del individuo ante la situación histórica que le oprime; para el surrealismo (y sobre todo para Breton), significa la disponibilidad de la imaginación ante lo real. Paz escoge, ante ese inmediato campo semántico, un título paradójico o, mejor dicho, *irónico:* reúne dos sentidos opuestos en una sola y tensa expresión. A su vez, el título marca la afinidad y separación de Paz con los surrealistas: su subconsciente (su inspiración) es libre como el de ellos pero sometido a la ley de la Palabra. En ese sentido el título evoca menos el surrealismo que su propia historia personal: recuerda el de aquellas lejanas «Vigilias: fragmentos del diario de un soñador» de 1935 donde el joven poeta había meditado por primera vez sobre el fenómeno poético. El propio Paz ha explicado así el título:

> Poesía de circunstancias o frente a las circunstancias, *Libertad bajo palabra* es un testimonio, en el recto sentido de la palabra. Al mismo tiempo, aspira a ser algo más que un testimonio y de ahí su título paradójico. La libertad es el elemento vital, existencial, pero sometido a una condición: la del arte, la de la poesía. Nunca he creído que la poesía nazca de la mera espontaneidad o del sueño; tampoco es hija de la conciencia lúcida sino de la lucha —que es también, a veces, abrazo— entre ambos. En mi juventud escribí unas prosas con un doble título: «Vigilias / diario de un soñador». La oposición entre *sueño* y *vigilia* es otra manera de expresar la dualidad que, a mi entender, anima secretamente a todo quehacer poético: la libertad condicional de la obra. Esa libertad es condicional porque la espontaneidad se alcanza no fuera de la forma sino en ella y por ella («Los pasos», pág. 62).

El libro se publica en un año clave para las letras, sobre todo la poesía, hispanoamericanas. Ese mismo año, Jorge Luis Borges y José Lezama Lima publican dos de sus obras cimeras: *El Aleph* y *La fijeza;* y Neruda, fugitivo entonces de la policía del dictador González Videla, escribe muchos de los poemas que al año siguiente recogerá bajo el título colectivo de *Canto general.* Igualmente alejado de la metafísica en prosa y en verso de Borges o Lezama, o del verso político de Neruda, las seis secciones del libro de Paz afirman otro testimonio individual —los hitos del itinerario de una identidad poética. La experiencia de base es *A la orilla del mundo* (derivado de la recopilación de 1942), la marginalidad poética resumida en nueve poemas de mediana extensión, seguida por la de *Vigilias,* 18 poemas más breves (incluyendo los de adolescencia señalados más arriba) que señalan el sumergimiento en sus obsesiones más persistentes. A esas dos secciones «plúmbeas» le suceden otras dos «ligeras»: *Asueto* y *El girasol,* de 27 y 11 poemas respectivamente, que son los escritos en su mayoría en los Estados Unidos y París. Los últimos dos títulos sugieren regresión *(Puerta condenada)* y liberación («Himno entre ruinas»), de quince y un solo poema, respectivamente. La regresión la delatan aquellos poemas que evocan los peores momentos de los años en México y de la que el último poema («La vida sencilla») se despide. El «Himno entre ruinas» vendría a representar, dentro de esta secuencia, el canto que surge, como ave fénix, de las cenizas de una etapa quemada. «Frente a toda esta realidad social», explicó Paz sobre las «ruinas» del título, «adviene el himno, la realidad del instante, que es toda la eternidad a que puede aspirar el ser humano»[31]. Como los tres movimientos de una sonata, los

---

[31] Entrevista con Emmanuel Carballo, «Octavio Paz: su poesía convierte en poetas a sus lectores», *México en la cultura*, 2.ª época, 493, 24 de agosto de

del libro estructuran un intermedio alegre *(allegro)* seguido por una variación del primero *(adagio)* —lo que, en términos del itinerario espiritual que proclama el título, equivaldría al pasaje del margen al canto, de la «orilla» al «himno». No es impertinente esa analogía musical: con el tiempo, la «advertencia» de LBP2 señalará el ritmo y la entonación como dos de los criterios estructurales del libro, y las notas a LBP4 lamentarán, con Valéry, la ausencia de signos musicales en la escritura. La unidad metafórica del libro demuestra, en todo caso, que no se trata de una mera recopilación de los poemas publicados fuera de México; es un «verdadero primer libro» en el sentido de que disfruta de su propia estructura interna. Es esa unidad también lo que debe haber atraído la admiración de Reyes. Del libro nunca escribió una reseña, pero en la carta (21 de enero de 1949) acusando recibo del manuscrito le dice al autor: «Creo que ha llegado usted a una gran plenitud y a una altura envidiable. Estoy realmente entusiasmado y contento.»

Los otros dos libros que Paz escribe son también conocidos: *El laberinto de la soledad,* meditación sobre México, el mexicano y su enajenación histórica, y *¿Águila o sol?,* segundo intento de poesía en prosa (el primero había sido las «Vigilias»). Los dos libros se publican, sucesivamente, en México[32]. Con LBP1 comparten un propósito: el auto-conocimiento en diversos planos —psicológico, histórico, mítico y estético. *El laberinto* representa la culminación de anteriores intentos disper-

1958, pág. 3. En lo sucesivo, toda referencia a este texto se hará bajo «Carballo».

[32] *El laberinto de la soledad,* México, Cuadernos Americanos, 1950. En 1959 se publicó una segunda edición, revisada con motivo de la traducción francesa. *¿Águila o sol?,* ilustraciones de Rufino Tamayo, México, Tezontle, 1951.

sos, a lo largo de los años cuarenta, por definir (y auto-definir) el carácter del mexicano y su historia, sólo que ahora desde la atalaya de los modelos que provee el pensamiento de medio siglo —psicoanálisis, fenomenología y filosofía de la historia— y con la ayuda de la distancia del exilio[33]. *¿Águila o sol?*, por su parte, representa la misma indagación en otra clave: 50 poemas en prosa, cuentos y fantasías que sacan a flote una suerte de inconsciente mexicano. Del título ha dicho Paz que

> alude a México y a sus dos grandes emblemas míticos (...) el águila se incendia en el sol, pero este incendio es una transformación porque el águila se vuelve sol. Al mismo tiempo, es una expresión popular cuando lanzamos una moneda al aire (...) La poesía es metáfora, mito y símbolo, pero también es azar y es lenguaje de todos los días. La poesía es juego y en el juego la gran potencia, el elemento esencial, es la casualidad («Convertimos...», pág. 7).

De todos sus libros es sin duda el más cercano al Surrealismo.

Los años de París llegan a su término hacia finales de 1951. Para entonces, Paz era ya una figura respetada en los círculos intelectuales de París. No sólo porque colabora en las actividades del grupo surrealista; también se le considera un portavoz independiente de las artes y el pensamiento. La UNESCO, por ejemplo, le pide que reúna y prologue una antología de la poesía mexicana; el pintor Rufino Tamayo, amigo y compatriota, le pide un texto para su primera exhibición en París; es el propio Paz el que presenta el film de Buñuel *Los olvidados* en el Festival de Cannes de 1951; en un

---

[33] Véase, a propósito, mi introducción a *Primeras letras (1931-1943)*, Barcelona, Seix Barral, 1988.

recordatorio público del levantamiento franquista comparte el podio con Camus y la actriz María Casares; escribe un prólogo para la traducción francesa del libro de Héctor Pérez Martínez sobre Cuauhtémoc[34]. Por eso la noticia de su traslado a la India, para asumir funciones en la embajada de Nueva Delhi, se la comunica a Reyes con tristeza: «Me cambian cuando empezaba a ser útil, cuando los franceses se empezaban a dar cuenta de mi existencia...» (3 de noviembre de 1951), no sin antes haberle confesado (24 de mayo de 1951) sus vivos deseos de regresar a México.

En Nueva Delhi Paz vive cinco meses (de enero a mayo de 1952); en Tokyo, los otros siete de ese año antes de regresar a Europa para asumir nuevas funciones en Ginebra. Pero después de siete años en París («esta cerrada y maravillosa ciudad», como se la describe en una ocasión a Reyes), ninguna otra le resulta cómoda. Nueva Delhi, por ejemplo, le parece al principio «un conjunto de jardines, llanos descampados y, a distancias enormes, casitas y casotas inglesas» (27 de enero de 1952), aun cuando la India en conjunto es un «fascinante, repelente y maravilloso país». La misma ambivalencia se registra en torno al Japón. Mientras que Tokio resulta ser un infierno («Los gastos han sido enormes y los haberes mezquinos. Vivo en un hotel con mi familia.

---

[34] Los textos son: *Anthologie de la poésie mexicaine,* traducción de Guy Levis Mano, selección, notas e introducción de Octavio Paz, Prólogo de Paul Claudel, París, Editions Nadel [Collection UNESCO d'Oeuvres Représentatives, Serie Ibéroaméricaine, núm. 2], 1952; «Tamayo en la pintura», *México en la cultura,* 21 de enero de 1951, págs. 1, 6 y en *Sur,* 202, agosto de 1951, págs. 67-77 y recogido en *Las peras del olmo,* págs. 191-207, bajo el título de «Tamayo en la pintura mexicana»; «El poeta Buñuel», *México en la cultura,* 3 de junio de 1951, pág. 3 y *Las peras,* págs. 183-187; «Aniversario español» se publicó en la primera edición mexicana de *Las peras del olmo,* México, UNAM, 1957, 278-284 y más tarde en *El ogro filantrópico. Historia y política, 1971-1978,* Barcelona, Seix Barral, 1979, págs. 203-207; «Cuauhtémoc», en *Cuauhtémoc. La vie et la mort de la culture aztèque,* traducción de Jean Camp, París, Robert Laffont, 1952; en español, *Las peras del olmo,* págs. 214-219.

Aunque es el mejor de Tokio, nos devoran los mosquitos...»), en la misma carta admite que «de nada de esto tiene la culpa el Japón. El país me gusta mucho» (30 de julio de 1952). Su estado de ánimo se transparenta en los poemas que escribe en las dos ciudades: «Mutra» LBP5, págs. 315-321) y «¿No hay salida?» (págs. 321-324). Ambos forman parte de la serie de poemas de mediana extensión escritos en las distintas ciudades que visita a partir de 1948 (fecha de «Himno entre ruinas») y cuyo conjunto publicará en México, diez años después, bajo el título de *La estación violenta.* Del primero Paz ha revelado que trata de «la tentación de ceder al misticismo hindú o al budismo, es decir, la tentación de un absoluto que no es humano», y del segundo, que es un poema sobre la pérdida de la identidad personal: «somos lo que fuimos... todo lo que fuimos es este instante sin salida» («Carballo», pág. 3). No obstante estas calamidades, el impacto del Oriente será poderoso, como demuestra su recurrencia en la obra posterior, inclusive en la prosa que escribe durante la misma época. Me refiero, sobre todo, a las primicias de *El arco y la lira,* sus meditaciones sobre «el poema, la revelación poética, poesía e historia». Publicado sólo en 1954, ya en México, el libro lo empieza a escribir durante unas vacaciones de verano en Córcega, en 1951, y continúa redactándolo (como demuestra la correspondencia con Reyes) en cada una de las estancias por el Oriente. Para julio de 1953, ya en Ginebra y en su último parte a Reyes sobre el libro, lo describe como un manuscrito de trescientas páginas.

México

«En 1953, tras nueve años de ausencia, regresé a México: era otra ciudad. Una ciudad todavía agradable, aunque ya empezaba a convertirse en el monstruo de ahora» («Cuarenta años (II)», pág. 7). A cuyos recuerdos Paz añade:

> Fue una ausencia de nueve años. Repito esa cifra con reverencia: fue una verdadera gestación. Pero una gestación al revés: no dentro sino fuera de mi tierra natal. Durante esos años cambiaron mis ideas, mis afectos, mis odios y amores —pero fui fiel a la poesía («Los pasos», pág. 56).

En efecto, es un México muy distinto al que había dejado la década anterior. Los sucesivos gobiernos de Alemán y Ruiz Cortines, empeñados en el desarrollo industrial del país, lo habían transformado. Lo cual explica no sólo el crecimiento de la ciudad de México sino el creciente conservadurismo del gobierno y la petrificación de su burocracia en la retórica nacionalista: efectos ambos de la revolución institucionalizada. Como funcionario de la Secretaría de Relaciones Exteriores, el propio Paz es miembro de esa burocracia. Su doble vida de burócrata y escritor implica, por tanto, dividir su tiempo entre tareas del gobierno y del contexto artístico: a la vez representa y critica el *establishment*. «En el México de 1955», recuerda a propósito, «la satisfacción era generalizada entre políticos, banqueros, líderes obreros y campesinos. Incluso muchos intelectuales se habían contagiado de ese optimismo». Pero más saludables eran los más jóvenes:

La nueva generación tenía una actitud resueltamente crítica, pero su crítica no era ideológica, sino artística, literaria, poética... También ellos tuvieron que enfrentarse al nacionalismo y al arte con mensaje ideológico («Cuarenta años (II)», pág. 7).

Arreola, Benítez, Fuentes, García Terrés, Montes de Oca y Rulfo son algunos de los nuevos autores; la *Revista de la Universidad*, *México en la cultura* y *Revista mexicana de literatura* los nuevos órganos de difusión. Paz colabora con y en todos ellos. Con el tiempo llamará ese momento un «periodo indeciso de las artes y letras mexicanas: nacionalismo, arte social, esfuerzos solitarios de unos cuantos poetas y pintores»[35]. Ese periodo de seis años se prolonga hasta 1959 cuando Paz regresa a París y, posteriormente, a la India. La recopilación de LBP2 en 1960 señalará el final de ese ciclo y el comienzo de otro.

Al año de regresar, y mientras disfruta de una beca en El Colegio de México para terminar de redactar el manuscrito de *El arco y la lira*, Paz publica *Semillas para un himno*: 22 poemas breves en 43 páginas a los cuales agrega siete de sus traducciones de poemas de Andrew Marvell y Gérard de Nerval. Si *La estación violenta* recoge textos de mediana extensión, éste recoge los más breves; son su contrapartida. Ya la última carta a Reyes anunciaba que trabajaba «dos series independientes» de poemas. En efecto, se trata de una lírica breve, espontánea y grácil, deliberadamente opuesta a la extensa y reflexiva de *La estación violenta*. «La imagen es la parte central», ha dicho de ellos. «En algunos aparece otra influencia formativa: la poesía japonesa que yo descubrí a

<hr>

[35] Cito de la «Nota», «Delhi, a 30 de septiembre de 1965», a *Puertas al campo*, Barcelona, Seix Barral, 1966, pág. 9.

través de Tablada, hacia 1945» («Cuarenta años (II)», pág. 7). Y de la relación entre las dos series:

> Fue un recurso inconsciente para oponer un dique al desbordamiento surrealista. Me cautivó la economía de las formas: mínimas y precisas construcciones hechas de unas pocas sílabas y capaces de contener un universo («Los pasos», pág. 58).

En los poemas breves de *Semillas para un himno* confluyen, por eso, el *haiku* japonés, la poesía náhuatl, la poesía popular española y la lírica moderna, sobre todo la de inspiración cubista. Pero será el interés por la literatura japonesa el que cultiva en algunos de los textos más penetrantes de este segundo periodo mexicano: una serie de ensayos en 1954, la traducción (con Eikichi Hayashiya) de *Sendas de Oku* junto a su introducción crítica, un número especial de *Sur* sobre literatura japonesa[36].

A la poesía se une el interés por la pintura y el teatro.

> En esos años regresó Rufino Tamayo y se generalizó la rebelión contra la academia de lugares pictóricos y nacionalistas y pseudo-revolucionarios en que había degenerado el muralismo («Cuarenta años (II)», pág. 8).

Paz anima a la rebelión escribiendo extensamente no sólo sobre Tamayo; también sobre otros disidentes: Juan Soriano, Pedro Coronel, Gunther Gerszo, Remedios

---

[36] Ver «Tres momentos de la literatura japonesa», *México en la cultura*, agosto 1, 8 y 15 de 1954, págs. 1, 3 y 3, respectivamente, recogido en *Las peras del olmo*, págs. 107-135; Matsuo Basho, *Sendas de Oku*, tr. Eikichi Hayashiya y Octavio Paz, México, Imprenta Universitaria, 1957; 2.ª ed. Barcelona, Barral Editores, 1970; 3.ª edición, Barcelona, Seix Barral, 1981; e «Introducción», *Sur*, 249, noviembre-diciembre de 1957, págs. 1-3.

Varo, Alvar Carrillo Gil. En todos defiende la libertad de la imaginación y su oposición a un arte ideológico[37]. Su actividad en el teatro es fugaz pero significativa: junto con Juan Soriano y Leonora Carrington organiza «Poesía en voz alta», un grupo de teatro experimental donde se representan obras de fuera y de dentro, incluyendo una suya, *La hija de Rappaccini,* basada en un cuento de Nathaniel Hawthorne. Según Paz, «se trataba de un grupo inteligente y rebelde que debió enfrentarse a dos obsesiones reinantes: el realismo y el nacionalismo». Y lo hicieron con un repertorio que incluyó obras de Ionesco, Eliot, Genet y Elena Garro, entre otros[38].

Pero el México acomodado es sólo una cara del país; la otra, la del subdesarrollo y la pobreza, la vuelve a descubrir, en el verano de 1955, durante una gira de conferencias en el norte, donde le impresiona

> no solamente el vasto desierto, sino también la pobreza de la gente del campo. Era la otra cara de la prosperidad de que estaban tan orgullosos los dirigentes del país («Cuarenta años (II)», pág. 7).

«El cántaro roto», el indignado poema que escribe durante el viaje de regreso y que abre el primer número de la *Revista mexicana de literatura,* causa un escándalo. «El mal, el cáncer es aquí», según lo describe entonces,

---

[37] Ver *Los privilegios de la vista. Arte de México,* que recoge los textos sobre arte mexicano, México, Fondo de Cultura Económica, 1987.

•[38] Ver «La hija de Rappaccini», *Revista mexicana de literatura,* 7, septiembre-octubre de 1956, págs. 3-26; recogida en LBP4, págs. 283-307. Para más detalles de esta empresa, véase el estudio de Ronni Unger, *«Poesía en voz alta» in the Theatre of Mexico,* Columbia, Mo., University of Missouri Press, 1981. También la entrevista que le hiciera Esther Seligson a Paz con motivo del reestreno de la obra en México en 1978: *La cabra,* 3.ª época, 1, octubre de 1978, págs. 9-11.

de un orden más concreto...: es la opresión social, por una parte, en sucesión histórica: el cacique precortesiano, el obispo, el general, el banquero; por la otra, consecuencia de la opresión, la sequía, la separación, la soledad («Carballo», pág. 3).

No es casual, por eso, que tras la bofetada del México subdesarrollado decida volver a elaborar al año siguiente *Entre la piedra y la flor,* aquel extenso poema social sobre México y antecedente directo de «El cántaro roto» que había escrito en Yucatán. La nueva versión acorta (216 en vez de 242 versos) y concreta: elabora en parte un diálogo *con* el campesino donde antes hubiera un discurso *sobre* él[39]. En esta y todas las actividades documentadas más arriba, se trata de una lucha en varios frentes, dirigida por un lado a combatir la mentira hecha institución y, por otro, a defender el derecho del escritor y el artista a una libre imaginación.

Por eso la primera edición de *El arco y la lira,* publicada ese mismo año, resulta una múltiple defensa de la poesía —no ya contra aquellos argumentos en pro de una literatura «comprometida» de que Paz había sido testigo en París durante las primicias de su redacción, sino contra la pérdida más generalizada del sentido de la poesía, asediada igualmente por la insensibilidad nacionalista o la indiferencia burguesa en una sociedad como la mexicana. Ya en una conferencia sobre el surrealismo al año de su regreso a México, parte de una serie universitaria sobre «los grandes temas de nuestro tiempo», Paz observaba que «hace cinco o seis años esta conferencia habría sido imposible»[40]. El libro en sí es el re-

---

[39] Ver *Entre la piedra y la flor,* viñetas de Alvar Carrillo Gil, México, Ediciones Asociación Cívica Yucatán, 1956.

[40] *Las peras del olmo,* pág. 136. Restituyo la primera versión de la frase, revisada en la 2.ª edición.

sultado de años de trabajo. En la correspondencia con Reyes, desde París, se menciona, sucesivamente, como «cuatro capítulos y un apéndice que, con ejemplos, ilustran la lucha que entablan en la entraña de todo lenguaje prosa y poesía, razón y ritmo, oración e imagen» (26 de marzo de 1952); más tarde como «un libro demasiado fabricado» que «coincide... con lo que he dicho ya en mis versos» (13 de mayo de 1952). «Se me ha ocurrido llamarlo», le escribe finalmente, "La Otra Orilla" —alusión al saber, o mejor dicho: al estar en el saber, de los budistas» (25 de julio de 1953). Para entonces el curioso viajero y lector ya había incorporado al libro algo más que el pensamiento oriental que había absorbido durante su estancia en Oriente. Pues como se sabe, *El arco y la lira*, y sobre todo su primera edición de 1956, constituye un esfuerzo por encontrar las equivalencias entre la temporalidad de la existencia (Heidegger) y la experiencia poética (el surrealismo): la poesía como revelación no del inconsciente sino del Ser[41]. Para ello intenta contestar, en sus tres secciones, tres preguntas claves: «¿hay un decir poético —el poema— irreductible a todo otro decir?; ¿qué dicen los poemas?; ¿cómo se comunica el decir poético?»[42].

---

[41] El testimonio más interesante de este momento es la entrevista en Ginebra con Roberto Vernengo, *México en la cultura*, 6, febrero de 1954, página 24; reproducido en *Sur*, 227, marzo-abril de 1954, págs. 61-64. Pregunta Paz, en un momento del diálogo con Vernengo: «¿No te parece que, en cuanto tentativa de radicalizar la creación poética, el surrealismo corre paralelo con la metafísica de la libertad de un Heidegger, por ejemplo? Habría que meditar, como punto de partida semejante confrontación, el sentido de las palabras "imaginación", y "proyección", entre otras.» En relación a la génesis y naturaleza de *El arco y la lira*, véase el capítulo «Octavio Paz: crítica y poética» de mi *Escritura y tradición: Texto, crítica y poética en la literatura hispanoamericana*, Barcelona, Laia, 1988, págs. 103-126.

[42] *El arco y la lira*, México, Fondo de Cultura Económica, 1956, pág. 26. Hay una segunda edición revisada de 1967. Las diferencias entre las dos ediciones fueron estudiadas por Emir Rodríguez Monegal, «Relectura de *El arco y la lira*», *Revista Iberoamericana*, vol. 37, núm. 74, enero-marzo de 1971, páginas 222-230.

En 1957 aparecen dos libros que van señalando, por su carácter recopilatorio, el cierre del periodo: *Las peras del olmo,* su primer volumen de ensayos, y *Piedra de sol,* el poema que, además de cerrar el periodo, resume el momento y define al poeta. Este lo escribe a principios de 1956 y lo publica al año siguiente: 590 endecasílabos (los seis últimos repiten los seis primeros) en una edición de 41 páginas. El origen del poema, uno de sus más extensos, lo describe en este pasaje retrospectivo:

> No tenía plan. No sabía lo que quería escribir. *Piedra de sol* se inició como un automatismo. Las primeras estrofas las escribía como si literalmente alguien me las dictara. Lo más extraño es que los endecasílabos brotaban naturalmente, y que la sintaxis, y aun la lógica, eran arbitrariamente normales. De pronto sobrevino una interrupción. Había escrito unos treinta versos y no pude seguir. Salí al extranjero por dos semanas... y a mi regreso, al releer lo escrito, sentí la necesidad de continuar el texto. Volví a escribir con una extraña facilidad, pero en esta ocasión intenté utilizar la corriente verbal y orientarla un poco. Poco a poco el poema se fue haciendo, me fui dando cuenta hacia dónde iba el texto. Fue un caso de colaboración entre lo que llamamos el inconsciente (y que para mí es la verdadera inspiración), y la conciencia crítica y racional. A veces triunfaba la segunda, a veces la inspiración. Otra potencia que intervino en la redacción de este poema: la memoria... Por ser obra de la memoria, *Piedra de sol* es una larga frase circular («Cuarenta años (II)», páginas 7-8).

El origen semi-automático del poema explica su carácter sintético: resume la trayectoria personal de Paz hasta el momento, su tránsito y el de su generación por los desastres de la historia contemporánea; también sintetiza la estética del surrealismo con la supervivencia de los mitos aztecas, como indica la alusión del título al calendario sagrado de los antiguos mexicanos. La primera edición se inscribe sobre esa mitología: reproduce tres jeroglíficos, una nota exegética al final y hasta una lista de algunas de sus fuentes. Pero a partir de su inclusión en *La estación violenta*, al año siguiente, esa inscripción desaparece. «El tema central», dice en una entrevista a propósito,

> es la recuperación del instante amoroso como recuperación de la verdadera libertad, «puerta del ser» que nos lleva a la comunicación con otro cuerpo, con los demás hombres, con la naturaleza. («Carballo», pág. 3.)

Con la publicación de *La estación violenta* en 1958, el regreso de Paz a París al año siguiente, una segunda edición revisada de *El laberinto de la soledad* ese mismo año y la publicación de LBP2, se cierra definitivamente el periodo. Como dije antes, no intentaremos en esta introducción hacer un recuento de su carrera posterior. Baste decir que *La estación violenta* formará la última sección de la futura recopilación. Consta de nueve poemas extensos, incluyendo *Piedra de sol*, en 83 páginas. El libro comienza bibliográficamente, por tanto, donde LBP1 había terminado: con «Himno entre ruinas». Entre todos, la nota común de los poemas es la meditación sobre, hacia o desde la ciudad: de la Nápoles de «Himno entre ruinas» a la Venecia de «Máscaras del alba» y la Aviñón de «Fuente»; del París de «Repaso nocturno» a la Ginebra de «El río», desembocando al final en el México de «El cántaro roto» y *Piedra de sol*. En todos, el poeta medita ante el escenario de la historia en un momento meridiano de su vida y obra: el «tiempo de la razón ardiente» al que alude el verso de Apollinaire que figura como epígrafe y de donde se deriva el título. Him-

nos todos a la búsqueda de un sentido desde la plenitud
de la palabra.

III. LIBRO DE LIBROS

En LBP2 Paz elabora la obra poética que hemos re-
pasado. De hecho, por primera vez se le da ese nombre
en el subtítulo: «Obra Poética, 1935-1958» con lo que,
también, la limita en el tiempo. Su modelo base es
LBP1: de ese tomo adopta, además de parte del título,
su división en secciones (cinco en vez de seis) y algún
que otro nombre de sección que con el tiempo desaparecerá. Cinco de los ocho libros publicados entre 1933
y 1949 se salvarán; también se incluyen todos los publicados hasta 1958. Las ediciones posteriores reducen
aún más el número de poemas. Como su modelo, además, el libro posee una estructura interna: la biografía
espiritual en varias etapas que, en este caso, abarcan
veintitrés años. La división tripartita original, que en
LBP1 evoca la sonata, se convierte en una estructura
más compleja. En LBP2, por ejemplo, persiste todavía
un centro formal: en la sección III, que antes ocuparan
los poemas aéreos de *Asueto* y *El girasol*, se reúnen ahora
los poemas regresivos de *Puerta condenada*. En cambio, a
partir de LBP3, la segunda edición recopilatoria, se elimina ese centro —sea éste «ligero» o «plúmbeo», *allegro*
o *adagio*— al incorporarse los poemas de *Puerta condenada* a la anterior sección II *(Calamidades y milagros)*. El
paso de una a otra edición, por tanto, no sólo aligera el
libro; también cambia la perspectiva temporal, y no sólo
porque se ajuste «con mayor fidelidad» (como dice la
«Advertencia») a la cronología. Acaso con mayor perspectiva temporal, la evolución de la «biografía espiritual» se extiende, se vuelve paulatina y graduada a base

de menos cambios bruscos. A partir de LBP3, incluyendo la presente edición, la estructura es la siguiente:

I. *Bajo tu clara sombra, 1935-1944*

   Primer día (1935).
   Bajo tu clara sombra (1935-1938).
   Raíz del hombre (1936).
   Noche de resurrecciones (1939).
   Asueto (1939-1944).
   Condición de nube (1944).

II. *Calamidades y milagros, 1937-1947*

   Puerta condenada (1938-1946).
   Calamidades y milagros (1937-1947).

III. *Semillas para un himno, 1943-1955*

   El girasol (1943-1948).
   Semillas para un himno (1950-1954).
   Piedras sueltas (1955).

IV. *¿Águila o sol?, 1949-1950*

   Trabajos del poeta (1949).
   Arenas movedizas (1949).
   ¿Águila o sol? (1949-1950).

V. *La estación violenta, 1948-1957*

El más somero cotejo de esta estructura revela que no se trata de una mera recopilación. Es cierto que varias secciones y subsecciones adoptan títulos de algunos libros orgánicos *(Bajo tu clara sombra, Semillas para un himno)*, en versiones revisadas o no. Pero la mayoría de los títulos no corresponden a libros *(Primer día, Asueto, El girasol,* etc.), tienen la función de agrupar poemas análogos, y su secuencia no siempre resulta sucesivamente cronológica. Antes bien, la secuencia funciona por una serie de superposiciones parciales. La primera sección, *Bajo tu clara sombra,* por ejemplo, coincide parcialmente en el tiempo (1935-1944) con *Calamidades y milagros* (1937-1947); de la misma manera que ésta coincide con *Semillas para un himno* (1943-1955), y ésta, a su vez, con *¿Águila o sol?* (1949-1950) y *La estación violenta* (1948-1957). Cada sección contiene y a su vez engendra, por así decirlo, la siguiente, en una serie de eslabones entrelazados. Más que de serie, se trata de una *cadena* de secciones: libros *concatenados* que estructuran esta paradójica «libertad bajo palabra». Como dice el «Envío» de «La vida sencilla»: «sobre el papel, sobre la arena, escribo / estas palabras mal encadenadas» (LBP5, pág. 150). Lejos de ser un accidente de la redacción final, la cadena —que a la vez aprisiona y asegura, sujeta y ordena— es el emblema que va determinando la estructura del texto a lo largo de las sucesivas ediciones.

La superposición temporal, a su vez, revela otro aspecto importante de la biografía implícita en el libro: en lugar de una sola voz, cuya evolución se despliega en la sucesión de libros, tenemos un coro —conjunto de voces relativamente independientes que coinciden en el tiempo—. Y más que una variedad de formas y estilos, tenemos una biografía múltiple — los distintos aspectos, máscaras o *personae* de una misma biografía: el apasionado amante de *Bajo tu clara sombra* y *Raíz del hombre;* el testigo obseso de *Calamidades y milagros;* el observador desapasionado de *Asueto, Condición de nube* y *Semillas para un himno;* el fantasioso poeta de *¿Águila o sol?;* el ciudadano maduro y visionario de *La estación violenta.* Todas esas descripciones se pueden barajar, naturalmente, sin alterar la característica central del libro: la pluralidad simultánea de voces en la búsqueda de la identidad. El poeta no es uno sino varios: es él y es otro (u otros), al mismo tiempo. El prólogo homónimo, en admirable síntesis, anticipa ese desfile de máscaras anunciando su invención del «examen de conciencia, el juez, la víctima, el testigo. Tú eres esos tres» (LBP5, pág. 72).

Los alcances de ese desfile se pueden cotejar comparando el libro de Paz con otro de Borges, *El otro, el mismo* (1969), cuya estructura evoca el mismo tema. Si en Paz, las máscaras o *personae* se diferencian en el tiempo a través del despliegue dramático de hablantes distintos en tono y preferencia temática, en Borges la máscara adquiere un valor nominal, otro tema más del hablante único que hace del «otro», dentro de un discurso homogéneo, otra ficción del «mismo». El «yo» de «Borges y yo» nunca llega a dialogar, mucho menos a polemizar, con «Borges»: antes bien, lo describe y lo juzga para burlarse de él. En Paz, en cambio, lo distintivo radica precisamente en la heterogeneidad del discurso —una radical pluralidad que surge de la identidad maleable, fugaz y, en última instancia, incognoscible. «Espejo», uno de los poemas más antiguos, inicia ya el tema y sus corolarios: «De una máscara a otra / hay siempre un yo penúltimo que pide. / Y me hundo en mí mismo y no me toco» (LBP5, página 124). «La poesía», uno de varios *ars poeticae* que se recogen en el libro, señala su función de auto-conocimiento:

Llévame, solitaria,
llévame entre los sueños,
llévame, madre mía,
despiértame del todo,
hazme soñar tu sueño,
unta mis ojos con aceite,
para que al conocerte me conozca (LBP5, pág. 165).

No en balde en la ocasión de comentar la reunión de
toda su obra poética Paz observará que le parecía

la biografía de un fantasma. Mejor dicho, de muchos
fantasmas... Este libro ha sido escrito por una sucesión
de poetas; todos se han desvanecido y nada queda de
ellos sino sus palabras («Los pasos», pág. 50).

Otra frase, escrita al año de reunir LBP2, sobre Fernando Pessoa, lo resume aún mejor: «Los poetas no tienen
biografía. Su obra es su biografía»[43].

Dijimos antes que la estructura de LBP1, semejante a
la de una sonata, incluía un intermedio alegre seguido
por la variación de un primer movimiento. Esa estructura tripartita facilitaba el pasaje de «la orilla del mundo» al «himno entre ruinas», principio y fin del itinerario del poeta hacia el dominio de su personalidad. A
partir de LBP2 (y refinándose aún más en LBP3) cambia la estructura del libro pero no su naturaleza. En ediciones más recientes, el itinerario se extiende y se acla-
ran los símbolos de ese pasaje ritual: la primera sección

---

[43] «El desconocido de sí mismo», *Cuadrivio: Darío, López Velarde, Pessoa,
Cernuda,* México, Joaquín Mortiz, 1965, pág. 133. Sobre el concepto de *persona* en poesía, véase Robert C. Elliott, *The Literary Persona,* Chicago, University of Chicago Press, 1982. En la literatura hispánica el único libro que ha tratado el tema en algún detalle es el estudio de Antonio Carreño, *La dialéctica de
la identidad en la poesía contemporánea. La persona, la máscara,* Madrid, Gredos, 1981. Es útil también el de Julio Ortega, *Figuración de la persona,* Barcelona, EDHASA, 1971.

se titula *Bajo tu clara sombra*, el último poema *Piedra de sol. De la sombra al sol:* así podría resumirse la evolución espiritual de la *persona* poética a lo largo del libro pasando por varias etapas intermedias e igualmente simbólicas: la noche y el asueto *(Noche de resurrecciones, Asueto)*, la puerta condenada y el trabajo *(Puerta condenada, Trabajos del poeta)*, los himnos de una «violenta» estación. El epígrafe de Apollinaire que encabeza esta última sección, a su vez, aclara el simbolismo del itinerario: si es en ese punto donde comienza el verano, entonces las etapas anteriores significan la primavera, es decir, la estación inmediatamente anterior. O en términos de la biografía: la juventud se acaba y comienza la madurez. Por otra parte, si bien la estructura del libro participa de la del diario —las fechas no sólo señalan una cronología; también delatan el origen circunstancial de los poemas— la organización de su conjunto tampoco resulta casual. Su estructura no es el mero registro neutral de una serie de cambios personales, sino un viaje simbólico en forma de búsqueda —versión del *bildungsreise* romántico (la historia progresiva de una educación artística, sentimental y moral) cuya trama implica, necesariamente, una serie de pruebas: capítulos o etapas de crisis y sufrimiento[44]. Dichos capítulos se justifican, a su vez, en términos de un final en el que el protagonista adquiere una mayor conciencia de sí. En este caso, los capítulos de crisis los vendrían a ocupar las secciones II y IV, *Calamidades y milagros* y *¿Águila o sol?* (LBP5, págs. 149-182; 223-297) que reúnen, respectivamente, los poemas de la primera época mexicana («Puerta condenada») junto con testimonios de guerra y otras experiencias dolorosas, y los que narran la agonía de la creación y el encuentro

---

[44] Frances Chiles, en un reciente libro, ha tratado este tema en la poesía de Paz, aunque no en LBP; ver *Octavio Paz: The Mythic Dimension*, Nueva York, Peter Lang, 1987, y sobre todo las págs. 161-216.

con el mito e imagen de México. El final, a su vez, se registra en otro viaje, que narra el poema *Piedra de sol*.

En contexto, el título de *Piedra de sol* remite a la pregunta de *¿Águila o sol?*, y el viaje que narra recapitula el trayecto del peregrino en términos simbólicos: el peregrino es él y también los otros, sus compañeros de viaje en el tiempo. Ese viaje final, por último y necesariamente, no termina: *Piedra de sol* es un poema circular cuyos últimos seis endecasílabos repiten los seis primeros y que termina con dos puntos que postulan una apertura. Se trata por tanto —en Paz y en la tradición romántica a la que aludo— de un viaje circular que termina donde empieza: su propósito es regresar al punto de partida —la unidad originaria del ser extraviada tras el advenimiento de la conciencia, esa misma «soledad de la conciencia y conciencia de la soledad» (LBP5, pág. 72) que el prólogo invoca[45]. El final de *Piedra de sol*, texto inscrito sobre la estructura del calendario sagrado de los aztecas, remite, de esta manera, no sólo al principio del poema mismo (los seis endecasílabos que se repiten al final) sino al libro. El último «día» del calendario, que es el final del poema, coincide con el «primer día», que es el título de la primera sección del libro (LBP5, págs. 75-80). Si, como quiere Paz en *El arco y la lira*, «la experiencia poética es una revelación de nuestra condición original» y esa revelación «se resuelve siempre en una creación: la de nosotros mismos», entonces la lectura circular (del poema final y del libro) postula una segunda o una lectura *otra* que recrea esa misma condición —aquella lectura de la que disfrutábamos, en términos simbólicos, durante el «primer día» de la primera lectura, tanto

---

[45] Para un resumen del trasfondo filosófico de estas ideas, ver M. H. Abrams, *Natural Supernaturalism. Tradition and Revolution in Romantic Literature*, Nueva York, W. W. Norton, 1971, especialmente las págs. 164-195.

nuestra como del poeta[46]. A su vez, aun esa primera lectura, que comenzara con un poema titulado «Tu nombre», siempre había sido otra, ya que nunca fue inocente: significó, como indica este título, el descubrimiento simultáneo del nombre y del otro, del lenguaje y de la otredad.

La estructura en tres partes de LBP1 evoluciona, por tanto, hacia otra en cinco que obedece, al menos a partir de LBP3, al despliegue simbólico de la biografía: tres cimas (secciones I, III y IV) en orden ascendente, atravesadas por dos simas (II y V) o épocas de crisis. Dentro de esa estructura la biografía implícita evoluciona, a su vez, de un subjetivismo apasionado al paulatino descubrimiento del mundo circundante; el sujeto se desprende de sí y va apreciando al otro o lo otro. Es a ese paulatino desprendimiento al que alude, en parte, la «libertad» del título, suerte de versión poética del Absoluto hegeliano que el Espíritu va conquistando a través de la paulatina negación del ego. Los poemas que registran ese cambio aparecen en las secciones *Asueto* y *Condición de nube* (LBP5, págs. 92-110), para luego recurrir, con ligeras variaciones, en la sección III, *Semillas para un himno*. La cronología total de esos poemas (1939-1955) indica que se trata de una modalidad de percepción, otra máscara en el tiempo; pero el cotejo de sus fechas indica que su meollo se sitúa en el periodo 1943-1948, que en la biografía real de Octavio Paz corresponde a los años en que escribía los poemas de LBP1, inmediatamente posteriores a su ruptura con el contexto mexicano y durante el periodo en Estados Unidos y Francia. Ese cambio de percepción resulta crucial y coincide con un cambio de lenguaje poético —mejor dicho, de *dicción*. En la biografía real, como vi-

---

[46] Cito por *El arco y la lira*, 2.ª edición corregida y aumentada, México, Fondo de Cultura Económica, 1967, pág. 154.

mos, Paz lo describe como un descubrimiento del «lenguaje de la conversación, el lenguaje coloquial». En la biografía metafórica, en cambio, la diferencia de lenguaje refleja un cambio de máscara porque cambia la configuración del hablante. El hablante se vacía de sí y al vaciarse descubre, como dice el último poema de «Puerta condenada», «la luz ligera y sin memoria / que brilla en cada hoja, en cada piedra» (LBP5, pág. 148). Al desprenderse de sí, el sujeto abandona también su retórica apasionada para aprehender (en su doble sentido de captar y entender) el mundo en momentos privilegiados como éste:

> Eres la duración
> el tiempo que madura
> en un instante enorme, diáfano:
> flecha en el aire,
> blanco embelesado
> y espacio sin memoria ya de flecha.
> (...)
> Y floto, ya sin mí, pura existencia.
>
> (LBP5, pág. 93)

La captación del mundo objetivo, que poema tras poema de título sencillo («Día», «Jardín», «Delicia», «Mediodía» son algunos) va trazando en forma de catálogo, no deriva de la autorrepresión del hablante sino todo lo contrario: refleja una auto-posesión basada en la comprensión del mundo externo. El poeta es él en virtud, no en contra, del mundo. De hecho, para ser él mismo tiene que ver y hasta *ser*, también, lo otro. John Keats (1795-1821), aquel poeta romántico que el joven Paz imitara tanto en sus primeras odas, solía insistir, en su escasa pero reveladora correspondencia, en la *negative capability* (capacidad negativa): la capacidad del poeta para presentar el mundo impersonalmente, a diferencia del poeta subjetivo o sentimental, quien lo presenta a través de sus intereses, sentimientos y creencias. Eliot y Pound, a quienes Paz releyera con provecho durante su estancia en Estados Unidos, insistían, a su vez, en la impersonalidad de la poesía, lo que permitía presentar una verdad *dentro* del poema, y en la aprehensión del mundo objetivo a través de la configuración de su *persona* o máscara. «En la 'búsqueda de uno mismo'», dice Pound en su famoso ensayo sobre el Vorticismo,

> en la búsqueda de una «sincera auto-expresión», nos agarramos de alguna apariencia de verdad. Decimos: «yo soy» esto o lo otro, y apenas pronunciamos estas palabras dejamos de ser esa cosa[47].

Dejamos de ser esa cosa, claro está, porque al nombrar el objeto en realidad nos autonombramos. El poeta no sólo nombra lo otro: *es* lo otro. Sin embargo, ya vimos en una de las citas que cierra la primera parte de esta introducción que Paz no coincide enteramente con Eliot en el sacrificio total de la persona real. Prefiere el medio camino entre la máscara y la vivacidad: configurar su *persona* a partir del mundo que nombra.

El descubrimiento del mundo a partir del sacrificio relativo de la personalidad tiene, por tanto, implicaciones que sobrepasan aquellas formales o técnicas que tocan en particular a la dicción del poema. Estructura, en realidad, todo un conocimiento o sabiduría a partir del descubrimiento de la *otredad* —el mundo existe fuera de mí y yo soy ese mundo. El poeta puede decir, con Ortega y Gasset, que si no salva la circunstancia no se salva él tampoco. Por el contrario, si triunfa su interés subjetivo o sentimental, no sólo recarga la dicción (hace el poema retórico), sino le ciega a lo otro, al mundo más

---

[47] Citado en Elliott, pág. 8.

allá de sí, y lo condena al espejo, la auto-contemplación, la soledad. Como dice el prólogo, aludiendo a una sección clave del libro: «Inútil tocar a puertas condenadas. No hay puertas, hay espejos» (LBP5, pág. 72). No sería exagerado resumir la totalidad de *Libertad bajo palabra* como el paulatino hallazgo de esa sabiduría, cuya encarnación concreta sería el poema como *himno*, el coro de tema heroico. «Nuestros poemas», exhortaba Paz en la primera edición de *El arco y la lira*, «si hemos de tener poemas, serán heroicos y en ellos el hombre se reconocerá como un destino que es también una libertad». *(El arco,* pág. 263.) De ahí que, tras las dos secciones iniciales, el centro del libro lo ocupe la titulada *Semillas para un himno;* que a ésta le siga otra que termina con un texto titulado «Himno futuro» («Allá, donde mi voz termina y la tuya empieza, ni solo ni acompañado, nace el canto», LBP5, págs. 294-295); y que la siguiente y última empiece con «Himno entre ruinas», uno de los poemas claves en la obra de Paz y en toda la poesía contemporánea, que se diría constituye el resumen alegórico de ese hallazgo.

A base de una técnica simultaneísta —la presentación simultánea de diferentes planos temporales y espaciales, desde el México de los años treinta hasta el presente en ruinas de la Europa de posguerra— el poema despliega la lucha entre dos aspectos, dos máscaras de un solo sujeto: uno obsesionado por los desastres del mundo histórico; otro que anhela la sencilla encarnación en el mundo material del presente. La pregunta-clave aparece en la segunda estrofa:

¿Qué yerba, qué agua de vida ha de darnos la vida,
dónde desenterrar la palabra,
la proporción que rige al himno y al discurso,
al baile, a la ciudad y a la balanza?

(LBP5, pág. 304)

Mientras que en uno de los pensamientos «se inmovilizan, ríos que no desembocan», en otro finalmente, «la inteligencia al fin encarna»: una naranja se vuelve la imagen del día; «la conciencia-espejo se licúa»: el hombre se libera de sus obsesiones; y la poesía que llevamos dentro nos vuelve a salvar:

> Hombre, árbol de imágenes,
> palabras que son flores que son frutos que son actos.
> (LBP5, pág. 305)

Junto con «Himno entre ruinas», *Piedra de sol* ocuparía, por tanto, el lugar del «himno futuro». Todo en el libro apunta hacia él y en él se recapitula. Pero lo es no sólo en virtud del tono del último poema —el aliento ceremonial de sus 590 endecasílabos— sino por la temática de otredad que lo informa. Tres frases que son tres revelaciones marcan el viaje hacia el regreso o «puerta del ser» (LBP5, pág. 354) que estructura el poema. La primera aparece en la novena estrofa: «busco un instante, un rostro de relámpago y tormenta» (LBP5, págs. 337-338); la segunda en la número 21: «vislumbramos / nuestra unidad perdida, el desamparo / que es ser hombres» (LBP5, pág. 346); la tercera en la número 26: «no soy, no hay yo, siempre somos nosotros (LBP5, pág. 353). Las tres resumen el pasaje del hablante de su salvación personal a la visión del otro. El paso de uno al otro lo facilita la mujer, quien, a su vez, encarna la otredad. «La mujer en forma dual», aclaró Paz poco después de publicar el poema,

> como creadora y destructora, como Melusina y Perséfona, como encantadora que vuelve cerdos a los hombres y como presencia que les da su verdadera humanidad y los abre al secreto de su propia significación (Carballo, pág. 3).

Lejos de ser un objeto sexual (sin por ello negar el erotismo), la mujer en *Libertad bajo palabra* ocupa un lugar central en la dialéctica de la otredad. Para el hablante o biografiado masculino ella encarna la diferencia genérica: «mi contrario» que, como otredad resistente, es la «torre», «muralla» y «ciudad», como anticipa el prólogo (LBP5, pág. 72) quien se (y nos) seduce y conquista. En *Piedra de sol,* resumen del libro y uno de los grandes poemas de todos los tiempos, la mujer es una con la otredad que salva al hombre.

Libro de libros, pues, que resume los primeros treinta años en la carrera del poeta; libro total que, a la vez, se auto-limita en el tiempo; deliberada y sucesiva revisión de un ciclo en la vida y obra de un poeta; cadena de palabras que eslabonan el paso de ese poeta en el tiempo; viaje circular que termina donde empieza: en el regreso a una unidad originaria que es, al mismo tiempo, revelación de nuestra condición original, «el desamparo que es ser hombres»; hallazgo de la «puerta del ser»: trascendencia, por instantes, de la soledad, *Libertad bajo palabra [1935-1957],* es uno de los tomos básicos de la poesía contemporánea, clave para apreciar la poesía y el pensamiento de Octavio Paz, clave a su vez de nuestro tiempo.

Esta edición

La presente edición se basa en el texto de *Libertad bajo palabra [1935-1957]* incluido en *Poemas (1935-1975)* (1979). Hemos utilizado como base el ejemplar de *Poemas* de la biblioteca personal del editor y que le obsequiara Octavio Paz con la siguiente dedicatoria: «A Enrico Mario Santí, con un abrazo, Octavio Paz, México, a 26 de junio de 1982.» Este texto ha sido corregido, a su vez, con una lista de cambios, que le enviase el autor al editor, a fines de febrero de 1988, adjunta a la carta arriba citada.

Conscientes del complicado historial del libro y dada la naturaleza de la serie en que se publica esta edición, hemos optado por no registrar las variantes del texto y resumir los cambios más generales en la introducción. La única concesión que hemos hecho al historial del libro ha sido señalar aquellos poemas que Paz volvió a incorporar en LBP4 tras su exclusión de LBP3; éstos aparecen marcados en el texto con una llamada* junto al título. En cambio, las notas al texto sí incluyen los datos de la primera publicación, toda vez que se conozcan.

Bibliografía

N. B.—Sólo se incluyen las obras más pertinentes a esta edición. Para más información sobre la obra de y sobre Paz, recomiendo la consulta de la excelente *Octavio Paz: Bibliografía crítica,* ed. Hugo J. Verani (México, Universidad Nacional Autónoma de México, 1983).

I. Obras de Octavio Paz

Poesía

Luna silvestre, México, Fábula, 1933.

¡No pasarán!, México, Simbad, 1936.

Raíz del hombre, México, Simbad, 1937.

Bajo tu clara sombra y otros poemas sobre España, Valencia, Ediciones Españolas, 1937.

Bajo tu clara sombra, 1935, 1938, México, Letras de México, 1941.

Entre la piedra y la flor, México, Nueva Voz, 1941; 2.ª ed., México, Ediciones Asociación Cívica Yucatán, 1956.

A la orilla del mundo y Primer día, Bajo tu clara sombra, Raíz del hombre, Noche de resurrecciones, México, Compañía Editora y Librera, 1942.

Libertad bajo palabra, México, Tezontle, 1949.

¿Águila o sol?, México, Tezontle, 1951.

Semillas para un himno, México, Tezontle, 1954.

Piedra de sol, México, Tezontle, 1957.

La estación violenta, México, Fondo de Cultura Económica, 1958.

Libertad bajo palabra: obra poética (1935-1958), México, Fondo de Cultura Económica, 1960; 2.ª edición, *Libertad bajo palabra (1935-1957)*, México, Fondo de Cultura Económica, 1968.

Poemas (1935-1975), Barcelona, Seix Barral, 1979; 2.ª ed., 1981.

Prosa

El arco y la lira: El poema, la revelación poética, poesía e historia, México, Fondo de Cultura Económica, 1956; 2.ª ed., corregida y aumentada con el nuevo epílogo «Los signos en rotación», 1967. [Hay varias ediciones posteriores.]

Corriente alterna, México, Siglo XXI, 1967.

Cuadrivio: Darío, López Velarde, Pessoa, Cernuda, México, Joaquín Mortiz, 1965.

El laberinto de la soledad, México, Cuadernos Americanos, 1950; 2.ª ed. revisada y aumentada, México, Fondo de Cultura Económica, 1959. [Hasta la fecha se han hecho más de veinte ediciones de esta obra.]

Las peras del olmo, México, UNAM, 1957; 2.ª ed. revisada, Barcelona, Seix Barral, 1971. [Incluye los ensayos más pertinentes de la época de LBP1.]

Primeras letras (1931-1943), ed. Enrico Mario Santí, México, Editorial Vuelta, 1988; Barcelona, Seix Barral, 1988. [Reúne ensayos de la época anterior a LBP1.]

Los signos en rotación y otros ensayos, prólogo de Carlos Fuentes, Madrid, Alianza Editorial, 1971. [Ensayos de varias épocas.]

Sombras de obras. Arte y literatura, Barcelona, Seix Barral, 1983.

«Cuarenta años de escribir poesía», *La onda*, 9 y 16 de marzo de 1976.

«Los pasos contados», *Camp de l'arpa. Revista de Literatura*, año IV, núm. 74, págs. 51-52.

Traducciones

Versiones y diversiones, 1974; 2.ª ed. corregida, México, Joaquín Mortiz, 1978.

II. Crítica sobre la poesía de Octavio Paz

Libros y obras colectivas

Chiles, Frances, *Octavio Paz: The Mythic Dimension,* Nueva York, Peter Lang, 1987.

Cuadernos Hispanoamericanos, 343-345 (enero-marzo de 1979). [Monumental número de homenaje.]

Fein, John, *Toward Octavio Paz. A reading of His Major Poems, 1957-1976,* Lexington, University of Kentucky Press, 1986.

Flores, Ángel, *Aproximaciones a Octavio Paz,* México, Joaquín Mortiz, 1974.

Gimferrer, Pere, *Lecturas de Octavio Paz,* Barcelona, Editorial Anagrama, 1980.

— ed., *Octavio Paz,* Madrid, Taurus Ediciones, 1982. [Incluye 25 ensayos, excelente introducción y bibliografía.]

Lambert, Jean-Clarence, «L'Hymne et le discours», prefacio a su traducción de *Liberté sur parole,* París, Gallimard, 1966.

Magis, Carlos H., *La poesía hermética de Octavio Paz,* México, El Colegio de México, 1978.

Roggiano, Alfredo, ed., *Octavio Paz,* Madrid, Editorial Fundamentos, 1979. [Incluye 22 ensayos más útil cronología y bibliografía.]

Wilson, Jason, *Octavio Paz,* Boston, Twayne, 1986.

Lecturas de poemas individuales de LBP

Bernard, Judith, «Myth and Structure in Octavio Paz's *Piedra de sol*», *Symposium,* vol. 21, núm. 1 (primavera, 1967), págs. 5-13.

FEIN, John M., «La estructura de *Piedra de sol*», *Revista Iberoamericana*, vol. 38, núm. 76 (enero-marzo de 1972), páginas 73-94.

— «Himno entre ruinas» en Flores, *ibíd.*

GOETZINGER, Judith, «Thematic Divisions in *Libertad bajo palabra* (1986)», *Romance Notes*, vol. 1, núm. 2 (invierno, 1971), págs. 226-233.

— «Evolución de un poema: tres versiones de "Bajo tu clara sombra"», en Roggiano, *ibíd.*

NUGENT, Robert, «Structure and Meaning in Octavio Paz's *Piedra de sol*», *Kentucky Romance Quarterly*, vol. 13 núm. 3 (1966), págs. 138-146.

PACHECO, José Emilio, «Descripción de *Piedra de sol*», en Roggiano, *ibíd.*

SCHÄRER, Maya, «Octavio Paz: el calendario del sol o el fenómeno de la poesía», *La Semana de Bellas Artes*, núm. 167 (11 de febrero de 1981), págs. 10-13. [Lectura de *Piedra de sol.*]

SEGALL, Brenda, «Symbolism in Octavio Paz's "Puerta condenada"», *Hispania*, vol. 53, núm. 2 (mayo de 1970), págs. 212-219.

XIRAU, Ramón, «"Himno entre ruinas": la palabra, fuente de toda liberación», en Flores, *ibíd.*

Otras obras utilizadas en esta edición

ABRAMS, Meyer H., *Natural Supernaturalism. Tradition and Revolution in Romantic Literature*, Nueva York, W. W. Norton, 1971.

CASO, Alfonso, *El pueblo del sol*, México, Fondo de Cultura Económica, 1957.

ELLIOTT, Robert, *The Literary Persona*, University of Chicago Press, 1982.

KRICKEBERG, Walter, *Las antiguas culturas mexicanas*, trad. Sita Garst y Jasmin Reuter, 1956; México, Fondo de Cultura Económica, 1961.

SANTÍ, Enrico Mario, *Escritura y tradición: Texto, crítica y poética en la literatura hispanoamericana*, Barcelona, Laia, 1988.

Libertad bajo palabra
[1935-1957]

Libertad bajo palabra

Allá, donde terminan las fronteras, los caminos se borran. Donde empieza el silencio. Avanzo lentamente y pueblo la noche de estrellas, de palabras, de la respiración de un agua remota que me espera donde comienza el alba.

Invento la víspera, la noche, el día siguiente que se levanta en su lecho de piedra y recorre con ojos límpidos un mundo penosamente soñado. Sostengo al árbol, a la nube, a la roca, al mar, presentimiento de dicha, invenciones que desfallecen y vacilan frente a la luz que disgrega.

Y luego la sierra árida, el caserío de adobe, la minuciosa realidad de un charco y un pirú[1] estólido, de unos niños idiotas que me apedrean, de un pueblo rencoroso que me señala. Invento el terror, la esperanza, el mediodía —padre de los delirios solares, de las falacias espejeantes, de las mujeres que castran a sus amantes de una hora.

Invento la quemadura y el aullido, la masturbación en las letrinas, las visiones en el muladar, la prisión, el piojo y el chancro, la pelea por la sopa, la delación, los animales viscosos, los contactos innobles, los interrogato-

---

[1] *pirú.* Pinal o árbol del Perú, común en México y América Central.

rios nocturnos, el examen de conciencia, el juez, la víctima, el testigo. Tú eres esos tres. ¿A quién apelar ahora y con qué argucias destruir al que te acusa? Inútiles los memoriales, los ayes y los alegatos. Inútil tocar a puertas condenadas. No hay puertas, hay espejos. Inútil cerrar los ojos o volver entre los hombres: esta lucidez ya no me abandona. Romperé los espejos, haré trizas mi imagen —que cada mañana rehace piadosamente mi cómplice, mi delator. La soledad de la conciencia y la conciencia de la soledad, el día a pan y agua, la noche sin agua. Sequía, campo arrasado por un sol sin párpados, ojo atroz, oh conciencia, presente puro donde pasado y porvenir arden sin fulgor ni esperanza. Todo desemboca en esta eternidad que no desemboca.

Allá, donde los caminos se borran, donde acaba el silencio, invento la deseperación, la mente que me concibe, la mano que me dibuja, el ojo que me descubre. Invento al amigo que me inventa, mi semejante; y a la mujer, mi contrario: torre que corono de banderas, muralla que escalan mis espumas, ciudad devastada que renace lentamente bajo la dominación de mis ojos.

Contra el silencio y el bullicio invento la Palabra, libertad que se inventa y me inventa cada día.

I
Bajo tu clara sombra
[1935-1944]

Primer día
[1935]

TU NOMBRE

NACE de mí, de mi sombra,
amanece por mi piel,
alba de luz somnolienta.

Paloma brava tu nombre,
tímida sobre mi hombro.

MONÓLOGO*

BAJO las rotas columnas,
entre la nada y el sueño,
cruzan mis horas insomnes
las sílabas de tu nombre.

Tu largo pelo rojizo,
relámpago del verano,
vibra con dulce violencia
en la espalda de la noche.

Corriente oscura del sueño
que mana entre las rüinas
y te construye de nada:
húmeda costa nocturna
donde se tiende y golpea
un mar sonámbulo, ciego.

ALAMEDA*

EL SOL entre los follajes
y el viento por todas partes
llama vegetal te esculpen,
si verde bajo los oros
entre verdores dorada.
Construida de reflejos:
luz labrada por las sombras,
sombra deshecha en la luz.

SONETOS[2]

I

INMÓVIL en la luz, pero danzante,
tu movimiento a la quietud que cría
en la cima del vértigo se alía
deteniendo, no al vuelo, sí al instante.

---

2 *«Sonetos».* primeras versiones: *Tercer taller poético,* marzo de 1937, páginas 33-38. Las variantes, sin embargo, los hacen poemas completamente
diferentes.

Luz que no se derrama, ya diamante,
fija en la rotación del mediodía,
sol que no se consume ni se enfría
de cenizas y llama equidistante.

Tu salto es un segundo congelado
que ni apresura el tiempo ni lo mata:
preso en su movimiento ensimismado

tu cuerpo de sí mismo se desata
y cae y se dispersa tu blancura
y vuelves a ser agua y tierra obscura.

II

El mar, el mar y tú, plural espejo,
el mar de torso perezoso y lento
nadando por el mar, del mar sediento:
el mar que muere y nace en un reflejo.

El mar y tú, su mar, el mar espejo:
roca que escala el mar con paso lento,
pilar de sal que abate el mar sediento,
sed y vaivén y apenas un reflejo.

De la suma de instantes en que creces,
del círculo de imágenes del año,
retengo un mes de espumas y de peces,

y bajo cielos líquidos de estaño
tu cuerpo que en la luz abre bahías
al obscuro oleaje de los días.

III

Del verdecido júbilo del cielo
luces recobras que la luna pierde
porque la luz de sí misma recuerde
relámpagos y otoños en tu pelo.

El viento bebe viento en su revuelo,
mueve las hojas y su lluvia verde
moja tus hombros, tus espaldas muerde
y te desnuda y quema y vuelve yelo.

Dos barcos de velamen desplegado
tus dos pechos. Tu espalda es un torrente.
Tu vientre es un jardín petrificado.

Es otoño en tu nuca: sol y bruma.
Bajo del verde cielo adolescente,
tu cuerpo da su enamorada suma.

IV

Bajo del cielo fiel Junio corría
arrastrando en sus aguas dulces fechas,
ardientes horas en la luz deshechas,
frutos y labios que mi sed asía.

Sobre mi juventud Junio corría:
golpeaban mi ser sus aguas flechas,
despeñadas y obscuras en las brechas
que su avidez en ráfagas abría.

Ay, presuroso Junio nunca mío,
invisible entre puros resplandores,
mortales horas en terribles goces,

¡cómo alzabas mi ser, crecido río,
en júbilos sin voz, mudos clamores,
viva espada de luz entre dos voces!

V

Cielo que gira y nube no asentada
sino en la danza de la luz huidiza,
cuerpos que brotan como la sonrisa
de la luz en la playa no pisada.

¡Qué fértil sed bajo tu luz gozada!,
¡qué tierna voluntad de nube y brisa
en torbellino puro nos realiza
y mueve en danza nuestra sangre atada!

Vértigo inmóvil, avidez primera,
aire de amor que nos exalta y libra:
danzan los cuerpos su quietud ociosa,

danzan su propia muerte venidera,
arco de un solo son en el que vibra
nuestra anudada desnudez dichosa.

MAR DE DÍA

Por un cabello solo
parte sus blancas venas,
su dulce pecho bronco,
y muestra labios verdes,
frenéticos, nupciales,
la espuma deslumbrada.
Por un cabello solo.

Por esa luz en vuelo
que parte en dos al día,
el viento suspendido;
el mar, dos mares fijos,
gemelos enemigos;
el universo roto
mostrando sus entrañas,
las sonámbulas formas
que nadan hondas, ciegas,
por las espesas olas
del agua y de la tierra:
las algas submarinas
de lentas cabelleras,
el pulpo vegetal,
raíces, tactos ciegos,
carbones inocentes,
candores enterrados
en la primer ceguera.

Por esa sola hebra,
entre mis dedos llama,
vibrante, esbelta espada
que nace de mis yemas
y ya se pierde, sola,
relámpago en desvelo,
entre la luz y yo.

Por un cabello solo
el mundo tiene cuerpo.

Bajo tu clara sombra[3]
[1935-1938]

I

BAJO tu clara sombra
vivo como la llama al aire,
en tenso aprendizaje de lucero.

II

TENGO que hablaros de ella.
Suscita fuentes en el día,
puebla de mármoles la noche.
La huella de su pie
es el centro visible de la tierra,
la frontera del mundo,
sitio sutil, encadenado y libre;

[3] *«Bajo tu clara sombra».* Primera publicación: fragmento en *Bajo tu clara sombra y otros poemas sobre España,* 1937, bajo el título de «Helena». Fragmentos: *Sur,* 74, noviembre de 1940, págs. 36-42. Segunda edición, completa: 1941 (*Bajo tu clara sombra, 1935-1938*), recogida al año siguiente en la recopilación *A la orilla del mundo...* A partir de LBP2 pasa a ser el título de la primera sección del libro. Para una aproximación interesante, véase el ensayo de Judith Goetzinger, «Evolución de un poema: tres versiones de "Bajo tu clara sombra"».

discípula de pájaros y nubes
hace girar al cielo;
su voz, alba terrestre,
nos anuncia el rescate de las aguas,
el regreso del fuego,
la vuelta de la espiga,
las primeras palabras de los árboles,
la blanca monarquía de las alas.

No vio nacer al mundo,
mas se enciende su sangre cada noche
con la sangre nocturna de las cosas
y en su latir reanuda
el son de las mareas
que alzan las orillas del planeta,
un pasado de agua y de silencio
y las primeras formas de la materia fértil.

Tengo que hablaros de ella,
de su fresca costumbre
de ser simple tormenta, rama tierna.

III

MIRA el poder del mundo,
mira el poder del polvo, mira el agua.

Mira los fresnos en callado círculo,
toca su reino de silencio y savia,
toca su piel de sol y lluvia y tiempo,
mira sus verdes ramas cara al cielo,
oye cantar sus hojas como agua.

Mira después la nube,
anclada en el espacio sin mareas,
alta espuma visible
de celestes corrientes invisibles.

Mira el poder del mundo,
mira su forma tensa,
su hermosura inconsciente, luminosa.

Toca mi piel, de barro, de diamante,
oye mi voz en fuentes subterráneas,
mira mi boca en esa lluvia oscura,
mi sexo en esa brusca sacudida
con que desnuda el aire los jardines.

Toca tu desnudez en la del agua,
desnúdate de ti, llueve en ti misma,
mira tus piernas como dos arroyos,
mira tu cuerpo como un largo río,
son dos islas gemelas tus dos pechos,
en la noche tu sexo es una estrella,
alba, luz rosa entre dos mundos ciegos,
mar profundo que duerme entre dos mares.

Mira el poder del mundo:
reconócete ya, al reconocerme.

IV

UN CUERPO, un cuerpo solo, sólo un cuerpo,
un cuerpo como día derramado
y noche devorada;
la luz de unos cabellos
que no apaciguan nunca

la sombra de mi tacto;
una garganta, un vientre que amanece
como el mar que se enciende
cuando toca la frente de la aurora;
unos tobillos, puentes del verano;
unos muslos nocturnos que se hunden
en la música verde de la tarde;
un pecho que se alza
y arrasa las espumas;
un cuello, sólo un cuello,
unas manos tan sólo,
unas palabras lentas que descienden
como arena caída en otra arena...

Esto que se me escapa,
agua y delicia obscura,
mar naciendo o muriendo;
estos labios y dientes,
estos ojos hambrientos,
me desnudan de mí
y su furiosa gracia me levanta
hasta los quietos cielos
donde vibra el instante:
la cima de los besos,
la plenitud del mundo y de sus formas.

V

Deja que una vez más te nombre, tierra.
Mi tacto se prolonga
en el tuyo sediento,
largo, vibrante río
que no termina nunca,
navegado por hojas digitales,
lentas bajo tu espeso sueño verde.

Tibia mujer de somnolientos ríos,
mi pabellón de pájaros y peces,
mi paloma de tierra,
de leche endurecida,
mi pan, mi sal, mi muerte,
mi almohada de sangre:
en un amor más vasto te sepulto.

Raíz del hombre[4]
[1935-1936]

I

Más acá de la música y la danza,
aquí, en la inmovilidad,
sitio de la música tensa,
bajo el gran árbol de mi sangre,
tú reposas. Yo estoy desnudo
y en mis venas golpea la fuerza,
hija de la inmovilidad.

Éste es el cielo más inmóvil,
y ésta la más pura desnudez.
Tú, muerta, bajo el gran árbol de mi sangre.

II

Ardan todas las voces
y quémense los labios;

---

[4] *Raíz del hombre.* Primera publicación: 1937, luego recogido en *A la orilla del mundo...* y también, revisado, en sucesivas ediciones de LBP2 y LBP3. Junto con *Bajo tu clara sombra* y *Entre la piedra y la flor* es uno de los más revisados de Paz.

y en la más alta flor
quede la noche detenida.

Nadie sabe tu nombre ya;
en tu secreta fuerza influyen
la madurez dorada de la estrella
y la noche suspensa,
inmóvil océano.

Amante, todo calla
bajo la voz ardiente de tu nombre.
Amante, todo calla. Tú, sin nombre,
en la noche desnuda de palabras.

III

ÉSTA es tu sangre,
desconocida y honda,
que penetra tu cuerpo
y baña orillas ciegas,
de ti misma ignoradas.

Inocente, remota,
en su denso insistir, en su carrera,
detiene la carrera de mi sangre.
Una pequeña herida
y conoce a la luz,
al aire que la ignora, a mis miradas.

Ésta es tu sangre, y éste
el prófugo rumor que la delata.

Y se agolpan los tiempos
y vuelven al origen de los días,

como tu pelo eléctrico si vibra
la escondida raíz en que se ahonda,
porque la vida gira en ese instante,
y el tiempo es una muerte de los tiempos
y se olvidan los nombres y las formas.

Ésta es tu sangre, digo,
y el alma se suspende en el vacío
ante la viva nada de tu sangre.

Noche de resurrecciones[5]
[1939]

I

LATES entre la sombra,
blanca y desnuda: río.

Canta tu corazón, alza tus pechos,
y arrastra entre sus aguas
horas, memorias, días,
despojos de ti misma.
Entre riberas impalpables huyes,
mojando las arenas del silencio.

Agua blanca y desnuda
bajo mi cuerpo obscuro, roca,
cantil que muerde y besa un agua honda,
hecha de espuma y sed.

Dormida, en el silencio desembocas.
Sólo tu cabellera,
semejante a las yerbas

---

5 *«Noche de resurrecciones»*. Primeros fragmentos: *Taller*, núm. 10, marzo-abril de 1940, págs. 25-29; completo en *A la orilla del mundo...*

que arrastra la corriente,
oscila entre la sombra,
eléctrica, mojada por lo obscuro.

Entre riberas impalpables quedas,
blanca y desnuda, piedra.

II

Vivimos sepultados en tus aguas desnudas,
noche, gran marejada, vapor o lengua lenta,
codicioso jadeo de inmensa bestia pura.

La tierra es infinita, curva como cadera,
henchida como pecho, como vientre preñado,
mas como tierra es tierra, reconcentrada, densa.

Sobre esta tierra viva y arada por los años,
tendido como río, como piedra dormida,
yo sueño y en mí sueña mi polvo acumulado.

Y con mi sueño crece la silenciosa espiga,
es soledad de estrella su soledad de fruto,
dentro de mí se enciende y alza su maravilla.

Dueles, atroz dulzura, ciego cuerpo nocturno
a mi sangre arrancado; dueles, dolida rama,
caída entre las formas, en la entraña del mundo.

Dueles, recién parida, luz tan en flor mojada;
¿qué semillas, qué sueños, qué inocencias te laten,
dentro de ti me sueñan, viva noche del alma?

El sueño de la muerte te sueña por mi carne,
mas en tu carne sueña mi carne su retorno,
que el sueño es una entraña para el alma que nace.

Sobre cenizas duermo, sobre la piel del globo;
en mi costado lates y tu latir me anega:
las aguas desatadas del bautismo remoto
mi sueño mojan, nombran y corren por mis venas.

III

BLANDA invasión de alas es la noche,
viento parado en una apenas rama:
la tierra calla, el agua en sueños habla.
De un costado del hombre nace el día.

Asueto
[1939-1944]

PALABRA

PALABRA, voz exacta
y sin embargo equívoca;
obscura y luminosa;
herida y fuente: espejo;
espejo y resplandor;
resplandor y puñal,
vivo puñal amado,
ya no puñal, sí mano suave: fruto.

Llama que me provoca;
cruel pupila quieta
en la cima del vértigo;
invisible luz fría
cavando en mis abismos,
llenándome de nada, de palabras,
cristales fugitivos
que a su prisa someten mi destino.

Palabra ya sin mí, pero de mí,
como el hueso postrero,
anónimo y esbelto, de mi cuerpo;

sabrosa sal, diamante congelado
de mi lágrima obscura.

Palabra, una palabra, abandonada,
rïente y pura, libre,
como la nube, el agua,
como el aire y la luz,
como el ojo vagando por la tierra,
como yo, si me olvido.

Palabra, una palabra,
la última y primera,
la que callamos siempre,
la que siempre decimos,
sacramento y ceniza.

DÍA*

¿De qué cielo caído,
oh insólito,
inmóvil solitario en la ola del tiempo?
Eres la duración,
el tiempo que madura
en un instante enorme, diáfano:
flecha en el aire,
blanco embelesado
y espacio sin memoria ya de flecha.
Día hecho de tiempo y de vacío:
me deshabitas, borras
mi nombre y lo que soy,
llenándome de ti: luz, nada.

Y floto, ya sin mí, pura existencia.

JARDÍN*

A Juan Gil-Albert[6]

NUBES a la deriva, continentes
sonámbulos, países sin substancia
ni peso, geografías dibujadas
por el sol y borradas por el viento.

Cuatro muros de adobe. Buganvillas:
en sus llamas pacíficas mis ojos
se bañan. Pasa el viento entre alabanzas
de follajes y yerbas de rodillas.

El heliotropo con morados pasos
cruza envuelto en su aroma. Hay un profeta:
el fresno —y un meditabundo: el pino.
El jardín es pequeño, el cielo inmenso.

Verdor sobreviviente en mis escombros:
en mis ojos te miras y te tocas,
te conoces en mí y en mí te piensas,
en mí duras y en mí te desvaneces.

---

   [6] *Juan Gil-Albert* (1904), poeta español, miembro de la redacción de la revista *Hora de España*. Paz lo conoce en Valencia en el «Segundo Congreso Internacional de Escritores para la Defensa de la Cultura» (1937). Después de
la guerra civil Gil-Albert vivió exiliado en México y en la Argentina. Se rein-
tegró a la vida española después del franquismo.

DELICIA[7]

A José Luis Martínez

Como surge del mar, entre las olas,
una que se sostiene,
estatua repentina,
sobre las verdes, líquidas espaldas
de las otras, las sobrepasa,
vértigo solitario, y a sí misma,
a su caída y a su espuma,
se sobrevive, esbelta,
y hace quietud su movimiento,
reposo su oleaje,
brotas entre los áridos minutos,
imprevista criatura.

Entre conversaciones y silencios,
lenguas de trapo y de ceniza,
entre las reverencias, dilaciones,
las infinitas jerarquías,
los escaños del tedio,
los bancos del tormento,
naces, delicia, alta quietud.

¿Cómo tocarte, impalpable escultura?
Inmóvil en el movimiento,
en la fijeza, suelta.
Si música, no suenas;
si palabra, no dices:
¿qué te sostiene, líquida?

[7] *«Delicia»*. Primera publicación: *Letras de México*, tomo III, núm. 13, 15 de enero de 1942, pág. 4; *José Luis Martínez* (1918), ha sido uno de los más asiduos estudiosos de la literatura mexicana. Entre sus libros: *Literatura mexicana siglo XX: 1910-1949* (1949) y *Los viajeros de Indias* (1985).

Entrevisto secreto:
el mundo desasido se contempla,
ya fuera de sí mismo, en su vacío.

MEDIODÍA

Un quieto resplandor me inunda y ciega,
un deslumbrado círculo vacío,
porque a la misma luz su luz la niega.

Cierro los ojos y a mi sombra fío
esta inasible gloria, este minuto,
y a su voraz eternidad me alío.

Dentro de mí palpita, flor y fruto,
la aprisionada luz, ruina quemante,
vivo carbón, pues lo encendido enluto.

Ya entraña temblorosa su diamante,
en mí se funde el día calcinado,
brasa interior, coral agonizante.

En mi párpado late, traspasado,
el resplandor del mundo y sus espinas
me ciegan, paraíso clausurado.

Sombras del mundo, cálidas rüinas,
sueñan bajo mi piel y su latido
anega, sordo, mis desiertas minas.

Lento y tenaz, el día sumergido
es una sombra trémula y caliente,
un negro mar que avanza sin sonido,

ojo que gira ciego y que presiente
formas que ya no ve y a las que llega
por mi tacto, disuelto en mi corriente.

Cuerpo adentro la sangre nos anega
y ya no hay cuerpo más, sino un deshielo,
una onda, vibración que se disgrega.

Medianoche del cuerpo, toda cielo,
bosque de pulsaciones y espesura,
nocturno mediodía del subsuelo,

¿este caer en una entraña obscura
es de la misma luz del mediodía
que erige lo que toca en escultura?

—El cuerpo es infinito y melodía.

ARCOS[8]

A Silvina Ocampo

¿Quién canta en las orillas del papel?
Inclinado, de pechos sobre el río
de imágenes, me veo, lento y solo,
de mí mismo alejarme: letras puras,
constelación de signos, incisiones
en la carne del tiempo, ¡oh escritura,
raya en el agua!

---

[8] *«Arcos»*. Primera publicación: *México en la cultura*, 3 de junio de 1949, pág. 3. A pie de página: «16 de mayo de 1949». *Silvina Ocampo* (1909). Poeta, narradora y ensayista argentina.

        Voy entre verdores
enlazados, voy entre transparencias,
río que se desliza y no transcurre;
me alejo de mí mismo, me detengo
sin detenerme en una orilla y sigo,
río abajo, entre arcos de enlazadas
imágenes, el río pensativo.
Sigo, me espero allá, voy a mi encuentro,
río feliz que enlaza y desenlaza
un momento de sol entre dos álamos,
en la pulida piedra se demora,
y se desprende de sí mismo y sigue,
río abajo, al encuentro de sí mismo.

1947

LAGO*

Tout pour l'oeil, rien pour les oreilles[9].
Ch. B.

ENTRE montañas áridas
las aguas prisioneras
reposan, centellean
como un cielo caído.

---

[9] *Tout pour l'oeil, rien pour les oreilles,* «Todo para los ojos, nada para el oído», verso 51 (13.ª estrofa) del poema «Rêve parisien» («Sueño parisino») de *Les fleurs du mal (Las flores del mal,* 1857) de Charles Baudelaire (1821-1867). El poema narra un sueño con objetos artificiales que culmina en la experiencia de un «silencio eterno». El poema de Paz invierte, por tanto, el sentido de la cita de Baudelaire. La estrofa correspondiente dice: «Et sur ces mouvantes merveilles / Planait (terrible nouveauté! / Tout pour l'oeil, rien pour les oreilles!) un silence d'éternité.» (Y sobre esas maravillas móviles / descansa (iterrible novedad! / Todo para los ojos, nada para el oído) un silencio eterno.)

Nada sino los montes
y la luz entre brumas;
agua y cielo reposan,
pecho a pecho, infinitos.

Como el dedo que roza
unos senos, un vientre,
estremece las aguas,
delgado, un soplo frío.

Vibra el silencio, vaho
de presentida música,
invisible al oído,
sólo para los ojos.

Sólo para los ojos
esta luz y estas aguas,
esta perla dormida
que apenas resplandece.

Todo para los ojos.
Y en los ojos un ritmo,
un color fugitivo,
la sombra de una fortuna,
un repentino viento
y un naufragio infinito.

NIÑA

A Laura Elena[10]

NOMBRAS el árbol, niña.
Y el árbol crece, lento,
alto deslumbramiento,
hasta volvernos verde la mirada.

Nombras el cielo, niña.
Y las nubes pelean con el viento
y el espacio se vuelve
un transparente campo de batalla.

Nombras el agua, niña.
Y el agua brota, no sé dónde,
brilla en las hojas, habla entre las piedras
y en húmedos vapores nos convierte.

No dices nada, niña.
Y la ola amarilla,
la marea de sol,
en su cresta nos alza,
en los cuatro horizontes nos dispersa
y nos devuelve, intactos,
en el centro del día, a ser nosotros.

---

[10] *Laura Elena*. Laura Elena Paz es la hija de Octavio Paz y Elena Garro, primera esposa del poeta.

JUNIO[11]

*Bajo del cielo fiel Junio corría
arrastrando en sus aguas dulces fechas...*

LLEGAS de nuevo, río transparente,
todo cielo y verdor, nubes pasmadas,
lluvias o cabelleras desatadas,
plenitud, ola inmóvil y flüente.

Tu luz moja una fecha adolescente:
rozan las manos formas vislumbradas,
los labios besan sombras ya besadas,
los ojos ven, el corazón presiente.

¡Hora de eternidad, toda presencia,
el tiempo en ti se colma y desemboca
y todo cobra ser, hasta la ausencia!

El corazón presiente y se incorpora,
mentida plenitud que nadie toca:
hoy es ayer y es siempre y es deshora.

NOCHE DE VERANO[12]

PULSAS, palpas el cuerpo de la noche,
verano que te bañas en los ríos,
soplo en el que se ahogan las estrellas,

---

[11] *«Junio».* Primera publicación, junto con «Medianoche» y «Primavera a la vista»: *El hijo pródigo*, 17, agosto de 1944, págs. 83-85. *Bajo del cielo fiel Junio corría...:* primer verso del soneto IV (LBP5, pág. 78).

[12] *«Noche de verano».* Primera publicación, bajo el título de «Noches»: *El hijo pródigo*, 1, abril de 1943, págs. 18-19.

aliento de una boca.
de unos labios de tierra.

Tierra de labios, boca
donde un infierno agónico jadea,
labios en donde el cielo llueve
y el agua canta y nacen paraísos.

Se incendia el árbol de la noche
y sus astillas son estrellas,
son pupilas, son pájaros.
Fluyen ríos sonámbulos,
lenguas de sal incandescente
contra una playa obscura.

Todo respira, vive, fluye:
la luz en su temblor,
el ojo en el espacio,
el corazón en su latido,
la noche en su infinito.

Un nacimiento obscuro, sin orillas,
nace en la noche de verano.
Y en tu pupila nace todo el cielo.

MEDIANOCHE

Es EL secreto mediodía,
sólo vibrante obscuridad de entraña,
plenitud silenciosa de lo vivo.

Del alma, ruina y sombra,
vértigo de cenizas y vacío,
brota un esbelto fuego,

una delgada música,
una columna de silencio puro,
un asombrado río
que se levanta de su lecho
y fluye, entre los aires, hacia el cielo.

Canta, desde su sombra
—y más, desde su nada— el alma.
Desnudo de su nombre canta el ser,
en el hechizo de existir suspenso,
de su propio cantar enamorado.

Y no es la boca amarga.
ni el alma, ensimismada en su espejismo,
ni el corazón, obscura catarata,
lo que sostiene al canto
cantando en el silencio deslumbrado.

A sí mismo se encanta
y sobre sí descansa
y en sí mismo se vierte y se derrama
y sobre sí se eleva
hacia otro canto que no oímos,
música de la música,
silencio y plenitud,
roca y marea,
dormida inmensidad
en donde sueñan formas y sonidos.

Es el secreto mediodía.
El alma canta, cara al cielo,
y sueña en otro canto,
sólo vibrante luz,
plenitud silenciosa de lo vivo.

PRIMAVERA A LA VISTA

PULIDA claridad de piedra diáfana,
lisa frente de estatua sin memoria:
cielo de invierno, espacio reflejado
en otro más profundo y más vacío.

El mar respira apenas, brilla apenas.
Se ha parado la luz entre los árboles,
ejército dormido. Los despierta
el viento con banderas de follajes.

Nace del mar, asalta la colina,
oleaje sin cuerpo que revienta
contra los eucaliptos amarillos
y se derrama en ecos por el llano.

El día abre los ojos y penetra
en una primavera anticipada.
Todo lo que mis manos tocan, vuela.
Está lleno de pájaros el mundo.

Condición de nube
[1944]

DESTINO DE POETA *

¿PALABRAS? Sí, de aire,
y en el aire perdidas.
Déjame que me pierda entre palabras,
déjame ser el aire en unos labios,
un soplo vagabundo sin contornos
que el aire desvanece.

También la luz en sí misma se pierde.

EL PÁJARO

EN EL silencio transparente
el día reposaba:
la transparencia del espacio
era la transparencia del silencio.
La inmóvil luz del cielo sosegaba
el crecimiento de las yerbas.
Los bichos de la tierra, entre las piedras,

bajo la luz idéntica, eran piedras.
El tiempo en el minuto se saciaba.
En la quietud absorta
se consumaba el mediodía.

Y un pájaro cantó, delgada flecha.
Pecho de plata herido vibró el cielo,
se movieron las hojas,
las yerbas despertaron...
Y sentí que la muerte era una flecha
que no se sabe quién dispara
y en un abrir los ojos nos morimos.

SILENCIO

Así como del fondo de la música
brota una nota
que mientras vibra crece y se adelgaza
hasta que en otra música enmudece,
brota del fondo del silencio
otro silencio, aguda torre, espada,
y sube y crece y nos suspende
y mientras sube caen
recuerdos, esperanzas,
las pequeñas mentiras y las grandes,
y queremos gritar y en la garganta
se desvanece el grito:
desembocamos al silencio
en donde los silencios enmudecen.

NUEVO ROSTRO

La noche borra noches en tu rostro,
derrama aceites en tus secos párpados,
quema en tu frente el pensamiento
y atrás del pensamiento la memoria.

Entre las sombras que te anegan
otro rostro amanece.
Y siento que a mi lado
no eres tú la que duerme,
sino la niña aquella que fuiste
y que esperaba sólo que durmieras
para volver y conocerme.

LOS NOVIOS

Tendidos en la yerba
una muchacha y un muchacho.
Comen naranjas, cambian besos
como las olas cambian sus espumas.

Tendidos en la playa
una muchacha y un muchacho.
Comen limones, cambian besos
como las nubes cambian sus espumas.

Tendidos bajo tierra
una muchacha y un muchacho.
No dicen nada, no se besan,
cambian silencio por silencio.

DOS CUERPOS

Dos cuerpos frente a frente
son a veces dos olas
y la noche es océano.

Dos cuerpos frente a frente
son a veces dos piedras
y la noche desierto.

Dos cuerpos frente a frente
son a veces raíces
en la noche enlazadas.

Dos cuerpos frente a frente
son a veces navajas
y la noche relámpago.

Dos cuerpos frente a frente
son dos astros que caen
en un cielo vacío.

VIDA ENTREVISTA

RELÁMPAGOS o peces
en la noche del mar
y pájaros, relámpagos
en la noche del bosque.

Los huesos son relámpagos
en la noche del cuerpo.
Oh mundo, todo es noche
y la vida es relámpago.

EL CUCHILLO

El cuchillo es un pájaro de yelo.
Cae, puro, y el aire se congela
como en silencio el grito se congela,
al filo de un cabello se adelgaza
la sangre suspendida y el instante
en dos mitades lívidas se abre...
Mundo deshabitado, cielo frío
donde un cometa gris silba y se pierde.

EL SEDIENTO*

Por buscarme, poesía,
en ti me busqué:
deshecha estrella de agua
se anegó mi ser.
Por buscarte, poesía,
en mí naufragué.

Después sólo te buscaba
por huir de mí:
¡espesura de reflejos
en que me perdí!
Mas luego de tanta vuelta
otra vez me vi:

el mismo rostro anegado
en la misma desnudez;
las mismas aguas de espejo
en las que no he de beber;
y en el borde de esas aguas
el mismo muerto de sed.

LA ROCA*

Soñando vivía
y era mi vivir
caminar caminos
y siempre partir.

Desperté del sueño
y era mi vivir
un estar atado
y un querer huir.

A la roca atado
me volví a dormir.
La vida es la cuerda,
la roca el morir.

DUERMEVELA

Amanece. El reloj canta.
El mundo calla, vacío.
Sonámbula te levantas
y miras no sé qué sombras
detrás de tu sombra: nada.
Arrastrada por la noche
eres una rama blanca.

APUNTES DEL INSOMNIO

1

Roe el reloj
mi corazón,
buitre no, sino ratón.

2

En la cima del instante
me dije: «Ya soy eterno
en la plenitud del tiempo.»
Y el instante se caía
en otro, abismo sin tiempo.

3

Me encontré frente a un muro
y en el muro un letrero:
«Aquí empieza tu futuro.»

4

NOSTALGIA PATRIA

En el azul idéntico
brillan y nos ignoran
idénticos luceros.
...Mas cada gallo canta su propio muladar.

FRENTE AL MAR

1

LLUEVE en el mar:
al mar lo que es del mar
y que se seque la heredad.

2

¿La ola no tiene forma?
En un instante se esculpe
y en otro se desmorona
en la que emerge, redonda.
Su movimiento es su forma.

3

Las olas se retiran
—ancas, espaldas, nucas—
pero vuelven las olas
—pechos, bocas, espumas—.

4

Muere de sed el mar.
Se retuerce, sin nadie,
en su lecho de rocas.
Muere de sed de aire.

RETÓRICA

1

Cantan los pájaros, cantan
sin saber lo que cantan:
todo su entendimiento es su garganta.

2

La forma que se ajusta al movimiento
no es prisión sino piel del pensamiento.

3

La claridad del cristal transparente
no es claridad para mí suficiente:
el agua clara es el agua corriente.

MISTERIO

Relumbra el aire, relumbra,
el mediodía relumbra,
pero no veo al sol.

Y de presencia en presencia
todo se me transparenta,
pero no veo al sol.

Perdido en las transparencias
voy de reflejo a fulgor,
pero no veo al sol.

Y él en la luz se desnuda
y a cada esplendor pregunta,
pero no ve al sol.

LA RAMA

CANTA en la punta del pino
un pájaro detenido,
trémulo, sobre su trino.

Se yergue, flecha, en la rama,
se desvanece entre alas
y en música se derrama.

El pájaro es una astilla
que canta y se quema viva
en una nota amarilla.

Alzo los ojos: no hay nada.
Silencio sobre la rama,
sobre la rama quebrada.

VIENTO[13]*

CANTAN las hojas,
bailan las peras en el peral;
gira la rosa,
rosa del viento, no del rosal.

---

[13] *«Viento»*. Primera publicación, junto con «Misterio», «La rama», «Espiral» y «Nubes»: *Orígenes,* año 2, núm. 8, invierno de 1945, págs. 15-18. A pie de página de cada uno, respectivamente: «Berkeley, julio 31 de 1944»; «Berkeley, marzo 14 de 1944»; «Berkeley, julio 6 de 1944»; «Nueva York, agosto 16 y 17 [de 1944]»; «Berkeley, septiembre de 1944».

Nubes y nubes
flotan dormidas, algas del aire;
todo el espacio
gira con ellas, fuerza de nadie.

Todo es espacio;
vibra la vara de la amapola
y una desnuda
vuela en el viento lomo de ola.

Nada soy yo,
cuerpo que flota, luz, oleaje;
todo es del viento
y el viento es aire siempre de viaje.

ESPIRAL

Como el clavel sobre su vara,
como el clavel, es el cohete:
es un clavel que se dispara.

Como el cohete el torbellino:
sube hasta el cielo y se desgrana,
canto de pájaro en un pino.

Como el clavel y como el viento
el caracol es un cohete:
petrificado movimiento.

Y la espiral en cada cosa
su vibración difunde en giros:
el movimiento no reposa.

NUBES*

IsLAs del cielo, soplo en un soplo suspendido,
¡con pie ligero, semejante al aire,
pisar sus playas sin dejar más huella
que la sombra del viento sobre el agua!

¡Y como el aire entre las hojas
perderse en el follaje de la bruma
y como el aire ser labios sin cuerpo,
cuerpo sin peso, fuerza sin orillas!

EPITAFIO PARA UN POETA[14]

QUISO cantar, cantar
para olvidar
su vida verdadera de mentiras
y recordar
su mentirosa vida de verdades.

---

[14] *«Epitafio para un poeta».* Primera publicación: *El hijo pródigo,* 31, octubre
de 1945, pág. 18.

II
Calamidades y milagros
[1937-1947]

Nada me desengaña
el mundo me ha hechizado[15].
QUEVEDO

---

[15] *«Nada me desengaña...»*. Cita de *Lágrimas de un penitente* (1613) de Francisco de Quevedo (1580-1645), colección de sonetos y salmos en forma de silva.
Es uno de los epígrafes más recurrentes en la primera época de la obra
de Paz.

Teponaztli de piedra con máscara de Macuilxóchitl

Puerta condenada
[1938-1946]

NOCTURNO[16]

SOMBRA, trémula sombra de las voces.
Arrastra el río negro mármoles ahogados.
¿Cómo decir del aire asesinado,
de los vocablos huérfanos,
cómo decir del sueño?

Sombra, trémula sombra de las voces.
Negra escala de lirios llameantes.
¿Cómo decir los nombres, las estrellas,
los albos pájaros de los pianos nocturnos
y el obelisco del silencio?

Sombra, trémula sombra de las voces.
Estatuas derribadas en la luna.
¿Cómo decir, camelia,
la menos flor entre las flores,
cómo decir tus blancas geometrías?

¿Cómo decir, oh Sueño, tu silencio en voces?

1932

---

[16] *«Nocturno».* Texto del poema más antiguo de LBP. Primera publicación: *Alcancía,* 2, febrero de 1933, pág. 32. Ya incluido en LBP1.

OTOÑO[17]

El viento despierta,
barre los pensamientos de mi frente
y me suspende
en la luz que sonríe para nadie:
¡cuánta belleza suelta!
Otoño: entre tus manos frías
el mundo llamea.

1933

INSOMNIO

Quedo distante de los sueños.
Abandona mi frente su marea,
avanzo entre las piedras calcinadas
y vuelvo a dar al cuarto que me encierra:
aguardan los zapatos, los lazos de familia,
los dientes de sonreír
y la impuesta esperanza:
mañana cantarán las sirenas.

                   (Y en mi sangre
otro canto se eleva: *Yo no digo
mi canción sino a quien conmigo va...*)[18]

---

[17] *«Otoño».* Primera versión, junto con «El egoísta» y «Lágrimas»: *Letras de México,* tomo V, núm. 120, 1 de febrero de 1946, pág. 211.

[18] *«Yo no digo / mi canción sino a quien conmigo va».* Cita de los dos últimos versos del célebre «Romance del Infante Arnaldos». Alude al canto mágico del marinero en el romance anónimo (*«que la mar ponía en calma / los vientos hace amainar»*), en medio del tedio y la sordidez que recrea el poema. Para el texto completo, véase *Flor nueva de romances viejos,* ed. Ramón Menéndez Pidal, Madrid, Espasa-Calpe, 1985, págs. 202-203.

Sórdido fabricante de fantasmas,
de pequeños dioses obscuros,
polvo, mentira en la mañana.
Desterrado de la cólera y de la alegría,
sentado en una silla, en una roca,
frente al ciego oleaje: tedio, nada.
Atado a mi vivir
y desasido de la vida.

1933

ESPEJO

HAY una noche,
un tiempo hueco, sin testigos,
una noche de uñas y silencio,
páramo sin orillas,
isla de yelo entre los días;
una noche sin nadie
sino su soledad multiplicada.

Se regresa de unos labios
nocturnos, fluviales,
lentas orillas de coral y savia,
de un deseo, erguido
como la flor bajo la lluvia, insomne
collar de fuego al cuello de la noche,
o se regresa de uno mismo a uno mismo,
y entre espejos impávidos un rostro
me repite a mi rostro, un rostro
que enmascara a mi rostro.

Frente a los juegos fatuos del espejo
mi ser es pira y es ceniza,

respira y es ceniza,
y ardo y me quemo y resplandezco y miento
un yo que empuña, muerto,
una daga de humo que le finge
la evidencia de sangre de la herida,
y un yo, mi yo penúltimo,
que sólo pide olvido, sombra, nada,
final mentira que lo enciende y quema.

De una máscara a otra
hay siempre un yo penúltimo que pide.
Y me hundo en mí mismo y no me toco.

1934

PREGUNTA

DÉJAME, sí, déjame, dios o ángel, demonio.
Déjame a solas, turba angélica,
solo conmigo, con mi multitud.
Estoy con uno como yo,
que no me reconoce y me muestra mis armas;
con uno que me abraza y me hiere
—y se dice mi hijo;
con uno que huye con mi cuerpo;
con uno que me odia porque yo soy él mismo.

Mira, tú que huyes,
aborrecible hermano mío,
tú que enciendes las hogueras terrestres,
tú, el de las islas y el de las llamaradas,
mírate y dime:
ese que corre,
ese que alza lenguas y antorchas

122

para llamar al cielo y lo incendia;
ese que es una estrella lenta que desciende;
aquel que es como un arma resonante,
¿es el tuyo, tu ser, hecho de horas
y voraces minutos?

¿Quién sabe lo que es un cuerpo,
un alma,
y el sitio en que se juntan
y cómo el cuerpo se ilumina
y el alma se obscurece,
hasta fundirse, carne y alma,
en una sola y viva sombra?
¿Y somos esa imagen que soñamos,
sueños al tiempo hurtados,
sueños del tiempo por burlar al tiempo?

En soledad pregunto,
a soledad pregunto.
Y rasgo mi boca amante de palabras
y me arranco los ojos
henchidos de mentiras y apariencias,
y arrojo lo que el tiempo
deposita en mi alma,
miserias deslumbrantes,
ola que se retira...

Bajo del cielo puro,
metal de tranquilos, absortos resplandores,
pregunto, ya desnudo:
me voy borrando todo,
me voy haciendo un vago signo sobre el agua,
espejo en un espejo.

NI EL CIELO NI LA TIERRA

Atrás el cielo,
atrás la luz y su navaja,
atrás los muros de salitre,
atrás las calles que dan siempre a otras calles.
Atrás mi piel de vidrios erizados,
atrás mis uñas y mis dientes
caídos en el pozo del espejo.
Atrás la puerta que se cierra,
el cuerpo que se abre.
Atrás, amor encarnizado,
pureza que destruye,
garras de seda, labios de ceniza.

Atrás, tierra o cielo.

Sentados a las mesas
donde beben la sangre de los pobres:
la mesa del dinero,
la mesa de la gloria y la de la justicia,
la mesa del poder y la mesa de Dios
—la Sagrada Familia en su Pesebre,
la Fuente de la Vida,
el espejo quebrado en que Narciso
a sí mismo se bebe y no se sacia
y el hígado, alimento de profetas y buitres...

Atrás, tierra o cielo.

Las sábanas conyugales
cubren cuerpos entrelazados,
piedras entre cenizas
cuando la luz los toca.

Cada uno en su cárcel de palabras
y todos atareados construyendo
la Torre de Babel en comandita.
Y el cielo que bosteza
y el infierno mordiéndose la cola
y la resurrección
y el día de la vida perdurable,
el día sin crepúsculo,
el paraíso visceral del feto.

Creía en todo esto.
Hoy duermo a la orilla del llanto.
También el llanto sirve de almohada.

LAS PALABRAS

Dales la vuelta,
cógelas del rabo (chillen, putas),
azótalas,
dales azúcar en la boca a las rejegas[19],
ínflalas, globos, pínchalas,
sórbeles sangre y tuétanos,
sécalas,
cápalas,
písalas, gallo galante,
tuérceles el gaznate, cocinero,
desplúmalas,
destrípalas, toro,
buey, arrástralas,
hazlas, poeta,
haz que se traguen todas sus palabras.

---

[19] *a las rejegas.* Mexicanismo: vacas o personas mansas, pasivas.

MAR POR LA TARDE

A Juan José Arreola[20]

ALTOS muros del agua, torres altas,
aguas de pronto negras contra nada,
impenetrables, verdes, grises aguas,
aguas de pronto blancas, deslumbradas.

Aguas como el principio de las aguas,
como el principio mismo antes del agua,
las aguas inundadas por el agua.
aniquilando lo que finge el agua.

El resonante tigre de las aguas,
las uñas resonantes de cien tigres,
las cien manos del agua, los cien tigres
con una sola mano contra nada.

Desnudo mar, sediento mar de mares,
hondo de estrellas si de espumas alto,
prófugo blanco de prisión marina
que en estelares límites revienta,

¿qué memorias, deseos prisioneros,
encienden en tu piel sus verdes llamas?
En ti te precipitas, te levantas
contra ti y de ti mismo nunca escapas.

Tiempo que se congela o se despeña,
tiempo que es mar y mar que es lunar témpano,
madre furiosa, inmensa res hendida
y tiempo que se come las entrañas.

---

[20] *Juan José Arreola* (1918), narrador y dramaturgo mexicano.

LA CAÍDA

A la memoria de Jorge Cuesta[21]

I

ABRE simas en todo lo creado,
abre el tiempo la entraña de lo vivo,
y en la sombra del pulso fugitivo
se precipita el hombre desangrado.

¡Vértigo del minuto consumado!
En el abismo de mi ser nativo,
en mi nada primera, me desvivo:
yo mismo frente a mí, ya devorado.

Pierde el alma su sal, su levadura,
en concéntricos ecos sumergida,
en sus cenizas anegada, oscura.

Mana el tiempo su ejército impasible,
nada sostiene ya, ni mi caída,
transcurre solo, quieto, inextinguible.

---

[21] *Jorge Cuesta* (1903-1942). Poeta y ensayista mexicano, miembro de la generación de *Contemporáneos*. Fue amigo de Paz durante su juventud, y fue el primero en reseñar una obra suya *(Raíz del hombre)*, en 1937. En 1942 Cuesta se suicidó. La primera versión de los dos sonetos, titulada «La caída», se publicó, dentro de la serie «Crepúsculos de la ciudad», *Letras de México*, tomo III, núm. 18, 15 de junio de 1942, pág. 3, y fuera de ella: *Sur*, 109, noviembre de 1943, págs. 26-27. A partir de LBP1 se incluye como una composición aparte. Para un comentario de la relación entre Cuesta y Paz, ver, de este último, *Xavier Villaurrutia, en persona y en obra*, págs. 11-14.

II

Prófugo de mi ser, que me despuebla
la antigua certidumbre de mí mismo,
busco mi sal, mi nombre, mi bautismo,
las aguas que lavaron mi tiniebla.

Me dejan tacto y ojos sólo niebla,
niebla de mí, mentira y espejismo:
¿qué soy, sino la sima en que me abismo,
y qué, si no el no ser, lo que me puebla?

El espejo que soy me deshabita:
un caer en mí mismo inacabable
al horror de no ser me precipita.

Y nada queda sino el goce impío
de la razón cayendo en la inefable
y helada intimidad de su vacío.

CREPÚSCULOS DE LA CIUDAD[22]

A Rafael Vega Albela,
que aquí padeció.

I

DEVORA el sol final restos ya inciertos;
el cielo roto, hendido, es una fosa;
la luz se atarda en la pared ruinosa;
polvo y salitre soplan sus desiertos.

---

[22] *«Crepúsculos de la ciudad».* El título colectivo de esta serie de sonetos alude,
y de paso responde, al de Leopoldo Lugones, *Los crepúsculos del jardín* (1905),

Se yerguen más los fresnos, más despiertos,
y anochecen la plaza silenciosa,
tan a ciegas palpada y tan esposa
como herida de bordes siempre abiertos.

Calles en que la nada desemboca,
calles sin fin andadas, desvarío
sin fin del pensamiento desvelado.

Todo lo que me nombra o que me evoca
yace, ciudad, en ti, signo vacío
en tu pecho de piedra sepultado.

II

Mudo, tal un peñasco silencioso
desprendido del cielo, cae, espeso,

---

tomo de poemas modernistas del célebre poeta argentino. Los «crepúsculos»
de Paz, que eran ocho en su primera versión, se publicaron por primera vez
en *Letras de México*, tomo III, núm. 18, 15 de junio de 1942, pág. 3 y, posteriormente, en sucesivas ediciones de LBP. La serie va dedicada al poeta suici-
da *Rafael Vega Albela* (1913-1940), joven amigo de Paz. Algunos de los poemas de Vega Albela, nunca recogidos en libro, se publicaron en *Taller*. En
LBP1 el título colectivo es «Crepúsculo de la ciudad». La serie consta de seis
sonetos hasta LBP4; a partir de la presente edición consta de cinco, ya que el
soneto V, ahora titulado «Pequeño monumento», se convierte en un texto independiente. En LBP4, Paz añadió la siguiente nota al soneto II:

CREPÚSCULOS DE LA CIUDAD (II)

Hasta hace unos pocos años las agencias funerarias de la ciudad de
México tenían sus negocios en la Avenida Hidalgo, al lado del Parque de la Alameda, en el tramo que va del Correo a la iglesia y plazuela de San Juan de Dios. Frente a la iglesia había un pequeño mercado de flores, especializado en coronas y ofrendas fúnebres. El barrio era céntrico y aislado a un tiempo. Desde el anochecer las prosti-
tutas recorrían la Avenida Hidalgo y las callejas contiguas. Uno de
sus lugares favoritos era el espacio ocupado por las funerarias, ilumi-
nado por la luz eléctrica de los escaparates donde se exhibían los
ataúdes.

el cielo desprendido de su peso,
hundiéndose en sí mismo, piedra y pozo;

arde el anochecer en su destrozo;
cruzo entre la ceniza y el bostezo
calles en donde, anónimo y obseso,
fluye el deseo, río sinüoso;

lepra de livideces en la piedra
llaga indecisa vuelve cada muro;
frente a ataúdes donde en rasos medra

la doméstica muerte cotidiana,
surgen, petrificadas en lo obscuro,
putas: pilares de la noche vana.

III

A la orilla, de mí ya desprendido,
toco la destrucción que en mí se atreve,
palpo ceniza y nada, lo que llueve
el cielo en su caer obscurecido.

Anegado en mi sombra-espejo mido
la deserción del soplo que me mueve:
huyen, fantasma ejército de nieve,
tacto y color, perfume y sed, rüido.

El cielo se desangra en el cobalto
de un duro mar de espumas minerales;
yazgo a mis pies, me miro en el acero

de la piedra gastada y del asfalto:
pisan opacos muertos maquinales,
no mi sombra, mi cuerpo verdadero.

IV

(CIELO)

Frío metal, cuchillo indiferente,
páramo solitario y sin lucero,
llanura sin fronteras, toda acero,
cielo sin llanto, pozo, ciega fuente.

Infranqueable, inmóvil, persistente,
muro total, sin puertas ni asidero,
entre la sed que da tu reverbero
y el otro cielo prometido, ausente.

Sabe la lengua a vidrio entumecido,
a silencio erizado por el viento,
a corazón insomne, remordido.

Nada te mueve, cielo, ni te habita.
Quema el alma raíz y nacimiento
y en sí misma se ahonda y precipita.

V

Las horas, su intangible pesadumbre,
su peso que no pesa, su vacío,
abigarrado horror, la sed que expío
frente al espejo y su glacial vislumbre,

mi ser, que multiplica en muchedumbre
y luego niega en un reflejo impío,
todo, se arrastra, inexorable río,
hacia la nada, sola certidumbre.

Hacia mí mismo voy; hacia las mudas,
solitarias fronteras sin salida:
duras aguas, opacas y desnudas,

horadan lentamente mi conciencia
y van abriendo en mí secreta herida,
que mana sólo, estéril, impaciencia.

MONUMENTO[23]

A Alí Chumacero

FLUYE el tiempo inmortal y en su latido
sólo palpita estéril insistencia,
sorda avidez de nada, indiferencia,
pulso de arena, azogue sin sentido.

Resuelto al fin en fechas lo vivido
veo, ya edad, el sueño y la inocencia,
puñado de aridez en mi conciencia,
sílabas que disperso sin ruïdo.

Vuelvo el rostro: no soy sino la estela
de mí mismo, la ausencia que deserto,
el eco del silencio de mi grito.

Mirada que al mirarse se congela,
haz de reflejos, simulacro incierto:
al penetrar en mí me deshabito.

[23] *«Pequeño monumento»*. Hasta LBP4 fue el soneto V de la serie «Crepúsculos de la ciudad». En 1980, con motivo de un homenaje al poeta mexicano *Alí Chumacero* (1908), a quien el poema ahora va dedicado, Paz reescribió el soneto y le dio título. Para la génesis de esa revisión, véase «Pequeño monumento», en su *Sombras de obras,* págs. 281-283.

ESCRITURA

Cuando sobre el papel la pluma escribe,
a cualquier hora solitaria,
¿quién la guía?
¿A quién escribe el que escribe por mí,
orilla hecha de labios y de sueño,
quieta colina, golfo,
hombro para olvidar al mundo para siempre?

Alguien escribe en mí, mueve mi mano,
escoge una palabra, se detiene,
duda entre el mar azul y el monte verde.
Con un ardor helado
contempla lo que escribo.
Todo lo quema, fuego justiciero.
Pero este juez también es víctima
y al condenarme, se condena:
no escribe a nadie, a nadie llama,
a sí mismo se escribe, en sí se olvida,
y se rescata, y vuelve a ser yo mismo.

ATRÁS DE LA MEMORIA...[24]

Atrás de la memoria, en ese limbo
donde el pasado: culpas y deseos,
sueña su renacer en escultura,
tu pelo suelto cae, tu sonrisa,
puerta de la blancura, aún sonríe,
la fiebre de tu mano todavía
hace crecer dentro de mí mareas
y aún oigo tu voz —aunque no hay nadie.

---

[24] *«Atrás de la memoria»*. Primera versión, bajo el título de «El muro», *El hijo pródigo*, 9, diciembre de 1943, págs. 161-162.

Bahías de hermosura, eternidades
substraídas, fluir vivo de imágenes,
delicias desatadas, pleamar,
(tu paladar: un cielo rojo, golfo
donde duermen tus dientes, caracola
donde oye la ola su caída),
el infinito hambriento de unos ojos,
un pulso, un tacto, un cuerpo que se fuga...

El tiempo que nos hizo nos deshace;
mi corazón a obscuras es un puño
que golpea —no un muro ni un espejo:
a sí mismo, monótono...

CONSCRIPTOS U.S.A.

I

CONVERSACIÓN EN UN BAR [25]

—SÁBADO por la tarde, sin permiso.
La soledad se puebla y todo quema,
(El viento del Oeste son dos vientos:
en la noche es un búfalo fantasma,
al alba es un ejército de pájaros.)
—Pardeaba. Les dije entonces:

---

[25] *«Conversación en un bar».* Primera publicación, junto con «Razones para morir», «Árbol quieto entre nubes» y «Algunas preguntas», bajo el título colectivo de «El joven soldado», en *Revista de Guatemala,* año 1, vol. III, núm. 3, enero-marzo de 1946, págs. 79-85. Se reprodujeron todos en LBP2, pero sólo se rescataron estos dos en LBP3 y sucesivamente. Al pie, respectivamente: «Berkeley, 20 a 21 de abril de 1944» y «Berkeley, 18 de mayo de 1944».

Saben que iremos, nos esperan...
(Las muchachas del Sur corren desnudas
en la noche. Sus huellas en la arena
son estrellas caídas,
joyas abandonadas por el mar.)
—Éramos tres: un negro, un mexicano
y yo. Nos arrastramos por el campo,
pero al llegar al muro una linterna...
(En la ciudad de piedra
la nieve es una cólera de plumas.)
—Nos encerraron en la cárcel.
Yo le menté la madre al cabo.
Al rato las mangueras de agua fría.
Nos quitamos la ropa, tiritando.
Muy tarde ya, nos dieron sábanas.
(En otoño los árboles del río
dejan caer sus hojas amarillas
en la espalda del agua.
Y el sol, en la corriente,
es una lenta mano que acaricia
una garganta trémula.)
—Después de un mes la vi. Primero al cine,
luego a bailar. Tomamos unos tragos.
En una esquina nos besamos...
(El sol, las rocas rojas del desierto
y un cascabel erótico: serpientes.
Esos amores fríos en un lecho de lavas...)

II

1

Unos me hablaban de la patria.
Mas yo pensaba en una tierra pobre,
pueblo de polvo y luz,
y una calle y un muro
y un hombre silencioso junto al muro.
Y aquellas piedras bajo el sol del páramo
y la luz que en el río se desnuda...
olvidos que alimentan la memoria,
que ni nos pertenecen ni llamamos,
sueños del sueño, súbitas presencias
con las que el tiempo dice que no somos,
que es él quien se recuerda y él quien sueña.
No hay patria, hay tierra, imágenes de tierra,
polvo y luz en el tiempo...

2

¿Durar? ¿Dura la flor? Su llama fresca
en la mano del viento se deshoja:
la flor quiere bailar, sólo bailar.
¿Duran el árbol y sus hojas
—vestidura que al viento es de rumores
y al sol es de reflejos?
¿Este cielo, infinito que reposa,
es el mismo de ayer, nubes de piedra?
No durar: ser eterno,
labios en unos labios,
luz en la cima de la ola, viva,

soplo que encarna al fin
y es una plenitud que se derrama.
Ser eterno un instante,
vibración amarilla del olvido.

                            3

La rima que se acuesta con todas las palabras,
la Libertad, a muerte me llamaba,
alcahueta, sirena
de garganta leprosa.
Virgen de humo de mi adolescencia
mi libertad me sonreía
como un abismo contemplado
desde el abismo de nosotros mismos.
La libertad es alas,
es el viento entre hojas, detenido
por una simple flor; y el sueño
en el que somos nuestro sueño;
es morder la naranja prohibida,
abrir la vieja puerta condenada
y desatar al prisionero:
esa piedra ya es pan,
esos papeles blancos son gaviotas,
son pájaros las hojas
y pájaros tus dedos: todo vuela.

ADIÓS A LA CASA[26]*

Es EN la madrugada.
Quiero decir adiós a este pequeño mundo,
único mundo verdadero.

---

[26] *«Adiós a la casa».* Primera publicación junto con «La sombra» y «Epitafio para un poeta», *El hijo pródigo,* 31, octubre de 1945, págs. 17-19.

Adiós a este penoso abrir los ojos
del día que se levanta:
el sueño huye, embozado,
del lugar de su crimen
y el alma es una plaza abandonada.

Adiós a la silla,
donde colgué mi traje cada noche,
ahorcado cotidiano,
y al sillón, roca en mi insomnio,
peña que no abrió el rayo
ni el agua agrietó.

Adiós al espejo verídico,
donde dejé mi máscara
por descender al fondo del sinfín
—y nunca descendí:
¿no tienes fondo, sólo superficie?

Adiós al poco cielo de la ventana
y a la niebla que sube a ciegas la colina,
rebaño que se desvanece.

Al vestido de copos, el ciruelo,
decirle adiós, y a ese pájaro
que es un poco de brisa en una rama.

Decirle adiós al río:
tus aguas siempre fueron,
para mí, las mismas aguas.

Niña, mujer, fantasma de la orilla,
decirte siempre adiós
como el río se lo dice a la ribera
en una interminable despedida.

Quisiera decir adiós a estas presencias,
memorias de mañana,
pero tengo miego que despierten
y me digan adiós.

LA SOMBRA

YA POR cambiar de piel o por tenerla
nos acogemos a lo obscuro,
que nos viste de sombra
la carne desollada.

En los ojos abiertos
cae la sombra y luego son los ojos
los que en la sombra caen
y es unos ojos líquidos la sombra.

¡En esos ojos anegarse,
no ser sino esos ojos
que no ven, que acarician
como las olas si son alas,
como las alas si son labios!

Pero los ojos de la sombra
en nuestros ojos se endurecen
y arañemos el muro o resbalemos
por la roca, la sombra nos rechaza:
en esa piedra no hay olvido.

Nos vamos hacia dentro, túnel negro,
«Muros de cal. Zumba la luz abeja
entre el verdor caliente y ya caído
de las yerbas. Higuera maternal:
la cicatriz del tronco, entre las hojas,

era una boca hambrienta, femenina,
viva en la primavera. Al mediodía
era dulce trepar entre las ramas
y en el verdor vacío suspendido
en un higo comer el sol, ya negro.»

Nada fue ayer, nada mañana,
todo es presente, todo está presente,
y cae no sabemos en qué pozos,
ni si detrás de ese sinfín
aguarda Dios, o el Diablo,
o simplemente Nadie.

Huimos a la luz que no nos miente
y en un papel cualquiera
escribimos palabras sin respuesta.
Y enrojecen a veces
las líneas azules, y nos duelen.

SEVEN P. M. [27]

EN FILAS ordenadas regresamos
y cada noche, cada noche,
mientras hacemos el camino,
el breve infierno de la espera
y el espectro que vierte en el oído:
«¿No tienes sangre ya? ¿Por qué te mientes?
Mira los pájaros...
El mundo tiene playas todavía
y un barco allá te espera, siempre.»

---

[27] *«Seven p.m.»*. En inglés en el texto. Literalmente, 7 de la tarde. Primera publicación junto con «La calle», *El hijo pródigo*, 26, mayo de 1945, páginas 82-84.

Y las piernas caminan
y una roja marea
inunda playas de ceniza.

«Es hermosa la sangre
cuando salta de ciertos cuellos blancos.
Báñate en esa sangre:
el crimen hace dioses.»

Y el hombre aprieta el paso
y ve la hora: aún es tiempo
de alcanzar el tranvía.

«Allá, del otro lado,
yacen las islas prometidas. Danzan
los árboles de música vestidos,
se mecen las naranjas en las ramas
y las granadas abren sus entrañas
y se desgranan en la yerba,
rojas estrellas en un cielo verde,
para la aurora de amarilla cresta...»

Y los labios sonríen y saludan
a otros condenados solitarios:
¿Leyó usted los periódicos?

«¿No dijo que era el Pan y que era el Vino?
¿No dijo que era el Agua?
Cuerpos dorados como el pan dorado
y el vino de labios morados
y el agua, desnudez...»

Y el hombre aprieta el paso
y al tiempo justo de llegar a tiempo
doblan la esquina, puntuales, Dios y el tranvía.

LA CALLE

Es UNA calle larga y silenciosa.
Ando en tinieblas y tropiezo y caigo
y me levanto y piso con pies ciegos
las piedras mudas y las hojas secas
y alguien detrás de mí también las pisa:
si me detengo, se detiene;
si corro, corre. Vuelvo el rostro: nadie.
Todo está obscuro y sin salida,
y doy vueltas y vueltas en esquinas
que dan siempre a la calle
donde nadie me espera ni me sigue,
donde yo sigo a un hombre que tropieza
y se levanta y dice al verme: nadie.

CUARTO DE HOTEL

I

A LA LUZ cenicienta del recuerdo
que quiere redimir lo ya vivido
arde el ayer fantasma. ¿Yo soy ese
que baila al pie del árbol y delira
con nubes que son cuerpos que son olas,
con cuerpos que son nubes que son playas?
¿Soy el que toca el agua y canta el agua,
la nube y vuela, el árbol y echa hojas,
un cuerpo y se despierta y le contesta?
Arde el tiempo fantasma:
arde el ayer, el hoy se quema y el mañana.

Todo lo que soñé dura un minuto
y es un minuto todo lo vivido.
Pero no importan siglos o minutos:
también el tiempo de la estrella es tiempo,
gota de sangre o fuego: parpadeo.

II

Roza mi frente con sus manos frías
el río del pasado y sus memorias
huyen bajo mis párpados de piedra.
No se detiene nunca su carrera
y yo, desde mí mismo, lo despido.
¿Huye de mí el pasado?
¿Huyo con él y aquel que lo despide
es una sombra que me finge, hueca?
Quizá no es él quien huye: yo me alejo
y él no me sigue, ajeno, consumado.
Aquel que fui se queda en la ribera.
No me recuerda nunca ni me busca,
no me contempla ni despide:
contempla, busca a otro fugitivo.
Pero tampoco el otro lo recuerda.

III

No hay antes ni después. ¿Lo que viví
lo estoy viviendo todavía?
¡Lo que viví! ¿Fui acaso? Todo fluye:
lo que viví lo estoy muriendo todavía.
No tiene fin el tiempo: finge labios,
minutos, muerte, cielos, finge infiernos,
puertas que dan a nada y nadie cruza.

No hay fin, ni paraíso, ni domingo.
No nos espera Dios al fin de la semana.
Duerme, no lo despiertan nuestros gritos.
Sólo el silencio lo despierta.
Cuando se calle todo y ya no canten
la sangre, los relojes, las estrellas,
Dios abrirá los ojos
y al reino de su nada volveremos.

ELEGÍA INTERRUMPIDA[28]

Hoy recuerdo a los muertos de mi casa.
Al primer muerto nunca lo olvidamos,
aunque muera de rayo, tan aprisa
que no alcance la cama ni los óleos.
Oigo el bastón que duda en un peldaño,
el cuerpo que se afianza en un suspiro,
la puerta que se abre, el muerto que entra.
De una puerta a morir hay poco espacio
y apenas queda tiempo de sentarse,
alzar la cara, ver la hora
y enterarse: las ocho y cuarto.

Hoy recuerdo a los muertos de mi casa.
La que murió noche tras noche
y era una larga despedida,
un tren que nunca parte, su agonía.
Codicia de la boca

---

[28] *Elegía interrumpida*. Primera publicación: *Sur*, 169, noviembre de 1948, págs. 25-28. Hay alusiones al abuelo de Paz, Ireneo («Oigo el bastón que duda en un peldaño»), su tía paterna («la que murió noche tras noche...») y su padre, Octavio Paz Solórzano («Al que se fue por unas horas / y nadie sabe en qué silencio entró»).

al hilo de un suspiro suspendida,
ojos que no se cierran y hacen señas
y vagan de la lámpara a mis ojos,
fija mirada que se abraza a otra,
ajena, que se asfixia en el abrazo
y al fin se escapa y ve desde la orilla
cómo se hunde y pierde cuerpo el alma
y no encuentra unos ojos a que asirse...
¿Y me invitó a morir esa mirada?
Quizá morimos sólo porque nadie
quiere morirse con nosotros, nadie
quiere mirarnos a los ojos.

Hoy recuerdo a los muertos de mi casa.
Al que se fue por unas horas
y nadie sabe en qué silencio entró.
De sobremesa, cada noche,
la pausa sin color que da al vacío
o la frase sin fin que cuelga a medias
del hilo de la araña del silencio
abren un corredor para el que vuelve:
suenan sus pasos, sube, se detiene...
Y alguien entre nosotros se levanta
y cierra bien la puerta.
Pero él, allá del otro lado, insiste.
Acecha en cada hueco, en los repliegues,
vaga entre los bostezos, las afueras.
Aunque cerremos puertas, él insiste.

Hoy recuerdo a los muertos de mi casa.
Rostros perdidos en mi frente, rostros
sin ojos, ojos fijos, vacïados,
¿busco en ellos acaso mi secreto,
el dios de sangre que mi sangre mueve,
el dios de yelo, el dios que me devora?

145

Su silencio es espejo de mi vida,
en mi vida su muerte se prolonga:
soy el error final de sus errores.

Hoy recuerdo a los muertos de mi casa.
El pensamiento disipado, el acto
disipado, los nombres esparcidos
(lagunas, zonas nulas, hoyos
que escarba terca la memoria),
la dispersión de los encuentros,
el yo, su guiño abstracto, compartido
siempre por otro (el mismo) yo, las iras,
el deseo y sus máscaras, la víbora
enterrada, las lentas erosiones,
la espera, el miedo, el acto
y su reverso: en mí se obstinan,
piden comer el pan, la fruta, el cuerpo,
beber el agua que les fue negada.

Pero no hay agua ya, todo está seco,
no sabe el pan, la fruta amarga,
amor domesticado, masticado,
en jaulas de barrotes invisibles
mono onanista y perra amaestrada,
lo que devoras te devora,
tu víctima también es tu verdugo.
Montón de días muertos, arrugados
periódicos, y noches descorchadas
y en el amanecer de párpados hinchados
el gesto con que deshacemos
el nudo corredizo, la corbata,
y ya apagan las luces en la calle
—*saluda al sol, araña, no seas rencorosa*[29]
y más muertos que vivos entramos en la cama.

---

[29] *«saluda al sol, araña, no seas rencorosa».* Primer verso de «Filosofía» de Ru-

Es un desierto circular el mundo,
el cielo está cerrado y el infierno vacío.

LA VIDA SENCILLA[30]

LLAMAR al pan el pan y que aparezca
sobre el mantel el pan de cada día;
darle al sudor lo suyo y darle al sueño
y al breve paraíso y al infierno
y al cuerpo y al minuto lo que piden;
reír como el mar ríe, el viento ríe,
sin que la risa suene a vidrios rotos;
beber y en la embriaguez asir la vida;
bailar el baile sin perder el paso;
tocar la mano de un desconocido
en un día de piedra y agonía
y que esa mano tenga la firmeza
que no tuvo la mano del amigo;
probar la soledad sin que el vinagre
haga torcer mi boca, ni repita
mis muecas el espejo, ni el silencio
se erice con los dientes que rechinan:

---

bén Darío, recogido en su *Cantos de vida y esperanza* (1905). El poema de Darío aboga por un estoicismo universal que al final del poema de Paz aparece como una nota irónica. El poema completo dice:

> *Saluda al sol, araña, no seas rencorosa.*
> *Da tus gracias a Dios, oh sapo, pues que eres.*
> *El peludo cangrejo tiene espinas de rosa*
> *y los moluscos reminiscencias de mujeres.*
>
> *Sabed ser lo que sois, enigmas, siendo formas:*
> *dejad la responsabilidad a las Normas*
> *que a su vez la enviarán al Todopoderoso...*
> *(Toca, grillo, a la luz de la luna, y dance el oso.)*

30 *«La vida sencilla».* Primera publicación: *Letras de México,* tomo V, número 129, noviembre-diciembre de 1946, pág. 355.

estas cuatro paredes —papel, yeso,
alfombra rala y foco amarillento—
no son aún el prometido infierno;
que no me duela más aquel deseo,
helado por el miedo, llaga fría,
quemadura de labios no besados:
el agua clara nunca se detiene
y hay frutas que se caen de maduras;
saber partir el pan y repartirlo,
el pan de una verdad común a todos,
verdad de pan que a todos nos sustenta,
por cuya levadura soy un hombre,
un semejante entre mis semejantes;
pelear por la vida de los vivos,
dar la vida a los vivos, a la vida,
y enterrar a los muertos y olvidarlos
como la tierra los olvida: en frutos...
Y que a la hora de mi muerte logre
morir como los hombres y me alcance
el perdón y la vida perdurable
del polvo, de los frutos y del polvo.

ENVÍO

Tal sobre el muro rotas uñas graban
un nombre, una esperanza, una blasfemia,
sobre el papel, sobre la arena, escribo
estas palabras mal encadenadas.
Entre sus secas sílabas acaso
un día te detengas: pisa el polvo,
esparce la ceniza, sé ligera
como la luz ligera y sin memoria
que brilla en cada hoja, en cada piedra,
dora la tumba y dora la colina
y nada la detiene ni apresura.

Calamidades y milagros
[1937-1947]

ENTRE LA PIEDRA Y LA FLOR[31]

A Teodoro Cesarman

I

AMANECEMOS piedras.

Nada sino la luz. No hay nada
sino la luz contra la luz.

La tierra:
palma de una mano de piedra.

---

[31] *«Entre la piedra y la flor».* Poema extenso de tema social escrito en parte en
Yucatán, durante una breve estancia de Paz en 1937, y publicado posteriormente en 1941 y en 1956, en sucesivas ediciones. Desde entonces, el poema
ha sufrido extensas revisiones. El presente texto constituye la última versión
de 1976. En LB4 el autor incluyó la siguiente nota 31.

En 1937, abandoné, al mismo tiempo, la casa familiar, los estudios
universitarios y la ciudad de México. Fue mi primera salida. Viví durante algunos meses en Mérida (Yucatán) y allá escribí la primera
versión de «Entre la piedra y la flor». Me impresionó mucho la mise-
ria de los campesinos mayas, atados al cultivo del henequén y a las vi-
cisitudes del comercio mundial del sisal. Cierto, el Gobierno había re-

El agua callada
en su tumba calcárea.
El agua encarcelada,
húmeda lengua humilde
que no dice nada.

Alza la tierra un vaho.
Vuelan pájaros pardos, barro alado.
El horizonte:
unas cuantas nubes arrasadas.

Planicie enorme, sin arrugas.
El henequén[32], índice verde,
divide los espacios terrestres.
Cielo ya sin orillas.

---

partido la tierra entre los trabajadores pero la condición de éstos no había mejorado: por una parte, eran (y son) las víctimas de la burocracia gremial y gubernamental que ha substituido a los antiguos latifundistas; por la otra, seguían dependiendo de las oscilaciones del mercado internacional. Quise mostrar la relación que, como un verdadero nudo estrangulador, ataba la vida concreta de los campesinos a la estructura impersonal, abstracta, de la economía capitalista. Una comunidad de hombres y mujeres dedicada a la satisfacción de necesidades materiales básicas y al cumplimiento de ritos y preceptos tradicionales, sometida a un remoto mecanismo. Ese mecanismo los trituraba pero ellos ignoraban no sólo su funcionamiento sino su existencia misma. «Entre la piedra y la flor» se editó varias veces. En 1976, al preparar esta edición, lo releí y percibí sus insuficiencias, ingenuidades y torpezas. Sentí la tentación de desecharlo; después de mucho pensarlo, más por fidelidad al tema que a mí mismo, decidí rehacer el texto enteramente. El resultado fue el poema que ahora presento —no sin dudas: tal vez habría sido mejor destruir un intento tantas veces fallido.

[32] *henequén*. Planta industrial, típica de la región de Yucatán. También, la fibra que se deriva de esa planta con la que se produce, entre otras cosas, el esparto.

II

¿Qué tierra es ésta?
¿Qué violencias germinan
bajo su pétrea cáscara,
qué obstinación de fuego ya frío,
años y años como saliva que se acumula
y se endurece y se aguza en púas?

Una región que existe
antes que el sol y el agua
alzaran sus banderas enemigas,
una región de piedra
creada antes del doble nacimiento
de la vida y la muerte.

En la llanura la planta se implanta
en vastas plantaciones militares.
Ejército inmóvil
frente al sol giratorio y las nubes nómadas.

El henequén, verde y ensimismado,
brota en pencas anchas y triangulares:
es un surtidor de alfanjes vegetales.
El henequén es una planta armada.

Por sus fibras sube una sed de arena.
Viene de los reinos de abajo,
empuja hacia arriba y en pleno salto
su chorro se detiene,
convertido en un hostil penacho,
verdor que acaba en puntas.
Forma visible de la sed invisible.

El agave[33] es verdaderamente *admirable:*
su violencia es quietud, simetría su quietud.

Su sed fabrica el licor que lo sacia:
es un alambique que se destila a sí mismo.

Al cabo de veinticinco años
alza una flor, roja y única.
Una vara sexual la levanta,
llama petrificada.
Entonces muere.

III

Entre la piedra y la flor, el hombre:
el nacimiento que nos lleva a la muerte,
la muerte que nos lleva al nacimiento.

El hombre,
sobre la piedra lluvia persistente
y río entre llamas
y flor que vence al huracán
y pájaro semejante al breve relámpago:
el hombre entre sus frutos y sus obras.

El henequén,
verde lección de geometría
sobre la tierra blanca y ocre.
Agricultura, comercio, industria, lenguaje.
Es una planta vivaz y es una fibra,
es una acción en la Bolsa y es un signo.

---

[33] *agave.* Del griego *agavé,* admirable. Planta del género llamado «pita» en España y «maguey» en Hispanoamérica.

152

Es tiempo humano,
tiempo que se acumula,
tiempo que se dilapida.

La sed y la planta,
la planta y el hombre,
el hombre, sus trabajos y sus días.

Desde hace siglos de siglos
tú das vueltas y vueltas
con un trote obstinado de animal humano:
tus días son largos como años
y de año en año tus días marcan el paso;
no el reloj del banquero ni el del líder:
el sol es tu patrón,
y tu jornal es el sudor,
rocío de cada día
que en tu calvario cotidiano
se vuelve una corona transparente
—aunque tu cara no esté impresa
en ningún lienzo de Verónica[34]
ni sea la de la foto
del mandamás en turno
que multiplican los carteles:
tu cara es el sol gastado del centavo,
universal rostro borroso;
tú hablas una lengua que no hablan
los que hablan de ti desde sus púlpitos
y juran por tu nombre en vano,
los tutores de tu futuro,
los albaceas de tus huesos:
tu habla es árbol de raíces de agua,

---

[34] *lienzo de Verónica.* Se refiere al lienzo con que Verónica le limpió el rostro a Jesucristo durante el Viacrucis.

subterráneo sistema fluvial del espíritu,
y tus palabras van —descalzas, de puntillas—
de un silencio a otro silencio;
tú eres frugal y resignado y vives,
como si fueras pájaro,
de un puño de pinole en un jarro de atole[35];
tú caminas y tus pasos
son la llovizna en el polvo;
tú eres aseado como un venado;
tú andas vestido de algodón
y tu calzón y tu camisa remendados
son más blancos que las nubes blancas;
tú te emborrachas con licores lunares
y subes hasta el grito como el cohete
y como él, quemado, te desplomas;
tú recorres hincado las estaciones
y vas del atrio hasta el altar
y del altar al atrio
con las rodillas ensangrentadas
y el cirio que llevas en la mano
gotea gotas de cera que te queman;
tú eres cortés y ceremonioso y comedido
y un poco hipócrita como todos los devotos
y eres capaz de triturar con una piedra
el cráneo del cismático[36] y del adúltero;
tú tiendes a tu mujer en la hamaca
y la cubres con una manta de latidos;
tú, a las doce, por un instante,
suspendes el quehacer y la plática,

---

[35] *pinole.* Harina o polvo de maíz tostado, propio para beberse batido en agua, frío o caliente, solo o mezclado con cacao, azúcar, canela, achiote, etc. Usado como bebida por el campesino mexicano. La bebida resultante se llama *atole* del náhuatl *atolli.*

[38] *cismático.* Disidente. El que está en desacuerdo con un dogma o una doctrina.

para oír, repetida maravilla,
dar la hora al pájaro, reloj de alas;
tú eres justo y tierno y solícito
con tus pollos, tus cerdos y tus hijos;
como la mazorca de maíz
tu dios está hecho de muchos santos
y hay muchos siglos en tus años;
un guajolote[37] era tu único orgullo
y lo sacrificaste un día de copal[38] y ensalmos;
tú llueves la lluvia de flores amarillas,
gotas de sol, sobre el hoyo de tus muertos

—mas no es el ritmo obscuro,
el renacer de cada día
y el remorir de cada noche,
lo que te mueve por la tierra:

IV

El dinero y su rueda,
el dinero y sus números huecos,
el dinero y su rebaño de espectros.

El dinero es una fastuosa geografía:
montañas de oro y cobre,
ríos de plata y níquel,
árboles de jade
y la hojarasca del papel moneda.

Sus jardines son asépticos,
su primavera perpetua está congelada,

---

37 *guajolote*. En México, pavo. Del náhuatl, *uexolótol*.
38 *copal*. Planta tropical de la que se obtiene una resina y un incienso del mismo nombre.

sus flores son piedras preciosas sin olor,
sus pájaros vuelan en ascensor,
sus estaciones giran al compás del reloj.

El planeta se vuelve dinero,
el dinero se vuelve número,
el número se come al tiempo,
el tiempo se come al hombre,
el dinero se come al tiempo.

La muerte es un sueño que no sueña el dinero.
El dinero no dice *tú eres:*
el dinero dice *cuánto*.

Más malo que no tener dinero
es tener mucho dinero.

Saber contar no es saber cantar.

Alegría y pena
ni se compran ni se venden.

La pirámide niega al dinero,
el ídolo niega al dinero,
el brujo niega al dinero,
la Virgen, el Niño y el Santito
niegan al dinero.

El analfabetismo es una sabiduría
ignorada por el dinero.

El dinero abre las puertas de la casa del rey,
cierra las puertas del perdón.

El dinero es el gran prestidigitador
Evapora todo lo que toca:
tu sangre y tu sudor,
tu lágrima y tu idea.
El dinero te vuelve ninguno.

Entre todos construimos
el palacio del dinero:
el gran cero.

No el trabajo: el dinero es el castigo.
El trabajo nos da de comer y dormir:
el dinero es la araña y el hombre la mosca.
El trabajo hace las cosas:
el dinero chupa la sangre de las cosas.
El trabajo es el techo, la mesa, la cama:
el dinero no tiene cuerpo ni cara ni alma.

El dinero seca la sangre del mundo,
sorbe el seso del hombre.

Escalera de horas y meses y años:
allá arriba encontramos a nadie.

Monumento que tu muerte levanta a la muerte.

Mérida, 1937 / México, 1976.

ELEGÍA[39]

*a un compañero muerto
en el frente de Aragón*

I

Has muerto, camarada,
en el ardiente amanecer del mundo.

Y brotan de tu muerte
tu mirada, tu traje azul,
tu rostro sorprendido en la pólvora,
tus manos, ya sin tacto.

Has muerto. Irremediablemente.
Parada está tu voz, tu sangre en tierra.
¿Qué tierra crecerá que no te alce?
¿Qué sangre correrá que no te nombre?
¿Qué palabra diremos que no diga
tu nombre, tu silencio,
el callado dolor de no tenerte?

Y alzándote,
llorándote,
nombrándote,
dando voz a tu cuerpo desgarrado,
labios y libertad a tu silencio,

---

[39] *«Elegía a un compañero muerto en el frente de Aragón».* Primera publicación, bajo el título de «Elegía a un joven muerto en el frente», *Hora de España*, 9, septiembre de 1937, págs. 39-42; posteriormente, *Mediodía*, La Habana, vol. 2, núm. 4, 27 de diciembre de 1937, pág. 13, y *Bajo tu clara sombra y otros poemas sobre España* como uno de los tres «Cantos españoles». Posteriormente, Paz lo incluyó en LBP2 pero lo excluyó de LBP3. En LBP4, donde lo volvió a incluir, añadió una extensa nota (ver apéndice).

crecen dentro de mí,
me lloran y me nombran,
furiosamente me alzan,
otros cuerpos y nombres,
otros ojos de tierra sorprendida,
otros ojos de árbol que pregunta.

II

Yo recuerdo tu voz. La luz del valle
nos tocaba las sienes,
hiriéndonos espadas resplandores,
trocando en luces sombras,
paso en danza, quietud en escultura
y la violencia tímida del aire
en cabelleras, nubes, torsos, nada.
Olas de luz clarísimas, vacías,
que nuestra sed quemaban, como vidrio,
hundiéndonos, sin voces, fuego puro,
en lentos torbellinos resonantes.

Yo recuerdo tu voz, tu duro gesto,
el ademán severo de tus manos.
Tu voz, voz adversaria,
tu palabra enemiga,
tu pura voz de odio,
tu frente generosa como un sol
y tu amistad abierta como plaza
de cipreses severos y agua joven.

Tu corazón, tu voz, tu puño vivo,
detenidos y rotos por la muerte.

Has muerto, camarada,
en el ardiente amanecer del mundo.
Has muerto cuando apenas
tu mundo, nuestro mundo, amanecía.
Llevabas en los ojos, en el pecho,
tras el gesto implacable de la boca,
un claro sonreír, un alba pura.

Te imagino cercado por las balas,
por la rabia y el odio pantanoso,
como relámpago caído y agua
prisionera de rocas y negrura.

Te imagino tirado en lodazales,
sin máscara, sonriente,
tocando, ya sin tacto,
las manos camaradas que soñabas.

Has muerto entre los tuyos, por los tuyos.

México, 1937.

LOS VIEJOS *40

A Arturo Serrano Plaja

SOBRE las aguas,
sobre el desierto de las horas
pobladas sólo por el sol sin nombre y la noche sin
   rostro,

---

40 *«Los viejos».* Primera publicación, bajo el título de «El barco», *Hora de
España,* XXIII, noviembre de 1938, págs. 43-45, y *Poesía,* 3, mayo de 1938,

van los maderos tristes,
van los hierros, la sal y los carbones,
la flor del fuego, los aceites.
Con los maderos sollozantes,
con los despojos turbios y las verdes espumas,
van los hombres.

Los hombres con su tos, sus venenos lentísimos
y su sangre en destierro
de ese lugar de pinos, agua y rocas
desde su nacimiento señalado
como sepulcro suyo por la muerte.

Van los hombres partidos por la guerra,
empujados de sus tierras a otras,
hombres que sólo llevan ya a la muerte su diminuta
    muerte,
vagos semblantes sementeras,
deslavadas colinas y descuajados árboles.
La guerra los avienta,
campesinos de voces de naranja,
pechos de piedra, arroyos, torrenteras,
viejos hermosos como el silencio de altas torres,
torres aún en pie,
indefensa ternura hundida en las bodegas.

Al terrón cejijunto lo ablandaron sus manos,
sus anchos pies danzantes

---

págs. 15-19. En *Hora de España* apareció con la siguiente nota a pie de página, cita de una carta de Paz al poeta español *Arturo Serrano Plaja:* «A mi regreso, en Lisboa, subieron trescientos españoles, viejos todos, gente de campo. Habían escapado, puesto que rebasaban la edad militar, de la zona faccio-
sa. Ningún testimonio más horrendo que el de estos pobres viejos, que no
querían del suelo de su patria sino un pedazo de tierra. Y el hecho de huir
de sus tumbas arroja fuego sobre la realidad espantosa del franquismo.» La
cita desaparece de las posteriores reproducciones del poema y queda la seña-
lada al pie.

alzaron los sonidos nupciales del viñedo,
la tierra estremecida bajo sus pies cantaba
como tambor o vientre delirante,
tal la pradera bajo los toros ciegos y violentos
de huracanado luto rodeados.

A la borda acodados,
por los pasillos, la cubierta,
sacos de huesos o racimos negros.
No dicen nada, callan,
oyen a sus mujeres (brujas
de afiladas miradas alfileres,
llenas de secretos ya secos como añosos armarios,
historias que se sacan del pecho entre suspiros)
contar con voz rugosa
las minucias terribles de la guerra.

Los hombres son la espuma de la tierra,
la flor del llanto, el fruto de la sangre,
el pan de la palabra, el vino de los cantos,
la sal de la alegría, la almendra del silencio.
Estos viejos
son un ramo de soles apagados.

Bebe del agua de la muerte,
bebe del agua sin memoria, deja tu nombre,
olvídate de ti, bebe del agua,
el agua de los muertos ya sin nombre,
el agua de los pobres.
En esas aguas sin facciones
también está tu rostro.
Allí te reconoces y recobras,
allí pierdes tu nombre,
allí ganas tu nombre
y el poder de nombrarlos con su nombre más cierto.

LA POESÍA[41]

LLEGAS, silenciosa, secreta,
y despiertas los furores, los goces,
y esta angustia
que enciende lo que toca
y engendra en cada cosa
una avidez sombría.

El mundo cede y se desploma
como metal al fuego.
Entre mis ruinas me levanto,
solo, desnudo, despojado,
sobre la roca inmensa del silencio,
como un solitario combatiente
contra invisibles huestes.

Verdad abrasadora,
¿a qué me empujas?
No quiero tu verdad,
tu insensata pregunta.
¿A qué esta lucha estéril?
No es el hombre criatura capaz de contenerte,
avidez que sólo en la sed se sacia,
llama que todos los labios consume,
espíritu que no vive en ninguna forma
mas hace arder todas las formas.

Subes desde lo más hondo de mí,
desde el centro innombrable de mi ser,
ejército, marea.

---

[41] *«La poesía»*. Primera publicación, *Letras de México*, tomo III, núm. 9, 9 de septiembre de 1941, pág. 3. Se reprodujo en «Narciso. Poéticas mexicanas modernas», *Tierra Nueva*, año III, núms. 13-14, enero-abril de 1942, pág. 21.

Creces, tu sed me ahoga,
expulsando, tiránica,
aquello que no cede
a tu espada frenética.
Ya sólo tú me habitas,
tú, sin nombre, furiosa substancia,
avidez subterránea, delirante.

Golpean mi pecho tus fantasmas,
despiertas a mi tacto,
hielas mi frente,
abres mis ojos.

Percibo el mundo y te toco,
substancia intocable,
unidad de mi alma y de mi cuerpo,
y contemplo el combate que combato
y mis bodas de tierra.

Nublan mis ojos imágenes opuestas,
y a las mismas imágenes
otras, más profundas, las niegan,
ardiente balbuceo,
aguas que anega un agua más oculta y densa.
En su húmeda tiniebla vida y muerte,
quietud y movimiento, son lo mismo.

Insiste, vencedora,
porque tan sólo existo porque existes,
y mi boca y mi lengua se formaron
para decir tan sólo tu existencia
y tus secretas sílabas, palabra
impalpable y despótica,
substancia de mi alma.

Eres tan sólo un sueño,
pero en ti sueña el mundo
y su mudez habla con tus palabras.
Rozo al tocar tu pecho
la eléctrica frontera de la vida,
la tiniebla de sangre
donde pacta la boca cruel y enamorada,
ávida aún de destruir lo que ama
y revivir lo que destruye,
con el mundo, impasible
y siempre idéntico a sí mismo,
porque no se detiene en ninguna forma
ni se demora sobre lo que engendra.

Llévame, solitaria,
llévame entre los sueños,
llévame, madre mía,
despiértame del todo,
hazme soñar tu sueño,
unta mis ojos con aceite,
para que al conocerte me conozca.

A UN RETRATO

Al pintor Juan Soriano[42]

No suena el viento,
dormido allá en sus cuevas
y en lo alto se ha detenido el cielo
con sus estrellas y sus sombras.
Entre nubes de yeso arde la luna.

---

[42] *Juan Soriano* (1920). Pintor mexicano, al que Paz le ha dedicado varios ensayos. Ver, entre otros, «Rostros de Juan Soriano», en *Las peras del olmo* (1957).

El vampiro de boca sonrosada,
arpista del infierno, abre las alas.
Hora paralizada, suspendida
entre un abismo y otro.

Y las cosas despiertan, vueltas sobre sí mismas,
y se incorporan en silencio,
con el horror y la delicia
que su ser verdadero les infunde.
Y despiertan los ángeles de almendra,
los ángeles de fuego de artificio,
y el nahual y el coyote y el aullido,
las ánimas en pena que se bañan
en las heladas playas del infierno,
y la niña que danza y la que duerme
en una caja de cartón con flores.

Por amarillos escoltada
una joven avanza, se detiene.
El terciopelo y el durazno
se alían en su vestido.
Los pálidos reflejos de su pelo
son el otoño sobre un río.
Sol desolado en un desierto pasillo
¿a quién espera, de quién huye,
indecisa entre el terror y el deseo?
¿Vio brotar al inmundo de su espejo?
¿Se enroscó entre sus muslos la serpiente?

Vaga por los espacios amarillos
como una lenta pluma de esplendor y desdicha.
Al borde de un latido, quieta.
No respiran, no brillan
en su pecho de espuma
las cuentas del collar, fulgor quebrado.

Algo mira o la mira.
Atrás, la puerta calla.
El muro resplandece con fatigadas luces.

EL AUSENTE

I

Dios insaciable que mi insomnio alimenta;
Dios sediento que refrescas tu eterna sed en mis lá-
    grimas,
Dios vacío que golpeas mi pecho con un puño de pie-
    dra, con un puño de humo,
Dios que me deshabitas,
Dios desierto, peña que mi súplica baña,
Dios que al silencio del hombre que pregunta contestas
    con un silencio más grande,
Dios hueco, Dios de nada, mi Dios:
sangre, tu sangre, la sangre, me guía.

La sangre de la tierra,
la de los animales y la del vegetal somnoliento,
la sangre petrificada de los minerales
y la del fuego que dormita en la tierra,
tu sangre,
la del vino frenético que canta en primavera,
Dios esbelto y solar,
Dios de resurrección,
estrella hiriente,
insomne flauta que alza su dulce llama entre sombras
    caídas,
oh Dios que en las fiestas convocas a las mujeres deli-
    rantes

y haces girar sus vientres planetarios y sus nalgas sal-
    vajes,
los pechos inmóviles y eléctricos,
atravesando el universo enloquecido y desnudo
y la sedienta extensión de la noche desplomada.

Sangre,
sangre que todavía te mancha con resplandores bár-
    baros,
la sangre derramada en la noche del sacrificio,
la de los inocentes y la de los impíos,
la de tus enemigos y la de tus justos,
la sangre tuya, la de tu sacrificio.

II

Por ti asciendo, desciendo,
a través de mi estirpe,
hasta el pozo del polvo
donde mi semen se deshace en otros,
más antiguos, sin nombre,
ciegos ríos por llanos de ceniza.

Te he buscado, te busco,
en la árida vigilia, escarabajo
de la razón giratoria;
en los sueños henchidos de presagios equívocos
y en los torrentes negros que el delirio desata:
el pensamiento es una espada
que ilumina y destruye
y luego del relámpago no hay nada
sino un correr por el sinfín
y encontrarse uno mismo frente al muro.

Te he buscado, te busco,
en la cólera pura de los desesperados,
allí donde los hombres se juntan para morir sin ti,
entre una maldición y una flor degollada.
No, no estabas en ese rostro roto en mil rostros iguales.

Te he buscado, te busco,
entre los restos de la noche en ruinas,
en los despojos de la luz que deserta,
en el niño mendigo que sueña en el asfalto con arenas y
    olas,
junto a perros nocturnos,
rostros de niebla y cuchillada
y desiertas pisadas de tacones sonámbulos.

En mí te busco: ¿eres
mi rostro en el momento de borrarse,
mi nombre que, al decirlo, se dispersa,
eres mi desvanecimiento?

III

Viva palabra obscura,
palabra del principio,
principio sin palabra,
piedra y tierra, sequía,
verdor súbito,
fuego que no se acaba,
agua que brilla en una cueva:
no existes, pero vives,
en nuestra angustia habitas,
en el fondo vacío del instante
—oh aburrimiento—,
en el trabajo y el sudor, su fruto,
en el sueño que engendra y el muro que prohíbe.

Dios vacío, Dios sordo, Dios mío,
lágrima nuestra, blasfemia,
palabra y silencio del hombre,
signo del llanto, cifra de sangre,
forma terrible de la nada,
araña del miedo,
reverso del tiempo,
gracia del mundo, secreto indecible,
muestra tu faz que aniquila,
que al polvo voy, al fuego impuro.

EL DESCONOCIDO

A Xavier Villaurrutia[43]

LA NOCHE nace en espejos de luto.
Sombríos ramos húmedos
ciñen su pecho y su cintura,
su cuerpo azul, infinito y tangible.
No la puebla el silencio: rumores silenciosos,
peces fantasmas, se deslizan, fosforecen, huyen.

La noche es verde, vasta y silenciosa.
La noche es morada y azul.
Es de fuego y es de agua.
La noche es de mármol negro y de humo.

---

[43] *«El desconocido»*. Primera publicación junto con «Nacimiento», *El hijo pródigo*, 1, abril de 1943, págs. 19-20. *Xavier Villaurrutia* (1903-1950), uno de los más brillantes miembros del grupo *Contemporáneos*. Autor de la colección *Nostalgia de la muerte* (1939-1940), entre otros libros de poemas. Además de poeta, fue dramaturgo y ensayista. Influyó mucho en la poesía temprana de Paz quien, a su vez, le ha dedicado varios ensayos; entre ellos el más extenso es *Xavier Villaurrutia, en persona y en obra*.

En sus hombros nace un río que se curva,
una silenciosa cascada de plumas negras.

Noche, dulce fiera,
boca de sueño, ojos de llama fija,
océano,
extensión infinita y limitada como un cuerpo acariciado
    a obscuras,
indefensa y voraz como el amor,
detenida al borde del alba como un venado a la orilla
    del susurro o del miedo,
río de terciopelo y ceguera,
respiración dormida de un corazón inmenso que per-
    dona:
el desdichado, el hueco,
el que lleva por máscara su rostro,
cruza tus soledades, a solas con su alma,
ensimismado en su árida pelea.
Su pensamiento recorre siempre las mismas salas desha-
    bitadas,
sin encontrar jamás la forma que agote su impaciencia,
el muro del perdón o de la muerte.
Pero su corazón aún abre las alas
como un águila roja en el desierto.

Suenan las flautas de la noche.
Canta dormido el mar;
ojo que tiembla absorto,
el cielo es un espejo donde el mundo se contempla,
lecho de transparencia para su desnudez.

Él marcha solo, infatigable,
encarcelado en su infinito,
como un fantasma que buscara un cuerpo.

SOLILOQUIO DE MEDIANOCHE

DORMÍA, en mi pequeño cuarto de roedor civilizado,
cuando alguien sopló en mi oído estas palabras:
«Duermes, vencido por fantasmas que tú mismo engen-
   dras,
y mientras tú deliras, otros besan o matan,
conocen otros labios, penetran otros cuerpos,
la piedra vive y se incorpora,
y todo, el polvo mismo, encarna en una forma que respira».

Abrí los ojos y quise asir al impalpable visitante,
cogerlo por el cuello y arrancarle su secreto de humo,
mas sólo vi una sombra perderse en el silencio, aire en
   el aire.
Quedé solo de nuevo, en la desierta noche del insomne.
En mi frente golpeaba una fiebre fría,
hundido mar hirviente bajo mares de yelo.
Subieron por mis venas los años caídos,
fechas de sangre que alguna vez brillaron como labios,
labios en cuyos pliegues, golfos de sombra luminosa,
creí que al fin la tierra me daba su secreto,
pechos de viento para los desesperados,
elocuentes vejigas ya sin nada:
Dios, Cielo, Amistad, Revolución o Patria.

Y entre todos se alzó, para hundirse de nuevo,
mi infancia, inocencia salvaje domesticada con palabras,
preceptos con anteojos,
agua clara, espejo para el árbol y la nube,
que tantas virtuosas almas enturbiaron.

Dueño de la palabra, del agua y de la sal,
bajo mi fuerza todo nacía otra vez, como al principio;

si mis yemas rozaban su sopor infinito
las cosas cambiaban su figura por otra,
acaso más secreta y suya, de pronto revelada,
y para dar respuesta a mis atónitas preguntas
el fuego se hacía humo,
el árbol temblor de hojas, el agua transparencia,
y las yerbas y el musgo entre las piedras y las piedras
se hacían lenguas.
Sobre su verde tallo una flor roja me hablaba,
una palabra me abría cada noche las puertas de la noche
y el mismo sol de oro macizo palidecía ante mi espada
    de madera.

Cielo poblado siempre de barcos y naufragios,
yo navegué en tus témpanos de bruma
y naufragué en tus arrecifes indecisos;
entre tu silenciosa vegetación de espuma me perdía
para tocar tus pájaros de cristal y reflejos
y soñar en tus playas de silencio y vacío.

¿Recuerdas aquel árbol, chorro de verdor,
erguido como dicha sin término,
al mediodía dorado,
obscuro ya de pájaros en la tarde de sopor y de tedio?
¿Recuerdas aquella buganvilla que encendía sus llamas
    suntuosas y católicas sobre la barda gris,
la recuerdas aquella tarde del pasmo,
cuando la viste como si nunca la hubieras visto antes,
morada escala para llegar al cielo?
¿Recuerdas la fuente, el verdín de la piedra,
el charco de los pájaros,
las violetas de apretados corpiños, siempre tras las corti-
    nas de sus hojas,
el alcatraz de nieve y su grito amarillo, trompeta de las
    flores,

la higuera de anchas hojas digitales, diosa hindú,
y la sed que enciende su miel?
Reino en el polvo, reino
cambiado por unas baratijas de prudencia.

Amé la gloria de boca lívida y ojos de diamante,
amé el amor, amé sus labios y su calavera,
soñé en un mundo en donde la palabra engendraría
y el mismo sueño habría sido abolido
porque querer y obrar serían como la flor y el fruto.
Mas la gloria es apenas una cifra, equivocada con frecuencia,
el amor desemboca en el odio y el hastío,
¿y quién sueña ya en la comunión de los vivos cuando
todos comulgan en la muerte?

A solas otra vez, toqué mi corazón,
allí donde los viejos nos dijeron que nacían el valor y la
esperanza,
mas él, desierto y ávido, sólo latía,
sílaba indescifrable,
despojo de no sé qué palabra sepultada.

«A esta hora», me dije, «algunos aman y conocen la
muerte en otros labios,
otros sueñan delirios que son muerte,
y otros, más sencillamente, mueren también allá en los
frentes,
por defender una palabra,
llave de sangre para cerrar o abrir las puertas del mañana».
Sangre para bautizar la nueva era que el engreído profeta vaticina,
sangre para el lavamanos del negociante,
sangre para el vaso de los oradores y los caudillos,

oh corazón, noria de sangre, para regar, ¿qué yermos?,
para mojar ¿qué labios secos, infinitos?
¿Son los labios de un dios,
de Dios que tiene sed, sed de nosotros,
nada que sólo tiene sed?

Intenté salir y comulgar en la intemperie con el alba
pero había muerto el sol y el mundo, los árboles, los
    animales y los hombres,
todos y todo, éramos fantasmas de esa noche intermi-
    nable
a la que nunca ha de mojar la callada marea de otro día.

VIRGEN[44]

I

ELLA cierra los ojos y en su adentro
está desnuda y niña al pie del árbol.
Reposan a su sombra el tigre, el toro.
Tres corderos de bruma le da al tigre,
tres palomas al toro, sangre y plumas.
Ni plegarias de humo quiere el tigre
ni palomas el toro: a ti te quieren.

Y vuelan las palomas, vuela el toro,
y ella también, desnuda vía láctea,
vuela en un cielo visceral, obscuro.
Un maligno puñal ojos de gato

[44] *«Virgen».* Primera publicación, bajo el título de «Sueño de Eva», *Sur*,
127, mayo de 1945, págs. 47-50. En francés se publicó en traducción de Alice Ahrweiler, *Fontaine*, 57, diciembre de 1946-enero de 1947, págs. 725-737.

y amarillentas alas de petate
la sigue entre los aires. Y ella lucha
y vence a la serpiente, vence al águila,
y sobre el cuerno de la luna asciende...

II

Por los espacios gira la doncella.
Nubes errantes, torbellinos, aire.
El cielo es una boca que bosteza,
boca de tiburón en donde ríen,
afilados relámpagos, los astros.
Vestida de azucena ella se acerca
y le arranca los dientes al dormido.
Al aire sin edades los arroja:
islas que parpadean cayeron las estrellas,
cayó al mantel la sal desparramada,
lluvia de plumas fue la garza herida,
se quebró la guitarra y el espejo
también, como la luna, cayó en trizas.
Y la estatua cayó. Viriles miembros
se retorcieron en el polvo, vivos.

III

Rocas y mar. El sol envejecido
quema las piedras que la mar amarga.
Cielo de piedra, mar de piedra. Nadie.
Arrodillada cava las arenas,
cava la piedra con las uñas rotas.
¿A qué desenterrar del polvo estatuas?
La boca de los muertos está muerta.
Sobre la alfombra junta las figuras

de su rompecabezas infinito.
y siempre falta una, sólo una,
y nadie sabe dónde está, secreta.
En la sala platican las visitas.
El viento gime en el jardín en sombras.
Está enterrada al pie del árbol. ¿Quién?
La llave, la palabra, la sortija...
Pero es muy tarde ya, todos se han ido,
su madre sola al pie de la escalera
es una llama que se desvanece
y crece la marea de lo obscuro
y borra los peldaños uno a uno
y se aleja el jardín y ella se aleja
en la noche embarcada...

IV

Al pie del árbol otra vez. No hay nada:
latas, botellas rotas, un cuchillo,
los restos de un domingo ya oxidado.
Muge el toro sansón, herido y solo
por los sinfines de la noche en ruinas
y por los prados amarillos rondan
el león calvo, el tigre despintado.
Ella se aleja del jardín desierto
y por calles lluviosas llega a casa.
Llama, mas nadie le contesta; avanza
y no hay nadie detrás de cada puerta
y va de nadie a puerta hasta que llega
a la última puerta, la tapiada,
la que el padre cerraba cada noche.
Busca la llave pero se ha perdido,
la golpea, la araña, la golpea,
durante siglos la golpea

y la puerta es más alta a cada siglo
y más cerrada y puerta a cada golpe.
Ella ya no la alcanza y sólo aguarda
sentada en su sillita que alguien abra:
Señor, abre las puertas de tu nube,
abre tus cicatrices mal cerradas,
llueve sobre mis senos arrugados,
llueve sobre los huesos y las piedras,
que tu semilla rompa la corteza,
la costra de mi sangre endurecida.
Devuélveme a la noche del Principio,
de tu costado desprendida sea
planeta opaco que tu luz enciende.

EN LA CALZADA

EL SOL reposa sobre las copas de los castaños.
Sopla apenas el viento,
mueven las hojas los dedos, canturrean,
y alguien, aire que no se ve, baila un baile antiguo.
Camino bajo luces enlazadas y ramas que se abrazan,
calzada submarina de luz verde,
verdor que acaba en oro,
luz que acaba en sabor, luz que se toca.

Esta calzada desemboca al paraíso de los verdes,
al reino que prometen los invernaderos:
eterna la hoja verde,
el agua siempre niña,
la tierra madre siempre virgen,
la luz esbelta entre los troncos sempiternos,
el viento siempre, siempre libre, siempre labios, siempre
    viento.

178

Entre la luz filtrada en hojas,
peces sonámbulos y ensimismados,
pasan hombres, mujeres, niños, bicicletas.
Todos caminan, nadie se detiene.
Cada uno a sus asuntos,
al cine, a misa, a la oficina, a la muerte,
a perderse en otros brazos,
a recobrarse en otros ojos,
a recordar que son seres vivientes o a olvidarlo.
Nadie quiere llegar al fin,
allá donde la flor es fruto, el fruto labios.

Quisiera detenerlos,
detener a una joven,
cogerla por la oreja y plantarla entre un castaño y otro;
regarla con una lluvia de verano;
verla ahondar en raíces como manos que enlazan en la
    noche otras manos;
crecer y echar hojas y alzar entre sus ramas una copa
    que canta:
brazos que sostienen un niño, un tesoro, una jarra de
    agua, la canasta del pan que da vida;
florecer en esas flores blancas que tienen pintadas flore-
    citas rojas en las alas,
flores como la nieve,
flores blancas que caen de los castaños como sonrisas o
    como serpentinas;
rozar su piel de musgo, su piel de savia y luz, más suave
    que el torso de sal de la estatua en la playa;
hablar con ella un lenguaje de árbol distante,
callar con ella un silencio de árbol de enfrente;
envolverla con brazos impalpables como el aire que
    pasa,
rodearla, no como el mar rodea a una isla sino como la
    sepulta;

reposar en su copa como la nube ancla un instante en el
    cielo,
ennegrece de pronto y cae en gotas anchas.

EL PRISIONERO[45]

(D. A. F. DE SADE)

> *à fin que... les traces de ma tombe disparaissent de des-*
> *sus la surface de la terre comme je me flatte que ma mé-*
> *moire s'effacera de l'esprit des hommes...*
>
> Testamento de SADE

No TE has desvanecido.
Las letras de tu nombre son todavía una cicatriz que no
    se cierra,
un tatuaje de infamia sobre ciertas frentes.
Cometa de pesada cola fosfórica: razones obsesiones,
atraviesas el siglo diecinueve con una granada de verdad
    en la mano
y estallas al llegar a nuestra época.

Máscara que sonríe bajo un antifaz rosa,
hecho de párpados de ajusticiado,
verdad partida en mil pedazos de fuego,
¿qué quieren decir todos esos fragmentos gigantescos,

---

[45] *«El prisionero».* Primera publicación, *Sur,* 174, abril de 1949, páginas 31-34. El Conde D[onatien] A[lphonse] F[rançois] Sade (1740-1814),
más conocido como el Marqués de Sade. Autor francés de escritos eróticos y
filosóficos. Pasó más de la mitad de su vida en cárceles donde escribió gran
parte de su voluminosa obra. Tanto Guillaume Apollinaire como los surrealistas rescataron la figura de Sade. En la obra de Paz abundan las alusiones a
Sade; más sostenidamente: «El más erótico (I) y (II)», en *Los signos en rotación y
otros ensayos,* págs. 183-205. El epígrafe en francés, tomado de su testamento,
dice: «Para que los vestigios de mi tumba desaparezcan de la superficie de la
tierra, como me jacto de que mi memoria desaparecerá de la memoria de los
hombres.»

esa manada de icebergs que zarpan de tu pluma y en alta
   mar enfilan hacia costas sin nombre,
esos delicados instrumentos de cirugía para extirpar el
   chancro de Dios,
esos aullidos que interrumpen tus majestuosos razonamientos de elefante,
esas repeticiones atroces de relojería descompuesta,
toda esa oxidada herramienta de tortura?

El erudito y el poeta,
el sabio, el literato, el enamorado,
el maníaco y el que sueña en la abolición de nuestra siniestra realidad,
disputan como perros sobre los restos de tu obra.
Tú, que estabas contra todos,
eres ahora un nombre, un jefe, una bandera.

Inclinado sobre la vida como Saturno sobre sus hijos,
recorres con fija mirada amorosa
los surcos calcinados que dejan el semen, la sangre y la
   lava.
Los cuerpos, frente a frente como astros feroces,
están hechos de la misma substancia de los soles.
Lo que llamamos amor o muerte, libertad o destino,
¿no se llama catástrofe, no se llama hecatombe?
¿Dónde están las fronteras entre espasmo y terremoto,
entre erupción y cohabitación?

Prisionero en tu castillo de cristal de roca
cruzas galerías, cámaras, mazmorras,
vastos patios donde la vid se enrosca a columnas solares,
graciosos cementerios donde danzan los chopos inmóviles,
Muros, objetos, cuerpos te repiten.

¡Todo es espejo!
Tu imagen te persigue.

El hombre está habitado por silencio y vacío.
¿Cómo saciar su hambre,
cómo poblar su vacío?
¿Cómo escapar a mi imagen?
En el otro me niego, me afirmo, me repito,
sólo su sangre da fe de mi existencia.
Justina sólo vive por Julieta,
las víctimas engendran los verdugos.
El cuerpo que hoy sacrificamos
¿no es el Dios que mañana sacrifica?
La imaginación es la espuela del deseo,
su reino es inagotable e infinito como el fastidio,
su reverso y gemelo.

Muerte o placer, inundación o vómito,
otoño parecido al caer de los días,
volcán o sexo,
soplo, verano que incendia las cosechas,
astros o colmillos,
petrificada cabellera del espanto,
espuma roja del deseo, matanza en alta mar,
rocas azules del delirio,
formas, imágenes, burbujas, hambre de ser,
eternidades momentáneas,
desmesuras: tu medida de hombre.
Atrévete.
Sé el arco y la flecha, la cuerda y el ay.
El sueño es explosivo. Estalla. Vuelve a ser sol.

En tu castillo de diamante tu imagen se destroza y se rehace, infatigable.

III
Semillas para un himno[46]
[1943-1955]

---

[46] *Semillas para un himno.* Primera publicación como libro en 1954. Esta primera edición contenía, además de 22 poemas, traducciones de textos de Andrew Marvell y Gérard de Nerval, hoy recogidos en *Versiones y diversiones.*

Xochipilli

El girasol
[1943-1948]

SALVAS

TORRE de muros de ámbar,
solitario laurel en una plaza de piedra,
golfo imprevisto,
sonrisa en un obscuro pasillo,
andar de río que fluye entre palacios...

Puente bajo cuyos arcos corre siempre la vida.

TUS OJOS[47]

TUS ojos son la patria del relámpago y de la lágrima,
silencio que habla,
tempestades sin viento, mar sin olas,
pájaros presos, doradas fieras adormecidas,

---

[47] *«Tus ojos»*. Primera publicación, junto con «Cuerpo a la vista» y «Agua nocturna», *Orígenes,* año IV, núm. 13, primavera de 1947, págs. 25-27. El primer título de «Agua nocturna» fue «Nocturno».

topacios impíos como la verdad,
otoño en un claro del bosque en donde la luz canta en el
    hombro de un árbol y son pájaros todas las hojas,
playa que la mañana encuentra constelada de ojos,
cesta de frutos de fuego,
mentira que alimenta,
espejos de este mundo, puertas del más allá,
pulsación tranquila del mar a mediodía,
absoluto que parpadea,
páramo.

CUERPO A LA VISTA

Y LAS sombras se abrieron otra vez y mostraron un
    cuerpo:
tu pelo, otoño espeso, caída de agua solar,
tu boca y la blanca disciplina de sus dientes caníbales,
    prisioneros en llamas,
tu piel de pan apenas dorado y tus ojos de azúcar que-
    mada,
sitios en donde el tiempo no transcurre,
valles que sólo mis labios conocen,
desfiladero de la luna que asciende a tu garganta entre
    tus senos,
cascada petrificada de la nuca,
alta meseta de tu vientre,
playa sin fin de tu costado.

Tus ojos son los ojos fijos del tigre
y un minuto después son los ojos húmedos del perro.

Siempre hay abejas en tu pelo.

Tu espalda fluye tranquila bajo mis ojos
como la espalda del río a la luz del incendio.

Aguas dormidas golpean día y noche tu cintura de ar-
    cilla
y en tus costas, inmensas como los arenales de la luna,
el viento sopla por mi boca y su largo quejido cubre con
    sus dos alas grises
la noche de los cuerpos,
como la sombra del águila la soledad del páramo.

Las uñas de los dedos de tus pies están hechas del cristal
    del verano.

Entre tus piernas hay un pozo de agua dormida,
bahía donde el mar de noche se aquieta, negro caballo
    de espuma,
cueva al pie de la montaña que esconde un tesoro,
boca del horno donde se hacen las hostias,
sonrientes labios entreabiertos y atroces,
nupcias de la luz y la sombra, de lo visible y lo invisible
(allí espera la carne su resurrección y el día de la vida
    perdurable).

Patria de sangre,
única tierra que conozco y me conoce,
única patria en la que creo,
única puerta al infinito.

AGUA NOCTURNA

La noche de ojos de caballo que tiemblan en la noche,
la noche de ojos de agua en el campo dormido,
está en tus ojos de caballo que tiembla,
está en tus ojos de agua secreta.

Ojos de agua de sombra,
ojos de agua de pozo,
ojos de agua de sueño.

El silencio y la soledad,
como dos pequeños animales a quienes guía la luna,
beben en esos ojos,
beben en esas aguas.

Si abres los ojos,
se abre la noche de puertas de musgo,
se abre el reino secreto del agua
que mana del centro de la noche.

Y si los cierras,
un río, una corriente dulce y silenciosa,
te inunda por dentro, avanza, te hace obscura:
la noche moja riberas en tu alma.

RELÁMPAGO EN REPOSO[48]

TENDIDA,
piedra hecha de mediodía,
ojos entrecerrados donde el blanco azulea,
entornada sonrisa.
Te incorporas a medias y sacudes tu melena de león.
Luego te tiendes,
delgada estría de lava en la roca,
rayo dormido.

---

[48] *«Relámpago en reposo».* Primera publicación, junto con «Escrito con tinta verde», «Visitas», «A la orilla» y «Más allá del amor» bajo el título colectivo de «El girasol»: *Cuadernos americanos,* 41, septiembre-octubre de 1948, páginas 241-244. Al pie: «abril-junio de 1948».

Mientras duermes te acaricio y te pulo,
hacha esbelta,
flecha con que incendio la noche.

El mar combate allá lejos con espadas y plumas.

ESCRITO CON TINTA VERDE

LA TINTA verde crea jardines, selvas, prados,
follajes donde cantan las letras,
palabras que son árboles,
frases que son verdes constelaciones.

Deja que mis palabras desciendan y te cubran
como una lluvia de hojas a un campo de nieve,
como la yedra a la estatua,
como la tinta a esta página.

Brazos, cintura, cuello, senos,
la frente pura como el mar,
la nuca de bosque en otoño,
los dientes que muerden una brizna de yerba.

Tu cuerpo se constela de signos verdes
como el cuerpo del árbol de renuevos.
No te importe tanta pequeña cicatriz luminosa:
mira al cielo y su verde tatuaje de estrellas.

VISITAS

A TRAVÉS de la noche urbana de piedra y sequía
entra el campo a mi cuarto.
Alarga brazos verdes con pulseras de pájaros,

con pulseras de hojas.
Lleva un río de la mano.
El cielo del campo también entra,
con su cesta de joyas acabadas de cortar.
Y el mar se sienta junto a mí,
extendiendo su cola blanquísima en el suelo.
Del silencio brota un árbol.
Del árbol cuelgan palabras hermosas
que brillan, maduran, caen.
En mi frente, cueva que habita un relámpago...
Pero todo se ha poblado de alas.

A LA ORILLA

Todo lo que brilla en la noche,
collares, ojos, astros,
serpentinas de fuegos de colores,
brilla en tus brazos de río que se curva,
en tu cuello de día que despierta.

La hoguera que encienden en la selva,
el faro de cuello de jirafa,
el ojo, girasol del insomnio,
se han cansado de esperar y escudriñar.

Apágate,
para brillar no hay como los ojos que nos ven:
contémplate en mí que te contemplo.
Duerme,
terciopelo de bosque,
musgo donde reclino la cabeza.

La noche con las olas azules va borrando estas palabras,
escritas con mano ligera en la palma del sueño.

OLVIDO[49]

CIERRA los ojos y a obscuras piérdete
bajo el follaje rojo de tus párpados.

Húndete en esas espirales
del sonido que zumba y cae
y suena allá, remoto,
hacia el sitio del tímpano,
como una catarata ensordecida.

Hunde tu ser a obscuras,
anégate en tu piel,
y más, en tus entrañas;
que te deslumbre y ciegue
el hueso, lívida centella,
y entre simas y golfos de tiniebla
abra su azul penacho el fuego fatuo.

En esa sombra líquida del sueño
moja tu desnudez;
abandona tu forma, espuma
que no se sabe quién dejó en la orilla;
piérdete en ti, infinita,
en tu infinito ser,
mar que se pierde en otro mar:
olvídate y olvídame.

---

[49] «Olvido». Primera publicación, *El hijo pródigo*, 9, diciembre de 1943, págs. 161-162.

MÁS ALLÁ DEL AMOR

Todo nos amenaza:
el tiempo, que en vivientes fragmentos divide
al que fui
       del que seré,
como el machete a la culebra;
la conciencia, la transparencia traspasada,
la mirada ciega de mirarse mirar;
las palabras, guantes grises, polvo mental sobre la yer-
    ba, el agua, la piel;
nuestros nombres que entre tú y yo se levantan,
murallas de vacío que ninguna trompeta derrumba.

Ni el sueño y su pueblo de imágenes rotas,
ni el delirio y su espuma profética,
ni el amor con sus dientes y uñas nos bastan.
Más allá de nosotros,
en las fronteras del ser y el estar,
una vida más vida nos reclama.

Afuera la noche respira, se extiende,
llena de grandes hojas calientes,
de espejos que combaten:
frutos, garras, ojos, follajes,
espaldas que relucen,
cuerpos que se abren paso entre otros cuerpos.

Tiéndete aquí a la orilla de tanta espuma,
de tanta vida que se ignora y entrega:
tú también perteneces a la noche.
Extiéndete, blancura que respira,
late, oh estrella repartida,
copa,
pan que inclinas la balanza del lado de la aurora,
pausa de sangre entre este tiempo y otro sin medida.

Semillas para un himno
[1950-1954]

EL DÍA abre la mano
Tres nubes
Y estas pocas palabras

AL ALBA busca su nombre lo naciente[50]
Sobre los troncos soñolientos centellea la luz
Galopan las montañas a la orilla del mar
El sol entra en las aguas con espuelas
La piedra embiste y rompe claridades
El mar se obstina y crece al pie del horizonte
Tierra confusa inminencia de escultura
El mundo alza la frente aún desnuda
Piedra pulida y lisa para grabar un canto
La luz despliega su abanico de nombres
Hay un comienzo de himno como un árbol
Hay el viento y nombres hermosos en el viento

---

[50] *«Al alba busca...»*. Primera publicación, junto con «A la española el día», «Primavera y muchacha», «Un día se pierde», «Espacioso cielo» y «Piedra nativa», en *Revista de la Universidad de México*, vol. VIII, núm. 5, enero de 1954, pág. 7.

FÁBULA

A Álvaro Mutis[51]

EDADES de fuego y de aire
Mocedades de agua
Del verde al amarillo
    Del amarillo al rojo
Del sueño a la vigilia
    Del deseo al acto
Sólo había un paso que tú dabas sin esfuerzo
Los insectos eran joyas animadas
El calor reposaba al borde del estanque
La lluvia era un sauce de pelo suelto
En la palma de tu mano crecía un árbol
Aquel árbol cantaba reía y profetizaba
Sus vaticinios cubrían de alas el espacio
Había milagros sencillos llamados pájaros
Todo era de todos
    Todos eran todo
Sólo había una palabra inmensa y sin revés
Palabra como un sol
Un día se rompió en fragmentos diminutos
Son las palabras del lenguaje que hablamos
Fragmentos que nunca se unirán
Espejos rotos donde el mundo se mira destrozado

UNA mujer de movimientos de río
De transparentes ademanes de agua
Una muchacha de agua

---

[51] *Alvaro Mutis* (1923). Poeta colombiano, residente en México. Autor de *Maqroll, el gaviero* (1975) y *La mansión de Araucaíma* (1978), entre otras obras.

Donde leer lo que pasa y no regresa
Un poco de agua donde los ojos beban
Donde los labios de un solo sorbo beban
El árbol la nube el relámpago
Yo mismo y la muchacha

CERRO DE LA ESTRELLA

A Marco Antonio
y Ana Luisa Montes de Oca[52]

Aquí los antiguos recibían al fuego
Aquí el fuego creaba al mundo
Al mediodía las piedras se abren como frutos
El agua abre los párpados
La luz resbala por la piel del día
Gota inmensa donde el tiempo se refleja y se sacia

A LA española el día entra pisando fuerte
Un rumor de hojas y pájaros avanza
Un presentimiento de mar o mujeres
El día zumba en mi frente como una idea fija
En la frente del mundo zumba tenaz el día
La luz corre por todas partes
Canta por las terrazas
Hace bailar las casas
Bajo las manos frescas de la yedra ligera
El muro se despierta y levanta sus torres

---

[52] *Marco Antonio y Ana Luisa Montes de Oca.* Poeta mexicano (1932) y su esposa. Autor de *Cantos al sol que no se alcanza* (1961), entre otras obras destacadas.

Y las piedras dejan caer sus vestiduras
Y el agua se desnuda y salta de su lecho
Más desnuda que el agua
Y la luz se desnuda y se mira en el agua
Más desnuda que un astro
Y el pan se abre y el vino se derrama
Y el día se derrama sobre el agua tendida
Ver oír tocar oler gustar pensar
Labios o tierra o viento entre veleros
Sabor del día que se desliza como música
Rumor de luz que lleva de la mano a una muchacha
Y la deja desnuda en el centro del día
Nadie sabe su nombre ni a qué vino
Como un poco de agua se tiende a mi costado
El sol se para un instante por mirarla
La luz se pierde entre sus piernas
La rodean mis miradas como agua
Y ella se baña en ellas más desnuda que el agua
Como la luz no tiene nombre propio
Como la luz cambia de forma con el día

MANANTIAL

Habla deja caer una palabra
Buenos días he dormido todo el invierno y ahora des-
    pierto
Habla
        Una piragua enfila hacia la luz
Una palabra ligera avanza a toda vela
El día tiene forma de río
En sus riberas brillan las plumas de tus cantos
Dulzura del agua en la hierba dormida
Agua clara vocales para beber

Vocales para adornar una frente unos tobillos
Habla
      Toca la cima de una pausa dichosa
Y luego abre las alas y habla sin parar
Pasa un rostro olvidado
Pasas tú misma con tu andar de viento en un campo de
    maíz
La infancia con sus flechas y su ídolo y su higuera
Rompe amarras y pasa con la torre y el jardín
Pasan futuro y pasado
Horas ya vividas y horas por matar
Pasan relámpagos que llevan en el pico pedazos de tiem-
    po todavía vivos
Bandadas de cometas que se pierden en mi frente
¡Y escriben tu nombre en la espalda desnuda del espejo!
Habla
      Moja los labios en la piedra que mana inagotable
Hunde tus brazos blancos en el agua grávida de profe-
    cías inminentes

UN DÍA se pierde
En el cielo hecho de prisa
La luz no deja huellas en la nieve
Un día se pierde
Abrir y cerrar de puertas
La semilla del sol se abre sin ruido
Un día comienza
La niebla asciende la colina
Un hombre baja por el río
Los dos se encuentran en tus ojos
Y tú te pierdes en el día
Cantando en el follaje de la luz
Tañen campanas allá lejos

Cada llamada es una ola
Cada ola sepulta para siempre
Un gesto una palabra la luz contra la nube
Tú ríes y te peinas distraída
Un día comienza a tus pies
Pelo mano blancura no son nombres
Para este pelo esta mano esta blancura
Lo visible y palpable que está afuera
Lo que está adentro y sin nombre
A tientas se buscan en nosotros
Siguen la marcha del lenguaje
Cruzan el puente que les tiende esta imagen
Como la luz entre los dedos se deslizan
Como tú misma entre mis manos
Como tu mano entre mis manos se entrelazan
Un día comienza en mis palabras
Luz que madura hasta ser cuerpo
Hasta ser sombra de tu cuerpo luz de tu sombra
Malla de calor piel de tu luz
Un día comienza en tu boca
El día que se pierde en nuestros ojos
El día que se abre en nuestra noche

ESPACIOSO cielo de verano
Lunas veloces de frente obstinada
Astros desnudos como el oro y la plata
Animales de luz corriendo en pleno cielo
Nubes de toda condición
Alto espacio
        Noche derramada
Como el vino en la piedra sagrada
Como un mar ya vencido que inclina sus banderas
Como un sabor desmoronado

Hay jardines en donde el viento mismo se demora
Por oírse correr entre las hojas
Hablan con voz tan clara las acequias
Que se ve al través de sus palabras
Alza el jazmín su torre inmaculada
De pronto llega la palabra almendra
Mis pensamientos se deslizan como agua
Inmóvil yo los veo alejarse entre los chopos
Frente a la noche idéntica otro que no conozco
También los piensa y los mira perderse

Como la enredadera de mil manos
Como el incendio y su voraz plumaje
Como la primavera al asalto del año
Los dedos de la música
Las garras de la música
La yedra de fuego de la música
Cubre los cuerpos cubre las almas
Cuerpos tatuados por sonidos ardientes
Como el cuerpo del dios constelado de signos
Como el cuerpo del cielo tatuado por astros coléricos
Cuerpos quemados almas quemadas
Llegó la música y nos arrancó los ojos
(No vimos sino el relámpago
No oímos sino el chocar de espadas de la luz)
Llegó la música y nos arrancó la lengua
La gran boca de la música devoró los cuerpos
Se quemó el mundo
Ardió su nombre y los nombres que eran su atavío
No queda nada sino un alto sonido
Torre de vidrio donde anidan pájaros de vidrio
Pájaros invisibles
Hechos de la misma substancia de la luz

PIEDRA NATIVA

A Roger Munier[53]

LA LUZ devasta las alturas
Manadas de imperios en derrota
El ojo retrocede cercado de reflejos

Países vastos como el insomnio
Pedregales de hueso

Otoño sin confines
Alza la sed sus invisibles surtidores
Un último pirú predica en el desierto

Cierra los ojos y oye cantar la luz:
El mediodía anida en tu tímpano

Cierra los ojos y ábrelos:
No hay nadie ni siquiera tú mismo
Lo que no es piedra es luz

COMO las piedras del Principio
Como el principio de la Piedra
Como al Principio piedra contra piedra
Los fastos de la noche:
El poema todavía sin rostro
El bosque todavía sin árboles
Los cantos todavía sin nombre

---

[53] *Roger Munier* (1923). Poeta y ensayista francés. Ha traducido al francés *El arco y la lira.*

Mas ya la luz irrumpe con pasos de leopardo
Y la palabra se levanta ondula cae
Y es una larga herida y un silencio sin mácula

LA ALEGRÍA madura como un fruto
El fruto madura hasta ser sol
El sol madura hasta ser hombre
El hombre madura hasta ser astro
Nunca la luz se repartió en tantas luces
Los árboles las calles las montañas
Se despliegan en olas transparentes
Una muchacha ríe a la entrada del día
Es una pluma ardiendo el canto del canario
La música muestra sus brazos desnudos
Su espalda desnuda su pensamiento desnudo
En el calor se afila el instante dichoso
Agua tierra y sol son un solo cuerpo
La hora y su campana se disuelven
Las piedras los paisajes se evaporan
Todos se han ido sin volver el rostro
Los amigos las bellas a la orilla del vértigo
Zarpan las casas la iglesia los tranvías
El mundo emprende el vuelo
También mi cuerpo se me escapa
Y entre las claridades se me pierde
El sol lo cubre todo lo ve todo
Y en su mirada fija nos bañamos
Y en su pupila largamente nos quemamos
Y en los abismos de su luz caemos
Música despeñada
Y ardemos y no dejamos huella

PRIMAVERA Y MUCHACHA

En su tallo de calor se balancea
La estación indecisa
                    Abajo
Un gran deseo de viaje remueve
Las entrañas heladas del lago
Cacerías de reflejos allá arriba
La ribera ofrece guantes de musgo a tu blancura
La luz bebe luz en tu boca
Tu cuerpo se abre como una mirada
Como una flor al sol de una mirada
Te abres
                Belleza sin apoyo
Basta un parpadeo
Todo se precipita en un ojo sin fondo
                        Basta un parpadeo
Todo reaparece en el mismo ojo
                        Brilla el mundo
Tú resplandeces al filo del agua y de la luz
Eres la hermosa máscara del día

Aunque la nieve caiga en racimos maduros
Nadie sacude ramas allá arriba
El árbol de la luz no da frutos de nieve
Aunque la nieve se disperse en polen
No hay semillas de nieve
No hay naranjas de nieve no hay claveles
No hay cometas ni soles de nieve
Aunque vuele en bandadas no hay pájaros de nieve

En la palma del sol brilla un instante y cae
Apenas tiene cuerpo apenas peso apenas nombre
Y ya lo cubre todo con su cuerpo de nieve
Con su peso de luz con su nombre sin sombra

PIEDRA DE TOQUE

Aparece
             Ayúdame a existir
Ayúdate a existir
Oh inexistente por la que existo
Oh presentida que me presiente
Soñada que me sueña
Aparecida desvanecida
Ven vuela adviene despierta
Rompe diques avanza
Maleza de blancuras
Marea de armas blancas
Mar sin brida galopando en la noche
Estrella en pie
Esplendor que te clavas en el pecho
(Canta herida ciérrate boca)
Aparece
             Hoja en blanco tatuada de otoño
Bello astro de pausados movimientos de tigre
Perezoso relámpago
Águila fija parpadeante
Cae pluma flecha engalanada cae
Da al fin la hora del encuentro
             Reloj de Sangre
Piedra de toque de esta vida

HERMOSURA QUE VUELVE

En un rincón del salón crepuscular
O al volver una esquina en la hora indecisa y blasfema,
O una mañana parecida a un navío atado al horizonte,
O en Morelia[54], bajo los arcos rosados del antiguo acue-
    ducto,
Ni desdeñosa ni entregada, centelleas.

El telón de este mundo se abre en dos.
Cesa la vieja oposición entre verdad y fábula,
Apariencia y realidad celebran al fin sus bodas,
Sobre las cenizas de las mentirosas evidencias
Se levanta una columna de seda y electricidad,
Un pausado chorro de belleza.
Tú sonríes, arma blanca a medias desenvainada.

Niegas al sueño en pleno sueño,
Desmientes al tacto y a los ojos en pleno día.
Tú existes de otro modo que nosotros,
No eres la vida pero tampoco la muerte.
Tú nada más estás,
Nada más fulges, engastada en la noche.

ELOGIO

A Carmen Peláez[55]

Como el día que madura de hora en hora hasta no ser
    sino un instante inmenso,
Gran vasija de tiempo que zumba como una colmena,
    gran mazorca compacta de horas vivas,

---

[54] *Morelia.* Capital del Estado de Michoacán, al oeste de la Ciudad de México.

[55] *Carmen Peláez.* Mexicana, esposa del escritor mexicano Francisco Tario.

Gran vasija de luz hasta los bordes henchida de su propia y poderosa substancia,

Fruto violento y resonante que se mece entre la tierra y el cielo, suspendido como el trueno,

Entre la tierra y el cielo abriéndose como una flor gigantesca de pétalos invisibles,

Como el surtidor que al abrirse se derrumba en un blanco clamor de pájaros heridos,

Como la ola que avanza y se hincha y se despliega en una ancha sonrisa,

Como el perfume que asciende en una columna y se esparce en círculos,

Como una campana que tañe en el fondo de un lago,

Como el día y el fruto y la ola, como el tiempo que madura un año para dar un instante de belleza y colmarse a sí mismo con esa dicha instantánea,

La vi una tarde y una mañana y un mediodía y otra tarde y otra y otra

(Porque lo inesperado se repite y los milagros son cotidianos y están a nuestro alcance

Como el sol y la espiga y la ola y el fruto: basta abrir bien los ojos) y desde entonces creo en los árboles

Y a veces, bajo su sombra, he comido sin miedo los frutos de una amistad parecida a las manzanas

Y he conversado con ella y con su marido y su cuñado como hablan entre sí el agua y las hojas y las raíces.

ESTRELLA INTERIOR[56]

La noche se abre
Granada desgranada
Hay estrellas arriba y abajo
Unas son peces dormidos en el río
Otras cantan en un extremo del cielo
Altas fogatas en los repliegues del monte
Resplandores partidos
Hay estrellas falaces que engañan a los viajeros
La Estrella Polar ardió pura y fría en las noches de mi
    infancia
La Estrella del Nacimiento nos llama a la vida
Es una invitación a renacer porque cada minuto pode-
    mos nacer a la nueva vida
Pero todos preferimos la muerte
Hay las estrellas del Hemisferio Austral que no conozco
La Cruz del Sur que aquella muchacha argentina llevaba
    en su alhajero
Nunca olvidaré la estrella verde en la noche de Yu-
    catán[57]
Pero entre todas hay una
Luz recogida Estrella como una almendra
Grano de sal
No brilla en los cuellos de moda
Ni en el pecho del General
Va y viene sin ruido por mis recuerdos
Su ausencia es una forma sutil de estar presente
Su presencia no pesa
Su luz no hiere
Va y viene sin ruido por mis pensamientos

---

[56] *«Estrella interior»*. Primera publicación, bajo el título de «Hermosura que vuelve», *La Gaceta del Fondo de Cultura Económica*, 3, 15 de noviembre de 1954, pág. 1.

[57] *Yucatán.* Estado peninsular en el extremo oriente de México. En su capital, Mérida, Paz residió durante algunos meses en 1937.

En el recodo de una conversación brilla como una mi-
    rada que no insiste
Arde en la cima de un silencio imprevisto
Aparece en un paseo solitario como un sabor olvidado
Modera con una sonrisa la marea de la vida
Silenciosa como la arena se extiende
Como la yedra fantasma sobre una torre abandonada
Pasan los días pasan los años y su presencia invisible me
    acompaña
Pausa de luz entre un año y otro año
Parpadeo
Batir de dos alas en un cuarto olvidado
Su luz como un aceite brilla esta noche en que estoy
    solo
Ha de brillar también la última noche

AISLADA en su esplendor
La mujer brilla como una alhaja
Como un arma dormida y temible
Reposa la mujer en la noche
Como agua fresca con los ojos cerrados
A la sombra del árbol
Como una cascada detenida en mitad de su salto
Como el río de rápida cintura helado de pronto
Al pie de la gran roca sin facciones
Al pie de la montaña
Como el agua del estanque en verano reposa
En su fondo se enlazan álamos y eucaliptos
Astros o peces brillan entre sus piernas
La sombra de los pájaros apenas oscurece su sexo
Sus pechos son dos aldeas dormidas
Como una piedra blanca reposa la mujer
Como el agua lunar en un cráter extinto

Nada se oye en la noche de musgo y arena
Sólo el lento brotar de estas palabras
A la orilla del agua a la orilla de un cuerpo
Pausado manantial
Oh transparente monumento
Donde el instante brilla y se repite
Y se abisma en sí mismo y nunca se consume

LLORABAS y reías
Palabras locas peces vivaces frutos rápidos
Abría la noche sus valles submarinos
En lo más alto de la hora brillaba el lecho con luz fija
En la más alta cresta de la noche brillabas
Atada a tu blancura
Como la ola antes que se derrame
Como la dicha al extender las alas
Reías y llorabas
Encallamos en arenas sin nadie
Muros inmensos como un No
Puertas condenadas mundo sin rostro
Todo cerrado impenetrable
Todo daba la espalda
Salían de sus cuevas los objetos horribles
La mesa volvía a ser irremediable para siempre mesa
Sillas las sillas
Máscara el mundo máscara sin nadie atrás
Árido lecho a la deriva
La noche se alejaba sin volverse siquiera
Llorabas y reías
La cama era un mar pacífico
Reverdecía el cuarto
Nacían árboles nacía el agua
Había ramos y sonrisas entre las sábanas

Había anillos a la medida de la dicha
Pájaros imprevistos entre tus pechos
Plumas relampagueantes en tus ojos
Como el oro dormido era tu cuerpo
Como el oro y su réplica ardiente cuando la luz lo toca
Como el cable eléctrico que al rozarlo fulmina
Reías y llorabas
Dejamos nuestros nombres a la orilla
Dejamos nuestra forma
Con los ojos cerrados cuerpo adentro
Bajo los arcos dobles de tus labios
No había luz no había sombra
Cada vez más hacia adentro
Como dos mares que se besan
Como dos noches penetrándose a tientas
Cada vez más hacia el fondo
En el negro velero embarcados

REFRANES

Una espiga es todo el trigo
Una pluma es un pájaro vivo y cantando
Un hombre de carne es un hombre de sueño
La verdad no se parte
El trueno proclama los hechos del relámpago
Una mujer soñada encarna siempre en una forma amada
El árbol dormido pronuncia verdes oráculos
El agua habla sin cesar y nunca se repite
En la balanza de unos párpados el sueño no pesa
En la balanza de una lengua que delira
Una lengua de mujer que dice sí a la vida
El ave del paraíso abre las alas

Como la marejada verde de marzo en el campo
Entre los años de sequía te abres paso
Nuestras miradas se cruzan se entrelazan
Tejen un transparente vestido de fuego
Una yedra dorada que te cubre
Alta y desnuda sonríes como la catedral el día del incendio
Con el mismo gesto de la lluvia en el trópico lo has arrasado todo
Los días harapientos caen a nuestros pies
No hay nada sino dos seres desnudos y abrazados
Un surtidor en el centro de la pieza
Manantiales que duermen con los ojos abiertos
Jardines de agua flores de agua piedras preciosas de agua
Verdes monarquías

La noche de jade gira lentamente sobre sí misma

SEMILLAS PARA UN HIMNO[58]

INFRECUENTES (pero también inmerecidas)
Instantáneas (pero es verdad que el tiempo no se mide
Hay instantes que estallan y son astros
Otros son un río detenido y unos árboles fijos
Otros son ese mismo río arrasando los mismos árboles)
Infrecuentes
        Instantáneas noticias favorables
Dos o tres nubes de cristal de roca
Horas altas como la marea

---

[58] «*Semillas para un himno*». Primera publicación, junto a «A la española, el día» y «Fuente», *Cuadernos del Congreso por la libertad de la cultura*, 8, septiembre-octubre de 1954, págs. 28-30.

Estrépito de plumas blancas en el cielo nocturno
Islas en llamas en mitad del Pacífico
Mundos de imágenes suspendidos de un hilo de araña
Y entre todos la muchacha que avanza partiendo en dos
    las altas aguas
Como el sol la muchacha que se abre paso como la lla-
    ma que avanza
Como el viento partiendo en dos la cortina de nubes
Bello velero femenino
Bello relámpago partiendo en dos al tiempo
Tus hombros tienen la marca de los dientes del amor
La noche polar arde
Infrecuentes
             Instantáneas noticias del mundo
(Cuando el mundo entreabre sus puertas y el ángel ca-
    becea a la entrada del jardín)
Nunca merecidas
             (Todo se nos da por añadidura
En una tierra condenada a repetirse sin tregua
Todos somos indignos
Hasta los muertos enrojecen
Hasta los ciegos deletrean la escritura del látigo
Racimos de mendigos cuelgan de las ciudades
Casas de ira torres de frente obtusa)
Infrecuentes
             Instantáneas
No llegan siempre en forma de palabras
Brota una espiga de unos labios
Una forma veloz abre las alas
                Imprevistas
Instantáneas
Como en la infancia cuando decíamos «ahí viene un
    barco cargado de...»
Y brotaba instantánea imprevista la palabra convocada

                    Pez
                        Álamo
                            Colibrí
Y así ahora de mi frente zarpa un barco cargado de ini-
    ciales
Ávidas de encarnar en imágenes
                                    Instantáneas
Imprevistas cifras del mundo
La luz se abre en las diáfanas terrazas del mediodía
Se interna en el bosque como una sonámbula
Penetra en el cuerpo dormido del agua

Por un instante están los nombres habitados

Piedras sueltas[59]
[1955]

LECCIÓN DE COSAS

1

ANIMACIÓN

SOBRE el estante,
entre un músico Tang[60] y un jarro de Oaxaca[61],
incandescente y vivaz,
con chispeantes ojos de papel de plata,
nos mira ir y venir
la pequeña calavera de azúcar.

---

[59] *«Piedras sueltas».* Primera publicación, junto con «Lección de cosas», y «En Uxmal», *México en la Cultura,* 15 de enero de 1956, pág. 1, con ilustraciones de Alberto Beltrán.
[60] *Tang.* Dinastía china (618-907 d.C). También, como en este caso, el estilo decorativo que se desarrolla en la China durante esta época.
[61] *Oaxaca.* Estado mexicano al sureste de la Ciudad de México. Región famosa por su artesanía.

2

MÁSCARA DE TLÁLOC[62]
GRABADA EN CUARZO TRANSPARENTE

Aguas petrificadas.
El viejo Tláloc duerme, dentro,
soñando temporales.

3

LO MISMO

Tocado por la luz
el cuarzo ya es cascada.
Sobre sus aguas flota, niño, el dios.

4

DIOS QUE SURGE DE UNA ORQUÍDEA DE BARRO

Entre los pétalos de arcilla
nace, sonriente,
la flor humana.

---

[62] *Tláloc.* Dios mesoamericano de la lluvia y del rayo. Su nombre en náhuatl significa «el que hace brotar». Según Alfonso Caso, «es el dios principal
de la antiquísima cultura olmeca, y aparece con la máscara del tigre-serpiente
en las hachas colosales y en las figuras de barro y de jade... Tláloc es uno de
los dioses más fáciles de distinguir, por su característica máscara que, vista de
frente, hace que parezca el dios como si llevara anteojos y bigotes... La máscara característica de Tláloc está pintada de azul, el color del agua, como casi
todos los atavíos de este dios, y representa la nube. El cuerpo y el rostro están generalmente pintados de negro, porque Tláloc representa principalmente la nube tempestuosa», *El pueblo del sol,* págs. 57-61. Al respecto puede verse
también el documentado libro de Walter Krickeberg, *Las antiguas culturas mexicanas,* págs. 147-149.

DIOSA AZTECA

Los cuatro puntos cardinales
regresan a tu ombligo.
En tu vientre golpea el día, armado.

6

CALENDARIO

Contra el agua, días de fuego.
Contra el fuego, días de agua.

7

XOCHIPILLI[63]

En el árbol del día
cuelgan frutos de jade,
fuego y sangre en la noche.

---

[63] *Xochipilli.* Dios mesoamericano de la vegetación. Junto con Xochi-quétzal era adorado «principalmente por las gentes de las *chinampas,* que en-tonces como ahora cultivaban en sus jardines flotantes las flores que consu-mían los templos y los palacios de Tenochtitlán», *El pueblo del sol,* págs. 66-67. Xochipilli, según Krickeberg, «aparece por lo general con la máscara del co-coxtli, una especie de perdiz del trópico de México que se caracteriza por su elevado plumaje en la cabeza y por ser la primera ave que canta al despuntar el alba: originalmente era el dios del sol matutino. Los aztecas transformaron a Xochipilli en un joven dios del maíz, con el cuerpo de color rojo al igual que el del dios solar. En sus representaciones visuales, lleva una vara cuya punta termina en un corazón humano como símbolo de la vida». Krickeberg, págs. 146-147.

8

CRUZ CON SOL Y LUNA PINTADOS

Entre los brazos de esta cruz
anidaron dos pájaros:
Adán, sol, y Eva, luna.

9

NIÑO Y TROMPO

Cada vez que lo lanza
cae, justo,
en el centro del mundo.

10

OBJETOS

Viven a nuestro lado,
los ignoramos, nos ignoran.
Alguna vez conversan con nosotros.

EN UXMAL[64]

1

LA PIEDRA DE LOS DÍAS

El sol es tiempo;
el tiempo, sol de piedra;
la piedra, sangre.

2

MEDIODÍA

La luz no parpadea,
el tiempo se vacía de minutos,
se ha detenido un pájaro en el aire.

3

MÁS TARDE

Se despeña la luz,
despiertan las columnas
y, sin moverse, bailan.

---

[64] *Uxmal.* Antigua ciudad maya, hoy en ruinas, cerca de Mérida, Yucatán, donde imperó el estilo Puuc.

4

PLENO SOL

La hora es transparente:
vemos, si es invisible el pájaro,
el color de su canto.

5

RELIEVES

La lluvia, pie danzante y largo pelo,
el tobillo mordido por el rayo,
desciende acompañada de tambores:
abre los ojos el maíz, y crece.

6

SERPIENTE LABRADA SOBRE UN MURO

El muro al sol respira, vibra, ondula,
trozo de cielo vivo y tatuado:
el hombre bebe sol, es agua, es tierra.
Y sobre tanta vida la serpiente
que lleva una cabeza entre las fauces:
los dioses beben sangre, comen hombres.

PIEDRAS SUELTAS

1

FLOR

EL GRITO, el pico, el diente, los aullidos,
la nada carnicera y su barullo,
ante esta simple flor se desvanecen.

2

DAMA

Todas las noches baja al pozo
y a la mañana reaparece
con un nuevo reptil entre los brazos.

3

BIOGRAFÍA

No lo que pudo ser:
es lo que fue.
Y lo que fue está muerto.

4

CAMPANAS EN LA NOCHE

Olas de sombra
mojan mi pensamiento
—y no lo apagan.

ANTE LA PUERTA

Gentes, palabras, gentes.
Dudé un instante:
la luna arriba, sola.

VISIÓN

Me vi al cerrar los ojos:
espacio, espacio
donde estoy y no estoy.

PAISAJE

Los insectos atareados,
los caballos color de sol,
los burros color de nube,
las nubes, rocas enormes que no pesan,
los montes como cielos desplomados,
la manada de árboles bebiendo en el arroyo,
todos están ahí, dichosos en su estar,
frente a nosotros que no estamos,
comidos por la rabia, por el odio,
por el amor comidos, por la muerte.

ANALFABETO

Alcé la cara al cielo,
inmensa piedra de gastadas letras:
nada me revelaron las estrellas.

IV
¿Águila o sol?[65]
[1949-1950]

65   *¿Águila o sol?* Se publicó como libro en México, Tezontle, 1951. El título
se refiere a las dos caras de la moneda del peso mexicano. La expresión, equi-
valente al «¿cara o cruz?» castellano, sintetiza los temas de la cultura mexicana, el azar, la libertad y la voluntad.

¿Águila o sol?

COMIENZO y recomienzo. Y no avanzo. Cuando llego a las letras fatales, la pluma retrocede: una prohibición implacable me cierra el paso. Ayer, investido de plenos poderes, escribía con fluidez sobre cualquier hoja disponible: un trozo de cielo, un muro (impávido ante el sol y mis ojos), un prado, otro cuerpo. Todo me servía: la escritura del viento, la de los pájaros, el agua, la piedra. ¡Adolescencia, tierra arada por una idea fija, cuerpo tatuado de imágenes, cicatrices resplandecientes! El otoño pastoreaba grandes ríos, acumulaba esplendores en los picos, esculpía plenitudes en el Valle de México[66], frases inmortales grabadas por la luz en puros bloques de asombro.

Hoy lucho a solas con una palabra. La que me pertenece, a la que pertenezco: ¿cara o cruz, águila o sol?

---

[66] *Valle de México*. En el centro de México, rodeado de altas montañas y volcanes, asiento de la ciudad de México.

Trabajos del poeta[67]
[1949]

I

A LAS TRES y veinte como a las nueve y cuarenta y
cuatro, desgreñados al alba y pálidos a medianoche,
pero siempre puntualmente inesperados, sin trompetas,
calzados de silencio, en general de negro, dientes feroces, voces roncas, todos ojos de bocaza, se presentan
Tedevoro y Tevomito, Tli, Mundoinmundo, Carnaza,
Carroña y Escarnio. Ninguno y los otros, que son mil y
nadie, un minuto y jamás. Finjo no verlos y sigo mi trabajo, la conversación un instante suspendida, las sumas
y las restas, la vida cotidiana. Secreta y activamente me
ocupo de ellos. La nube preñada de palabras viene, dó-
cil y sombría, a suspenderse sobre mi cabeza, balanceándose, mugiendo como un animal herido. Hundo la
mano en ese saco caliginoso y extraigo lo que encuentro: un cuerno astillado, un rayo enmohecido, un hueso
mondo. Con esos trastos me defiendo, apaleo a los visitantes, corto orejas, combato a brazo partido largas ho-

[67] *Trabajos del poeta*. Primera publicación de las 16 secciones, *Sur*, 178,
agosto de 1949, págs. 28-37. A pie de página: «París, febrero-julio de 1949».
En la primera edición de *¿Águila o sol?* su primer título fue «Trabajos forzados».

Xochiquetzal

ras de silencio al raso. Crujir de dientes, huesos rotos, un miembro de menos, uno de más, en suma un juego —si logro tener los ojos bien abiertos y la cabeza fría. Pero no hay que mostrar demasiada habilidad: una superioridad manifiesta los desanima. Y tampoco excesiva confianza; podrían aprovecharse, y entonces ¿quién responde de las consecuencias?

II

HE DICHO que en general se presentan de negro. Debo añadir que de negro espeso, parecido al humo del carbón. Esta circunstancia les permite cópulas, aglutinaciones, separaciones, ramificaciones. Algunos, hechos de una materia parecida a la mica, se quiebran fácilmente. Basta un manotazo. Heridos, dejan escapar una sustancia pardusca, que no dura mucho tiempo regada en el suelo, porque los demás se apresuran a lamerla con avidez. Seguramente lo hacen para reparar energías.

Los hay de una sola cabeza y quince patas. Otros son nada más rostro y cuello. Terminan en un triángulo afilado. Cuando vuelan, silban como silba en el aire el cuchillo. Los jorobados son orquestas ambulantes e infinitas: en cada jiba esconden otro, que toca el tambor y que a su vez esconde otro, también músico, que por su parte esconde otro, que por la suya... Las bellas arrastran con majestad largas colas de babas. Hay los jirones flotantes, los flecos que cuelgan de una gran bola pastosa, que salta pesadamente en la alfombra; los puntiagudos, los orejudos, los cuchicheantes, los desdentados que se pegan al cuerpo como sanguijuelas, los que repiten durante horas una misma palabra, una misma palabra. Son innumerables e innombrables.

También debo decir que ciertos días arden, brillan

ondulan, se despliegan o repliegan (como una capa de torear), se afilan:

los azules, que florecen en la punta del tallo de la corriente eléctrica;

los rojos, que vibran o se expanden o chisporrotean;

los amarillos de clarín, los erguidos, porque los suntuosos se tienden y los sensuales se extienden;

las plumas frescas de los verdes, los siempre agudos y siempre fríos, los esbeltos, puntos sobre las íes de blancos y grises.

¿Son los enviados de Alguien que no se atreve a presentarse o vienen simplemente por su voluntad, porque les nace?

III

Todos habían salido de casa. A eso de las once advertí que me había fumado el último cigarrillo. Como no deseaba exponerme al viento y al frío, busqué por todos los rincones una cajetilla, sin encontrarla. No tuve más remedio que ponerme el abrigo y descender la escalera (vivo en un quinto piso). La calle, una hermosa calle de altos edificios de piedra gris y dos hileras de castaños desnudos, estaba desierta. Caminé unos trescientos metros contra el viento helado y la niebla amarillenta, sólo para encontrar cerrado el estanco. Dirigí mis pasos hacia un café próximo, en donde estaba seguro de hallar un poco de calor, de música y sobre todo los cigarrillos, objeto de mi salida. Recorrí dos calles más, tiritando, cuando de pronto sentí —no, no sentí: pasó, rauda, la Palabra. Lo inesperado del encuentro me paralizó por un segundo, que fue suficiente para darle tiempo de volver a la noche. Repuesto, alcancé a cogerla por las puntas del pelo flotante. Tiré desesperadamente de esas hebras que se alargaban hacia el infinito, hilos de telégrafo que se alejan irremediablemente con un paisaje entrevisto, nota que sube, se adelgaza, se estira, se estira... Me quedé solo en mitad de la calle, con un pluma roja entre las manos amoratadas.

IV

ECHADO en la cama, pido el sueño bruto, el sueño de la momia. Cierro los ojos y procuro no oír el tam-tam que suena en no sé qué rincón de la pieza. «El silencio está lleno de ruidos —me digo— y lo que oyes, no lo oyes de verdad. Oyes al silencio.» Y el tam-tam continúa, cada vez más fuerte: es un ruido de cascos de caballo galopando en un campo de piedra; es una hacha que no acaba de derribar un árbol gigante; una prensa de imprenta imprimiendo un solo verso inmenso, hecho nada más de una sílaba, que rima con el golpe de mi corazón; es mi corazón que golpea la roca y la cubre con una andrajosa túnica de espuma; es el mar, la resaca del mar encadenado, que cae y se levanta, que se levanta y cae, que cae y se levanta; son las grandes paletadas del silencio cayendo en el silencio.

V[68]

JADEO, viscoso aleteo. Buceo, voceo, clamoreo por el descampado. Vaya malachanza. Esta vez te vacío la panza, te tuerzo, te retuerzo, te volteo y voltibocabajeo, te rompo el pico, te refriego el hocico, te arranco el pito, te hundo el esternón. Broncabroncabrón. Doña campamocha se come en escamocho el miembro mocho de

---

[68] El párrafo entero es un *tour de force* lingüístico. Utiliza rimas internas (ja-deo, aleteo, pico, pito) y palabras-maletas (carrascaloso: rasca, costra, caspa).

don campamocho. Tli, saltarín cojo, baila sobre mi ojo. Ninguno a la vista. Todos de mil modos, todos vestidos de inmundos apodos, todos y uno: Ninguno. Te desfondo a fondo, te desfundo de tu fundamento. Traquetea tráquea aquea. El carrascaloso se rasca la costra de caspa. Doña campamocha se atasca, tarasca. El sinuoso, el silbante babeante, al pozo con el gozo. Al pozo de ceniza. El erizo se irisa, se eriza, se riza de risa. Sopa de sapos, cepo de pedos, todos a una, bola de sílabas de estropajo, bola de gargajo, bola de vísceras de sílabas, sílabas, sibilas, badajo, sordo badajo. Jadeo, penduleo desguanguilado, jadeo.

VI

Ahora, después de los años, me pregunto si fue verdad o un engendro de mi adolescencia exaltada: los ojos que no se cierran nunca, ni en el momento de la caricia; ese cuerpo demasiado vivo (antes sólo la muerte me había parecido tan rotunda, tan totalmente ella misma, quizá porque en lo que llamamos vida hay siempre trozos y partículas de no-vida); ese amor tiránico, aunque no pide nada, y que no está hecho a la medida de nuestra flaqueza. Su amor a la vida obliga a desertar la vida; su amor al lenguaje lleva al desprecio de las palabras; su amor al juego conduce a pisotear las reglas, a inventar otras, a jugarse la vida en una palabra. Se pierde el gusto por los amigos, por las mujeres razonables, por la literatura, la moral, las buenas compañías, los bellos versos, la psicología, las novelas. Abstraído en una meditación —que consiste en ser una meditación sobre la inutilidad de las meditaciones, una contemplación en la que el que contempla es contemplado por lo que contempla y ambos por la Contemplación, hasta que los tres son

230

uno— se rompen los lazos con el mundo, la razón y el lenguaje. Sobre todo con el lenguaje —ese cordón umbilical que nos ata al abominable vientre rumiante. Te atreves a decir No, para un día poder decir mejor Sí. Vacías tu ser de todo lo que los Otros lo rellenaron: grandes y pequeñas naderías, todas las naderías de que está hecho el mundo de los Otros. Y luego te vacías de ti mismo, porque tú —lo que llamamos yo o persona— también es imagen, también es Otro, también es nadería. Vaciado, limpiado de la nada purulenta del yo, vaciado de tu imagen, ya no eres sino espera y aguardar. Vienen eras de silencio, eras de sequía y de piedra. A veces, una tarde cualquiera, un día sin nombre, cae una Palabra, que se posa levemente sobre esa tierra sin pasado. El pájaro es feroz y acaso te sacará los ojos. Acaso, más tarde, vendrán otros.

VII

Escribo sobre la mesa crepuscular, apoyando fuerte la pluma sobre su pecho casi vivo, que gime y recuerda al bosque natal. La tinta negra abre sus grandes alas. La lámpara estalla y cubre mis palabras una capa de cristales rotos. Un fragmento afilado de luz me corta la mano derecha. Continúo escribiendo con ese muñón que mana sombra. La noche entra en el cuarto, el muro de enfrente adelanta su jeta de piedra, grandes témpanos de aire se interponen entre la pluma y el papel. Ah, un simple monosílabo bastaría para hacer saltar al mundo. Pero esta noche no hay sitio para una sola palabra más.

VIII

Me tiendo en la cama pero no puedo dormir. Mis ojos giran en el centro de un cuarto negro, en donde todo duerme con ese dormir final y desamparado con que duermen los objetos cuyos dueños se han muerto o se han ido de pronto y para siempre, sueño obtuso de objeto entregado a su propia pesadez inanimada, sin calor de mano que lo acaricie o lo pula. Mis ojos palpan inútilmente el ropero, la silla, la mesa, objetos que me deben la vida pero que se niegan a reconocerme y compartir conmigo estas horas. Me quedo quieto en medio de la gran explanada egipcia. Pirámides y conos de sombra me fingen una inmortalidad de momia. Nunca podré levantarme. Nunca será otro día. Estoy muerto. Estoy vivo. No estoy aquí. Nunca me he movido de este lecho. Jamás podré levantarme. Soy una plaza donde embisto capas ilusorias que me tienden toreros enlutados. Don Tancredo se yergue en el centro, relámpago de yeso. Lo ataco, mas cuando estoy a punto de derribarlo siempre hay alguien que llega al quite. Embisto de nuevo, bajo la rechifla de mis labios inmensos, que ocupan todos los tendidos. Ah, nunca acabo de matar al toro, nunca acabo de ser arrastrado por esas mulas tristes que dan vueltas y vueltas al ruedo, bajo el ala fría de ese silbido que decapita la tarde como una navaja inexorable. Me incorporo: apenas es la una. Me estiro, mis pies salen de mi cuarto, mi cabeza horada las paredes. Me extiendo por lo inmenso como las raíces de un árbol sagrado, como la música, como el mar. La noche se llena de patas, dientes, garras, ventosas. ¿Cómo defender este cuerpo demasiado grande? ¿Qué harán, a kilómetros de distancia, los dedos de mis pies, los de mis manos, mis orejas? Me encojo lentamente. Cruje la cama, cruje mi esqueleto, rechinan los goznes del mundo. Muros, excavaciones, marchas forzadas sobre la inmensidad de un espejo, velas nocturnas, altos y jadeos a la orilla de un pozo cegado. Zumba el enjambre de engendros. Copulan coplas cojas. ¡Tambores en mi vientre y un rumor apagado de caballos que se hunden en la arena de mi pecho! Me repliego. Entro en mí por mi oreja izquierda. Mis pasos retumban en el abandono de mi cráneo, alumbrado sólo por una constelación granate. Recorro a tientas el enorme salón desmantelado. Puertas tapiadas, ventanas ciegas. Penosamente, a rastras, salgo por mi oreja derecha a la luz engañosa de las cuatro y media de la mañana. Oigo los pasos quedos de la madrugada que se insinúa por las rendijas, muchacha flaca y perversa que arroja una carta llena de insidias y calumnias. Las cuatro y treinta, las cuatro y treinta, las cuatro y treinta. El día se me echa encima con su sentencia: habrá que levantarse y afrontar el trabajo diario, los saludos matinales, las sonrisas torcidas, los amores en lechos de agujas, las penas y las diversiones que dejan cicatrices imborrables. Y todo sin haber reposado un instante, pues ahora que estoy muerto de sueño y cierro los ojos pesadamente, el reloj me llama: son las ocho, ya es hora.

IX

Lo MÁS fácil es quebrar una palabra en dos. A veces los fragmentos siguen viviendo, con vida frenética, feroz, monosilábica. Es delicioso echar ese puñado de recién nacidos al circo: saltan, danzan, botan y rebotan, gritan incansablemente, levantando sus coloridos estandartes. Pero cuando salen los leones hay un gran silencio, interrumpido sólo por las incansables, majestuosas mandíbulas...

Los injertos ofrecen ciertas dificultades. Resultan casi siempre monstruos débiles: dos cabezas rivales que se mordisquean y extraen toda la sangre a un medio-cuerpo; águilas con picos de paloma que se destrozan cada vez que atacan; palomas con picos de águila, que desgarran cada vez que besan; mariposas paralíticas. El incesto es ley común. Nada les gusta tanto como las uniones en el seno de una misma familia. Pero es una superstición sin fundamento atribuir a esta circunstancia la pobreza de los resultados.

Llevado por el entusiasmo de los experimentos abro en canal a una, saco los ojos a otra, corto piernas, agrego brazos, picos, cuernos. Colecciono manadas, que someto a un régimen de colegio, de cuartel, de cuadra, de convento. Adulo instintos, corto y recorto tendencias y alas. Hago picudo lo redondo, espinoso lo blando, reblandezco huesos, osifico vísceras. Pongo diques a las inclinaciones naturales. y así creo seres graciosos y de poca vida.

A la palabra torre le abro un agujero rojo en la frente. A la palabra odio la alimento con basuras durante años, hasta que estalla en una hermosa explosión purulenta, que infecta por un siglo el lenguaje. Mato de hambre al amor, para que devore lo que encuentre. A la hermosura le sale una joroba en la u. Y la palabra talón, al fin en libertad, aplasta cabezas con una alegría regular, mecánica. Lleno de arena la boca de las exclamaciones. Suelto a las remilgadas en la cueva donde gruñen los pedos. En suma, en mi sótano se corta, se despedaza, se degüella, se pega, se cose y recose. Hay tantas combinaciones como gustos.

Pero esos juegos acaban por cansar. Y entonces no queda sino el Gran Recurso: de una manotada aplastas seis o siete —o diez o mil millones— y con esa masa blanda haces una bola que dejas a la intemperie hasta que se endurezca y brille como una partícula de astro. Una vez que esté bien fría, arrójala con fuerza contra esos ojos fijos que te contemplan desde que naciste. Si tienes tino, fuerza y suerte, quizá destroces algo, quizá le rompas la cara al mundo, quizá tu proyectil estalle contra el muro y le arranque unas breves chispas que iluminen un instante el silencio.

X

No BASTAN los sapos y culebras que pronuncian las bocas de albañal. Vómito de palabras, purgación del idioma infecto, comido y recomido por unos dientes cariados, basca donde nadan trozos de todos los alimentos que nos dieron en la escuela y de todos los que, solos o en compañía, hemos masticado desde hace siglos. Devuelvo todas las palabras, todas las creencias, toda esa comida fría con que desde el principio nos atragantan.

Hubo un tiempo en que me preguntaba: ¿dónde está el mal?, ¿dónde empezó la infección, en la palabra o en la cosa? Hoy sueño un lenguaje de cuchillos y picos, de ácidos y llamas. Un lenguaje de látigos. Para execrar, exasperar, excomulgar, expulsar, exheredar, expeler, exturbar, excopiar, expurgar, excoriar, expilar, exprimir, expectorar, exulcerar, excrementar (los sacramentos), extorsionar, extenuar (el silencio), expiar.

Un lenguaje que corte el resuello. Rasante, tajante, cortante. Un ejército de sables. Un lenguaje de aceros exactos, de relámpagos afilados, de esdrújulos y agudos, incansables, relucientes, metódicas navajas. Un lenguaje guillotina. Una dentadura trituradora, que haga una masa del yotúélnosotrosvosotrosellos. Un viento de cuchillos que desgarre y desarraigue y descuaje y deshonre las familias, los templos, las bibliotecas, las cárceles, los burdeles, los colegios, los manicomios, las fábricas, las academias, los juzgados, los bancos, las amistades, las tabernas, la esperanza, la revolución, la caridad, la justicia, las creencias, los errores, las verdades, la fe.

XI

Ronda, se insinúa, se acerca, se aleja, vuelve de puntillas y, si alargo la mano, desaparece, una Palabra. Sólo distingo su cresta orgullosa: Cri. ¿Cristo, cristal, crimen, Crimea, crítica, Cristina, criterio? Y zarpa de mi frente una piragua, con un hombre armado de un lanza. La leve y frágil embarcación corta veloz las olas negras, las oleadas de sangre negra de mis sienes. Y se aleja hacia dentro. El cazador-pescador escruta la masa sombría y anubarrada del horizonte, henchido de amenazas; hunde los ojos sagaces en la rencorosa espuma, aguza el oído, olfatea. A veces cruza la oscuridad un destello vivaz, un aletazo verde y escamado. Es el Cri, que sale un momento al aire, respira y se sumerge de nuevo en las profundidades. El cazador sopla el cuerno que lleva atado al pecho, pero su enlutado mugido se pierde en el desierto de agua. No hay nadie en el inmenso lago salado. Y está muy lejos ya la playa rocallosa, muy lejos las débiles luces de las casuchas de sus compañeros. De cuando en cuando el Cri reaparece, deja ver su aleta nefasta y se hunde. El remero fascinado lo sigue, hacia dentro, cada vez más hacia dentro.

XII

Luego de haber cortado todos los brazos que se tendían hacia mí; luego de haber tapiado todas las ventanas y puertas; luego de haber inundado con agua envenenada los fosos; luego de haber edificado mi casa en la roca de un No inaccesible a los halagos y al miedo; luego de haberme cortado la lengua y luego de haberla devorado; luego de haber arrojado puñados de silencio y monosílabos de desprecio a mis amores; luego de haber olvidado mi nombre y el nombre de mi lugar natal y el nombre de mi estirpe; luego de haberme juzgado y haberme sentenciado a perpetua espera y a soledad perpetua, oí contra las piedras de mi calabozo de silogismos la embestida húmeda, tierna, insistente, de la primavera.

XIII

HACE AÑOS, con piedrecitas, basuras y yerbas, edifiqué Tilantlán[69]. Recuerdo la muralla, las puertas amarillas con el signo digital, las calles estrechas y malolientes que habitaba una plebe ruidosa, el verde Palacio del Gobierno y la roja Casa de los Sacrificios, abierta como una mano, con sus cinco grandes templos y sus calzadas innumerables. Tilantlán, ciudad gris al pie de la piedra blanca, ciudad agarrada al suelo con uñas y dientes, ciudad de polvo y plegarias. Sus moradores —astutos, ceremoniosos y coléricos— adoraban a las Manos, que los habían hecho, pero temían a los Pies, que podrían destruirlos. Su teología, y los renovados sacrificios con que intentaron comprar el amor de las Primeras y asegurarse la benevolencia de los Últimos, no evitaron que una alegre mañana mi pie derecho los aplastara, con su historia, su aristocracia feroz, sus motines, su lenguaje sagrado, sus canciones populares y su teatro ritual. Y sus sacerdotes jamás sospecharon que Pies y Manos no eran sino las extremidades de un mismo dios.

XIV

DIFÍCILMENTE, avanzando milímetros por año, me hago un camino entre la roca. Desde hace milenios mis

---

[69] *Tilantlán.* Ciudad imaginaria cuyo nombre, en náhuatl macarrónico, evoca al antiguo Tenochtitlán, la antigua capital azteca.

dientes se gastan y mis uñas se rompen para llegar allá, al otro lado, a la luz y el aire libre. Y ahora que mis manos sangran y mis dientes tiemblan, inseguros, en una cavidad rajada por la sed y el polvo, me detengo y contemplo mi obra: he pasado la segunda parte de mi vida rompiendo las piedras, perforando las murallas, taladrando las puertas y apartando los obstáculos que interpuse entre la luz y yo durante la primera parte de mi vida.

XV

¡PUEBLO mío, pueblo que mis magros pensamientos alimentan con migajas, con exhaustas imágenes penosamente extraídas de la piedra! Hace siglos que no llueve. Hasta la yerba rala de mi pecho ha sido secada por el sol. El cielo, limpio de estrellas y de nubes, está cada día más alto. Mi sangre se extenúa entre venas endurecidas. Nadie te aplaca ya, Cólera, centella que te rompes los dientes contra el Muro; nada a vosotras, Virgen, Estrella Airada, hermosuras con alas, hermosuras con garras. Todas las palabras han muerto de sed. Nadie podrá alimentarse con estos restos pulidos, ni siquiera mis perros, mis vicios. Esperanza, águila famélica, déjame sobre esta roca parecida al silencio. Y tú, viento que soplas del Pasado, sopla con fuerza, dispersa estas pocas sílabas y hazlas aire y transparencia. ¡Ser al fin una Palabra, un poco de aire en una boca pura, un poco de agua en unos labios ávidos! Pero ya el olvido pronuncia mi nombre: míralo brillar entre sus labios como el hueso que brilla un instante en el hocico de la noche de negro pelaje. Los cantos que no dije, los cantos del arenal, los dice el viento de una sola vez, en una sola frase interminable, sin principio, sin fin y sin sentido.

XVI

Como un dolor que avanza y se abre paso entre vísceras que ceden y huesos que resisten, como una lima que lima los nervios que nos atan a la vida, sí, pero también como una alegría súbita, como abrir una puerta que da al mar, como asomarse al abismo y como llegar a la cumbre, como el río de diamante que horada la roca y como la cascada azul que cae en un derrumbe de estatuas y templos blanquísimos, como el pájaro que sube y el relámpago que desciende, batir de alas, pico que desgarra y entreabre al fin el fruto, tú, mi Grito, surtidor de plumas de fuego, herida resonante y vasta como el desprendimiento de un planeta del cuerpo de una estrella, caída infinita en un cielo de ecos, en un cielo de espejos que te repiten y destrozan y te vuelven innumerable, infinito y anónimo.

Arenas movedizas
[1949]

EL RAMO AZUL

DESPERTÉ, cubierto de sudor. Del piso de ladrillos rojos, recién regado, subía un vapor caliente. Una mariposa de alas grisáceas revoloteaba encandilada alrededor del foco amarillento. Salté de la hamaca y descalzo atravesé el cuarto, cuidando no pisar algún alacrán salido de su escondrijo a tomar el fresco. Me acerqué al ventanillo y aspiré el aire del campo. Se oía la respiración de la noche, enorme, femenina. Regresé al centro de la habitación, vacié el agua de la jarra en la palangana de peltre y humedecí la toalla. Me froté el torso y las piernas con el trapo empapado, me sequé un poco y, tras de cerciorarme que ningún bicho estaba escondido entre los pliegues de mi ropa, me vestí y calcé. Bajé saltando la escalera pintada de verde. En la puerta del mesón tropecé con el dueño, sujeto tuerto y reticente. Sentado en una sillita de tule, fumaba con el ojo entrecerrado. Con voz ronca me preguntó:

—¿Ónde[70] va, señor?

---

[70] *Onde.* Deformación de adónde.

—A dar una vuelta. Hace mucho calor.

—Hum, todo está ya cerrado. Y no hay alumbrado aquí. Más le valiera quedarse.

Alcé los hombros, musité «ahora vuelvo» y me metí en lo obscuro. Al principio no veía nada. Caminé a tientas por la calle empedrada. Encendí un cigarrillo. De pronto salió la luna de una nube negra, iluminando un muro blanco, desmoronado a trechos. Me detuve, ciego ante tanta blancura. Sopló un poco de viento. Respiré el aire de los tamarindos. Vibraba la noche, llena de hojas e insectos. Los grillos vivaqueaban[71] entre las hierbas altas. Alcé la cara: arriba también habían establecido campamento las estrellas. Pensé que el universo era un vasto sistema de señales, una conversación entre seres inmensos. Mis actos, el serrucho del grillo, el parpadeo de la estrella, no eran sino pausas y sílabas, frases dispersas de aquel diálogo. ¿Cuál sería esa palabra de la cual yo era una sílaba? ¿Quién dice esa palabra y a quién se la dice? Tiré el cigarrillo sobre la banqueta. Al caer, describió una curva luminosa, arrojando breves chispas, como un cometa minúsculo.

Caminé largo rato, despacio. Me sentía libre, seguro entre los labios que en ese momento me pronunciaban con tanta felicidad. La noche era un jardín de ojos. Al cruzar una calle, sentí que alguien se desprendía de una puerta. Me volví, pero no acerté a distinguir nada. Apreté el paso. Unos instantes después percibí el apagado rumor de unos huaraches sobre las piedras calientes. No quise volverme, aunque sentía que la sombra se acercaba cada vez más. Intenté correr. No pude. Me detuve en seco, bruscamente. Antes de que pudiese defenderme, sentí la punta de un cuchillo en mi espalda y una voz dulce:

---

[71] *vivaqueaban.* De vivaquear, pasar las tropas la noche al raso.

—No se mueva, señor, o se lo entierro.

Sin volver la cara, pregunté:

—¿Qué quieres?

—Sus ojos, señor —contestó la voz suave, casi apenada.

—¿Mis ojos? ¿Para qué te servirán mis ojos? Mira, aquí tengo un poco de dinero. No es mucho, pero es algo. Te daré todo lo que tengo, si me dejas. No vayas a matarme.

—No tenga miedo, señor. No lo mataré. Nada más voy a sacarle los ojos.

Volví a preguntar:

—Pero, ¿para qué quieres mis ojos?

—Es un capricho de mi novia. Quiere un ramito de ojos azules. Y por aquí hay pocos que los tengan.

—Mis ojos no te sirven. No son azules, sino amarillos.

—Ay, señor, no quiera engañarme. Bien sé que los tiene azules.

—No se le sacan a un cristiano los ojos así. Te daré otra cosa.

—No se haga el remilgoso, me dijo con dureza. Dé la vuelta.

Me volví. Era pequeño y frágil. El sombrero de palma le cubría medio rostro. Sostenía con el brazo derecho un machete de campo, que brillaba con la luz de la luna.

—Alúmbrese la cara. Encendí y me acerqué la llama al rostro. El resplandor me hizo entrecerrar los ojos. Él apartó mis párpados con mano firme. No podía ver bien. Se alzó sobre las puntas de los pies y me contempló intensamente. La llama me quemaba los dedos. La arrojé. Permaneció un instante silencioso.

—¿Ya te convenciste? No los tengo azules.

—Ah, qué mañoso es usted —respondió—. A ver, encienda otra vez.

Froté otro fósforo y lo acerqué a mis ojos. Tirándome de la manga, me ordenó:

—Arrodíllese.

Me hinqué. Con una mano me cogió por los cabellos, echándome la cabeza hacia atrás. Se inclinó sobre mí, curioso y tenso, mientras el machete descendía lentamente hasta rozar mis párpados. Cerré los ojos.

—Ábralos bien —ordenó.

Abrí los ojos. La llamita me quemaba las pestañas. Me soltó de improviso.

—Pues no son azules, señor. Dispense.

Y desapareció. Me acodé junto al muro, con la cabeza entre las manos. Luego me incorporé. A tropezones, cayendo y levantándome, corrí durante una hora por el pueblo desierto. Cuando llegué a la plaza, vi al dueño del mesón, sentado aún frente a la puerta. Entré sin decir palabra. Al día siguiente huí de aquel pueblo.

ANTES DE DORMIR

TE LLEVO como un objeto perteneciente a otra edad, encontrado un día al azar y que palpamos con manos ignorantes: ¿fragmento de qué culto, dueño de qué poderes ya desaparecidos, portador de qué cóleras o de qué maldiciones que el tiempo ha vuelto irrisorias, cifra en pie de qué números caídos? Su presencia nos invade hasta ocupar insensiblemente el centro de nuestras preocupaciones, sin que valga la reprobación de nuestro juicio, que declara su belleza —ligeramente horrenda— peligrosa para nuestro pequeño sistema de vida, hecho de erizadas negaciones, muralla circular que defiende dos o tres certidumbres. Así tú. Te has instalado en mi pecho y como una campana pneumática desalojas pensamientos, recuerdos y deseos. Invisible y callado, a veces te asomas por mis ojos para ver el mundo de afuera; entonces me siento mirado por los objetos que contemplas y me sobrecoge una infinita vergüenza y un gran desamparo. Pero ahora, ¿me escuchas?, ahora voy a arrojarte, voy a deshacerme de ti para siempre. No pretendas huir. No podrías. No te muevas, te lo ruego: podría costarte caro. Quédate quieto: quiero oír tu pulso vacío, contemplar tu rostro sin facciones. ¿Dónde estás? No te escondas. No tengas miedo. ¿Por qué te quedas callado? No, no te haré nada, era sólo una broma. ¿Comprendes? A veces me excito, tengo la sangre viva, profiero palabras por las que luego debo pedir perdón. Es mi carácter. Y la vida. Tú no la conoces. ¿Qué sabes tú de la vida, siempre encerrado, oculto? Así es fácil ser sensato. Adentro, nadie incomoda. La calle es otra cosa: te dan empellones, te sonríen, te roban. Son insaciables. Y ahora que tu silencio me prueba que me has perdonado, deja que te haga una pregunta. Estoy seguro de que vas a contestarla clara y sencillamente, como se responde a un camarada después de una larga ausencia. Es cierto que la palabra ausencia no es la más apropiada, pero debo confesarte que tu intolerable presencia se parece a lo que llaman el «vacío de la ausencia». ¡El vacío de tu presencia, tu presencia vacía! Nunca te veo, ni te siento, ni te oigo. ¿Por qué te presentas sin ruido? Durante horas te quedas quieto, agazapado en no sé qué repliegue. No creo ser muy exigente. No te pido mucho: una seña, una pequeña indicación, un movimiento de ojos, una de esas atenciones que no cuestan nada al que las otorga y que llenan de gozo al que las recibe. No reclamo, ruego. Acepto mi situación y sé hasta dónde puedo llegar. Reconozco que eres el más fuerte y el más hábil: penetras por la hendidura de la tristeza o por la brecha de la alegría, te sirves del sueño y de la vigilia, del espejo y del muro, del beso y de la lágrima. Sé que te pertenezco, que estarás a mi lado el día de la muerte y que entonces tomarás posesión de mí. ¿Por qué esperar tanto tiempo? Te prevengo desde ahora: no esperes la muerte en la batalla, ni la del criminal, ni la del mártir. Habrá una pequeña agonía, acompañada de los acostumbrados terrores, delirios modestos, tardías iluminaciones sin consecuencia. ¿Me oyes? No te veo. Escondes siempre la cara. Te haré una confidencia —ya ves, no te guardo rencor y estoy seguro que un día vas a romper ese absurdo silencio—: al cabo de tantos años de vivir... aunque siento que no he vivido nunca, que he sido vivido por el tiempo, ese tiempo desdeñoso e implacable que jamás se ha detenido, que jamás me ha hecho una seña, que siempre me ha ignorado. Probablemente soy demasiado tímido y no he tenido el valor de asirlo por el cuello y decirle: «Yo también existo», como el pequeño funcionario que en un pasillo detiene al Director General y le dice: «Buenos días, yo también...» pero, ante la admiración del otro, el pequeño funcionario enmudece, pues de pronto comprende la inutilidad de su gesto: no tiene nada que decirle a su Jefe. Así yo: no tengo nada que decirle al tiempo. Y él tampoco tiene nada que decirme. Y ahora, después de este largo rodeo, creo que estamos más cerca de lo que iba a decirte: al cabo de tantos años de vivir —espera, no seas impaciente, no quieras escapar: tendrás que oírme hasta el fin—, al cabo de tantos años, me he dicho: ¿a quién, si no a él, puedo contarle mis cosas? En efecto —no me avergüenza decirlo y tú no deberías enrojecer— sólo te tengo a ti. A ti. No creas que quiero provocar tu compasión; acabo de emitir una verdad, corroboro un hecho y nada más. Y tú, ¿a quién tienes? ¿Eres de alguien como yo soy de ti? O si lo prefieres, ¿tienes a alguien como yo te tengo a ti? Ah, palideces, te quedas callado. Comprendo tu estupor: a mí también me ha desvelado la posibilidad de que tú seas de otro, que a su vez sería de otro, hasta no acabar nunca. No te preocupes: yo no hablo sino contigo. A no ser que tú, en este momento, digas lo mismo que te digo a un silencioso tercero, que a su vez... No, si tú eres otro: ¿quién sería yo? Te repito, ¿tú, a quién tienes? A nadie, excepto a mí. Tú también estás solo, tú también tuviste una infancia solitaria y ardiente —todas las fuentes te hablaban, todos los pájaros te obedecían— y ahora... No me interrumpas. Empezaré por el principio: cuando te conocí —sí, comprendo muy bien tu extrañeza y adivino lo que vas a decirme: en realidad no te conozco, nunca te he visto, no sé quién eres. Es cierto. En otros tiempos creía que eras esa ambición que nuestros padres y amigos nos destilan en el oído, con un nombre y una moral —nombre y moral que a fuerza de roces se hinchan y crecen, hasta que alguien viene con un menudo alfiler y revienta la pequeña bolsa de pus; más tarde pensé que eras ese pensamiento que salió un día de mi frente al asalto del mundo; luego te confundí con mi amor por Juana, María, Dolores; o con mi fe en Julián, Agustín, Rodrigo. Creí después que eras algo muy lejano y anterior a mí, acaso mi vida prenatal. Eras la vida, simplemente. O, mejor, el hueco tibio que deja la vida cuando se retira. Eras el recuerdo de la vida. Esta idea me llevó a otra: mi madre no era matriz sino tumba y agonía los nueve meses de encierro. Logré desechar esos pensamientos. Un poco de reflexión me ha hecho ver que no eres un recuerdo, ni siquiera un olvido: no te siento como el que fui sino como el que voy a ser, como el que está siendo. Y cuando quiero apurarte, te me escapas. Entonces te siento como ausencia. En fin, no te conozco, no te he visto nunca, pero jamás me he sentido solo, sin ti. Por eso debes aceptar aquella frase —¿la recuerdas: «cuando te conocí»?— como una expresión figurada, como un recurso de lenguaje. Lo cierto es que siempre me acompañas, siempre hay alguien conmigo. Y para decirlo todo de una sola vez: ¿quién eres? Es inútil esconderse más tiempo. Ha durado ya bastante el juego. ¿No te das cuenta de que puedo morir ahora mismo? Si muero, tu vida dejará de tener sentido. Yo soy tu vida y el sentido de tu vida. O es a la inversa: ¿tú eres el sentido de mi vida? Habla, di algo. ¿Aún me odias porque amenacé con arrojarte por la ventana? Lo hice para picarte la cresta. Y te quedaste callado. Eres un cobarde. ¿Recuerdas cuando te insulté? ¿Y cuando vomité sobre ti? ¿Y cuando tenías que ver con esos ojos que nunca se cierran cómo dormía con aquella vieja infame y que hablaba de suicidio? Da la cara. ¿Dónde estás? En el fondo, nada de esto me importa. Estoy cansado, eso es todo. Tengo sueño. ¿No te fatigan estas interminables discusiones, como si fuésemos un matrimonio que a las cinco de la mañana, con los párpados hinchados, sobre la cama revuelta sigue dando vueltas a la querella empezada hace veinte años? Vamos a dormir. Dame las buenas noches, sé un poco cortés. Estás condenado a vivir conmigo y deberías esforzarte por hacer la vida más llevadera. No alces los hombros. Calla si quieres, pero no te alejes. No quiero estar solo: desde que sufro menos soy más desdichado. Quizá la dicha es como la espuma de la dolorosa marea de la vida, que cubre con una plenitud roja nuestras almas. Ahora la marea se retira y nada queda de aquello que tanto nos hizo sufrir. Nada sino tú. Estamos solos, estás solo. No me mires: cierra los ojos, para que yo también pueda cerrarlos. Todavía no puedo acostumbrarme a tu mirada sin ojos.

Cuando dejé aquel mar, una ola se adelantó entre todas. Era esbelta y ligera. A pesar de los gritos de las otras, que la detenían por el vestido flotante, se colgó de mi brazo y se fue conmigo saltando. No quise decirle nada, porque me daba pena avergonzarla ante sus compañeras. Además, las miradas coléricas de las mayores me paralizaron. Cuando llegamos al pueblo, le expliqué que no podía ser, que la vida en la ciudad no era lo que ella pensaba en su ingenuidad de ola que nunca ha salido del mar. Me miró seria: «No, su decisión estaba tomada. No podía volver.» Intenté dulzura, dureza, ironía. Ella lloró, gritó, acarició, amenazó. Tuve que pedirle perdón.

Al día siguiente empezaron mis penas. ¿Cómo subir al tren sin que nos vieran el conductor, los pasajeros, la policía? Es cierto que los reglamentos no dicen nada respecto al transporte de olas en los ferrocarriles, pero esa misma reserva era un indicio de la severidad con que se juzgaría nuestro acto. Tras de mucho cavilar me presenté en la estación una hora antes de la salida, ocupé mi asiento y, cuando nadie me veía, vacié el depósito de agua para los pasajeros; luego, cuidadosamente, vertí en él a mi amiga.

El primer incidente surgió cuando los niños de un matrimonio vecino declararon su ruidosa sed. Les salí al paso y les prometí refrescos y limonadas. Estaban a punto de aceptar cuando se acercó otra sedienta. Quise invitarla también, pero la mirada de su acompañante me detuvo. La señora tomó un vasito de papel, se acercó al depósito y abrió la llave. Apenas estaba a medio llenar el vaso cuando me interpuse de un salto entre ella y mi

---

[72] *«Mi vida con la ola».* Primera publicación, *México en la cultura*, 4 de septiembre de 1949, págs. 1 y 2.

amiga. La señora me miró con asombro. Mientras pedía disculpas, uno de los niños volvió a abrir el depósito. Lo cerré con violencia. La señora se llevó el vaso a los labios:

—Ay, el agua está salada.

El niño le hizo eco. Varios pasajeros se levantaron. El marido llamó al Conductor:

—Este individuo echó sal al agua.

El Conductor llamó al Inspector:

—¿Conque usted echó substancias en el agua?

El Inspector llamó al policía en turno:

—¿Conque usted echó veneno al agua?

El policía en turno llamó al Capitán:

—¿Conque usted es el envenenador?

El Capitán llamó a tres agentes. Los agentes me llevaron a un vagón solitario, entre las miradas y los cuchicheos de los pasajeros. En la primera estación me bajaron y a empujones me arrastraron a la cárcel. Durante días no se me habló, excepto durante los largos interrogatorios. Cuando contaba mi caso nadie me creía, ni siquiera el carcelero, que movía la cabeza, diciendo: «El asunto es grave, verdaderamente grave. ¿No había querido envenenar a unos niños?» Una tarde me llevaron ante el Procurador.

—Su asunto es difícil —repitió—. Voy a consignarlo al Juez Penal.

Así pasó un año. Al fin me juzgaron. Como no hubo víctimas, mi condena fue ligera. Al poco tiempo, llegó el día de la libertad.

El Jefe de la Prisión me llamó:

—Bueno, ya está libre. Tuvo suerte. Gracias a que no hubo desgracias. Pero que no se vuelva a repetir, porque la próxima le costará caro...

Y me miró con la misma mirada seria con que todos me veían.

Esa misma tarde tomé el tren y luego de unas horas de viaje incómodo llegué a México. Tomé un taxi y me dirigí a casa. Al llegar a la puerta de mi departamento oí risas y cantos. Sentí un dolor en el pecho, como el golpe de la ola de la sorpresa cuando la sorpresa nos golpea en pleno pecho: mi amiga estaba allí, cantando y riendo como siempre.

—¿Cómo regresaste?

—Muy fácil: en el tren. Alguien, después de cerciorarse de que sólo era agua salada, me arrojó en la locomotora. Fue un viaje agitado: de pronto era un penacho blanco de vapor, de pronto caía en lluvia fina sobre la máquina. Adelgacé mucho. Perdí muchas gotas.

Su presencia cambió mi vida. La casa de pasillos obscuros y muebles empolvados se llenó de aire, de sol, de rumores y reflejos verdes y azules, pueblo numeroso y feliz de reverberaciones y ecos. ¡Cuántas olas es una ola y cómo puede hacer playa o roca o rompeolas un muro, un pecho, una frente que corona de espumas! Hasta los rincones abandonados, los abyectos rincones del polvo y los detritus fueron tocados por sus manos ligeras. Todo se puso a sonreír y por todas partes brillaban dientes blancos. El sol entraba con gusto en las viejas habitaciones y se quedaba en casa por horas, cuando ya hacía tiempo que había abandonado las otras casas, el barrio, la ciudad, el país. Y varias noches, ya tarde, las escandalizadas estrellas lo vieron salir de mi casa, a escondidas.

El amor era un juego, una creación perpetua. Todo era playa, arena, lecho de sábanas siempre frescas. Si la abrazaba, ella se erguía, increíblemente esbelta, como el tallo líquido de un chopo; y de pronto esa delgadez florecía en un chorro de plumas blancas, en un penacho de risas que caían sobre mi cabeza y mi espalda y me cubrían de blancuras. O se extendía frente a mí, infinita como el horizonte, hasta que yo también me hacía horizonte y silencio. Plena y sinuosa, me envolvía como una música o unos labios inmensos. Su presencia era un ir y venir de caricias, de rumores, de besos. Entraba en sus aguas, me ahogaba a medias y en un cerrar de ojos me encontraba arriba, en lo alto del vértigo, misteriosamente suspendido, para caer después como una piedra, y sentirme suavemente depositado en lo seco, como una pluma. Nada es comparable a dormir mecido en esas aguas, si no es despertar golpeado por mil alegres látigos ligeros, por mil arremetidas que se retiran, riendo.

Pero jamás llegué al centro de su ser. Nunca toqué el nudo del ay y de la muerte. Quizá en las olas no existe ese sitio secreto que hace vulnerable y mortal a la mujer, ese pequeño botón eléctrico donde todo se enlaza, se crispa y se yergue, para luego desfallecer. Su sensibilidad, como la de las mujeres, se propagaba en ondas, sólo que no eran ondas concéntricas, sino excéntricas, que se extendían cada vez más lejos, hasta tocar otros astros. Amarla era prolongarse en contactos remotos, vibrar con estrellas lejanas que no sospechamos. Pero su centro... no, no tenía centro, sino un vacío parecido al de los torbellinos, que me chupaba y me asfixiaba.

Tendidos el uno al lado del otro, cambiábamos confidencias, cuchicheos, risas. Hecha un ovillo, caía sobre mi pecho y allí se desplegaba como una vegetación de rumores. Cantaba a mi oído, caracola. Se hacía humilde y transparente, echada a mis pies como un animalito, agua mansa. Era tan límpida que podía leer todos sus pensamientos. Ciertas noches su piel se cubría de fosforescencia y abrazarla era abrazar un pedazo de noche tatuada de fuego. Pero se hacía también negra y amarga. A horas inesperadas mugía, suspiraba, se retorcía. Sus gemidos despertaban a los vecinos. Al oírla el viento del mar se ponía a rascar la puerta de la casa o deliraba en voz alta por las azoteas. Los días nublados la irritaban; rompía muebles, decía malas palabras, me cubría de insultos y de una espuma gris y verdosa. Escupía, lloraba, juraba, profetizaba. Sujeta a la luna, a las estrellas, al influjo de la luz de otros mundos, cambiaba de humor y de semblante de una manera que a mí me parecía fantástica, pero que era fatal como la marea.

Empezó a quejarse de soledad. Llené la casa de caracolas y conchas, de pequeños barcos veleros, que en sus días de furia hacía naufragar (junto con los otros, cargados de imágenes, que todas las noches salían de mi frente y se hundían en sus feroces o graciosos torbellinos). ¡Cuántos pequeños tesoros se perdieron en ese tiempo! Pero no le bastaban mis barcos ni el canto silencioso de las caracolas. Tuve que instalar en la casa una colonia de peces. Confieso que no sin celos los veía nadar en mi amiga, acariciar sus pechos, dormir entre sus piernas, adornar su cabellera con leves relámpagos de colores.

Entre todos aquellos peces había unos particularmente repulsivos y feroces, unos pequeños tigres de acuario, de grandes ojos fijos y bocas hendidas y carniceras. No sé por qué aberración mi amiga se complacía en jugar con ellos, mostrándoles sin rubor una preferencia cuyo significado prefiero ignorar. Pasaba largas horas encerrada con aquellas horribles criaturas. Un día no pude más; eché abajo la puerta y me arrojé sobre ellos. Ágiles y fantasmales, se me escapaban entre las manos mientras ella reía y me golpeaba hasta derribarme. Sentí que me ahogaba. Y cuando estaba a punto de morir, morado ya, me depositó suavemente en la orilla y empezó a besarme, diciendo no sé qué cosas. Me sentí muy débil, molido y humillado. Y al mismo tiempo la voluptuosidad me hizo cerrar los ojos. Porque su voz era dulce y me hablaba de la muerte deliciosa de los ahogados. Cuando volví en mí empecé a temerla y odiarla.

Tenía descuidados mis asuntos. Empecé a frecuentar a los amigos y reanudé viejas y queridas relaciones. Encontré a una amiga de juventud. Haciéndole jurar que me guardaría el secreto, le conté mi vida con la ola. Nada conmueve tanto a las mujeres como la posibilidad de salvar a un hombre. Mi redentora empleó todas sus artes, pero ¿qué podía una mujer, dueña de un número limitado de almas y cuerpos, frente a mi amiga, siempre cambiante —y siempre idéntica a sí misma en sus metamorfosis incesantes?

Vino el invierno. El cielo se volvió gris. La niebla cayó sobre la ciudad. Llovía una llovizna helada. Mi amiga gritaba todas las noches. Durante el día se aislaba, quieta y siniestra, mascullando una sola sílaba, como una vieja que rezonga en un rincón. Se puso fría; dormir con ella era tiritar toda la noche y sentir cómo se helaban paulatinamente la sangre, los huesos, los pensamientos. Se volvió honda, impenetrable, revuelta. Yo salía con frecuencia y mis ausencias eran cada vez más prolongadas. Ella, en su rincón, aullaba largamente. Con dientes acerados y lengua corrosiva roía los muros, desmoronaba las paredes. Pasaba las noches en vela, haciéndome reproches. Tenía pesadillas, deliraba con el sol, con playas ardientes. Soñaba con el polo y en convertirse en un gran trozo de hielo, navegando bajo cielos negros en noches largas como meses. Me injuriaba. Maldecía y reía; llenaba la casa de carcajadas y fantasmas. Llamaba a los monstruos de las profundidades, ciegos, rápidos y obtusos. Cargada de electricidad, carbonizaba lo que tocaba; de ácidos, corrompía lo que rozaba. Sus dulces brazos se volvieron cuerdas ásperas que me estrangulaban. Y su cuerpo, verdoso y elástico, era un látigo implacable, que golpeaba, golpeaba, golpeaba. Hui. Los horribles peces reían con risa feroz.

Allá en las montañas, entre los altos pinos y los despeñaderos, respiré el aire frío y fino como un pensamiento de libertad. Al cabo de un mes regresé. Estaba decidido. Había hecho tanto frío que encontré sobre el mármol de la chimenea, junto al fuego extinto, una estatua de hielo. No me conmovió su aborrecida belleza. La eché en un gran saco de lona y salí a la calle, con la dormida a cuestas. En un restaurante de las afueras la vendí a un cantinero amigo, que inmediatamente empezó a picarla en pequeños trozos, que depositó cuidadosamente en las cubetas donde se enfrían las botellas.

CARTA A DOS DESCONOCIDAS

Todavía no sé cuál es tu nombre. Te siento tan mía que llamarte de algún modo sería como separarme de ti, reconocer que eres distinta a la substancia de que están hechas las sílabas que forman mi nombre. En cambio, conozco demasiado bien el de ella y hasta qué punto ese nombre se interpone entre nosotros, como una muralla impalpable y elástica que no se puede nunca atravesar.

Todo esto debe parecerte confuso. Prefiero explicarte cómo te conocí. cómo advertí tu presencia y por qué pienso que tú y ella son y no son lo mismo.

No me acuerdo de la primera vez. ¿Naciste conmigo o ese primer encuentro es tan lejano que tuvo tiempo de madurar en mi interior y fundirse a mi ser? Disuelta en mí mismo, nada me permitía distinguirte del resto de mí, recordarte, reconocerte. Pero el muro de silencio que ciertos días cierra el paso al pensamiento, la oleada innombrable —la oleada de vacío— que sube desde mi estómago hasta mi frente y allí se instala como una avidez que no se aplaca y una sentencia que no se tuerce, el invisible precipicio que en ocasiones se abre frente a mí, la gran boca maternal de la ausencia —la vagina que bosteza y me engulle y me deglute y me expulsa: ¡al tiempo, otra vez al tiempo!—, el mareo y el vómito que me tiran hacia abajo cada vez que desde lo alto de la torre de mi ojos me contemplo... todo, en fin, lo que me enseña que no soy sino una ausencia que se despeña, me revelaba —¿cómo decirlo?— tu presencia. Me habitabas como esas arenillas impalpables que se deslizan en un mecanismo delicado y que, si no impiden su marcha, la trastornan hasta corroer todo el engranaje.

La segunda vez: un día te desprendiste de mi carne, al encuentro de una mujer alta y rubia, vestida de blanco, que te esperaba sonriente en un pequeño muelle. Recuerdo la madera negra y luciente y el agua gris retozando a sus pies. Había una profusión de mástiles, velas, barcas y pájaros marinos que chillaban. Siguiendo tus pasos me acerqué a la desconocida, que me cogió de la mano sin decir palabra. Juntos recorrimos la costa solitaria hasta que llegamos al lugar de las rocas. El mar dormitaba. Allí canté y dancé; allí pronuncié blasfemias en un idioma que he olvidado. Mi amiga reía primero; después empezó a llorar. Al fin huyó. La naturaleza no fue insensible a mi desafío; mientras el mar me amenazaba con el puño, el sol descendió en línea recta contra mí. Cuando el astro hubo posado sus garras sobre mi cabeza erizada, comencé a incendiarme. Después se restableció el orden. El sol regresó a su puesto y el mundo se quedó inmensamente solo. Mi amiga buscaba mis cenizas entre las rocas, allí donde los pájaros salvajes dejan sus huevecillos.

Desde ese día empecé a perseguirla. (Ahora comprendo que en realidad te buscaba a ti.) Años más tarde, en otro país, marchando de prisa contra un crepúsculo que consumía los altos muros rojos de un templo, volví a verla. La detuve, pero ella no me recordaba. Por una estratagema que no hace al caso logré convertirme en su sombra. Desde entonces no la abandono. Durante años y meses, durante atroces minutos, he luchado por despertar en ella el recuerdo de nuestro primer encuentro. En vano le he explicado cómo te desprendiste de mí para habitarla, nuestro paseo junto al mar y mi fatal imprudencia. Soy para ella ese olvido que tú fuiste para mí.

He gastado mi vida en olvidarte y recordarte, en huirte y perseguirte. No estoy menos solo que, cuando niño, te descubrí en el charco de aquel jardín recién llovido, menos solo que cuando, adolescente, te contemplé entre dos nubes rotas, una tarde en ruinas. Pero no caigo ya en mi propio sinfín, sino en otro cuerpo, en unos ojos que se dilatan y contraen y me devoran y me ignoran, una abertura negra que palpita, coral vivo y ávido como una herida fresca. Cuerpo en el que pierdo cuerpo, cuerpo sin fin. Si alguna vez acabo de caer, allá, del otro lado del caer, quizá me asome a la vida. A la verdadera vida, a la que no es noche ni día, ni tiempo ni destiempo, ni quietud ni movimiento, a la vida hirviente de vida, a la vivacidad pura. Pero acaso todo esto no sea sino una vieja manera de llamar a la muerte. La muerte que nació conmigo y que me ha dejado para habitar otro cuerpo.

MARAVILLAS DE LA VOLUNTAD

A LAS TRES en punto don Pedro llegaba a nuestra mesa, saludaba a cada uno de los concurrentes, pronunciaba para sí unas frases indescifrables y silenciosamente tomaba asiento. Pedía una taza de café, encendía un cigarrillo, escuchaba la plática, bebía a sorbos su tacita, pagaba a la mesera, tomaba su sombrero, recogía su portafolio, nos daba las buenas tardes y se marchaba. Y así todos los días.

¿Qué decía don Pedro al sentarse y al levantarse, con cara seria y ojos duros? Decía:

—Ojalá te mueras.

Don Pedro repetía muchas veces al día esta frase. Al levantarse, al terminar su tocado matinal, al entrar o salir de casa —a las ocho, a la una, a las dos y media, a las siete y cuarto—, en el café, en la oficina, antes y después de cada comida, al acostarse cada noche. La repetía entre dientes o en voz alta, a solas o en compañía. A veces sólo con los ojos. Siempre con toda el alma.

Nadie sabía contra quién dirigía aquellas palabras. Todos ignoraban el origen de aquel odio. Cuando se quería ahondar en el asunto, don Pedro movía la cabeza con desdén y callaba, modesto. Quizá era un odio sin causa, un odio puro. Pero aquel sentimiento lo alimentaba, daba seriedad a su vida, majestad a sus años. Vestido de negro, parecía llevar luto de antemano por su condenado.

Una tarde don Pedro llegó más grave que de costumbre. Se sentó con lentitud y, en el centro mismo del silencio que se hizo ante su presencia, dejó caer con simplicidad estas palabras:

—Ya lo maté.

¿A quién y cómo? Algunos sonrieron, queriendo tomar la cosa a broma. La mirada de don Pedro los detuvo. Todos nos sentimos incómodos. Era cierto, allí se sentía el hueco de la muerte. Lentamente se dispersó el grupo. Don Pedro se quedó solo, más serio que nunca, un poco lacio, como un astro quemado ya, pero tranquilo, sin remordimientos.

No volvió al día siguiente. Nunca volvió. ¿Murió? Acaso le faltó ese odio vivificador. Tal vez vive aún y ahora odia a otro. Reviso mis acciones. Y te aconsejo que hagas lo mismo con las tuyas, no vaya a ser que hayas incurrido en la cólera paciente, obstinada, de esos pequeños ojos miopes. ¿Has pensado alguna vez cuántos —acaso muy cercanos a ti— te miran con los mismos ojos de don Pedro?

VISIÓN DEL ESCRIBIENTE

Y LLENAR todas estas hojas en blanco que me faltan con la misma, monótona pregunta: ¿a qué horas se acaban las horas? Y las antesalas, los memoriales, las intrigas, las gestiones ante el Portero, el Oficial en Turno, el Secretario, el Adjunto, el Sustituto. Vislumbrar de lejos al Influyente y enviar cada año mi tarjeta para recordar —¿a quién?— que en algún rincón, decidido, firme, insistente, aunque no muy seguro de mi existencia, yo también aguardo la llegada de mi hora, yo tambié existo. No, abandono mi puesto.

Sí, ya sé, podría sentarme en una idea, en una costumbre, en una obstinación. O tenderme sobre las ascuas de un dolor o una esperanza cualquiera y allí aguardar, sin hacer mucho ruido. Cierto, no me va mal: como, bebo, duermo, fornico, guardo las fiestas de guardar y en el verano voy a la playa. Las gentes me quieren y yo las quiero. Llevo con ligereza mi condición: las enfermedades, el insomnio, las pesadillas, los ratos de expansión, la idea de la muerte, el gusanito que escarba el corazón o el hígado (el gusanito que deposita sus huevecillos en el cerebro y perfora en la noche el sueño más espeso), el mañana a expensas del hoy —el hoy que nunca llega a tiempo, que pierde siempre sus apuestas. No: renuncio a la tarjeta de racionamiento, a la cédula de identidad, al certificado de supervivencia, a la ficha de filiación, al pasaporte, al número clave, a la contraseña, a la credencial, al salvoconducto, a la insignia, al tatuaje y al herraje.

Frente a mí se extiende el mundo, el vasto mundo de los grandes, pequeños y medianos. Universo de reyes y presidentes y carceleros, de mandarines y parias y libertadores y libertos, de jueces y testigos y condenados: estrellas de primera, segunda, tercera y n magnitudes, planetas, cometas, cuerpos errantes y excéntricos o rutinarios y domesticados por las leyes de la gravedad, las sutiles leyes de la caída, todos llevando el compás, todos girando, despacio o velozmente, alrededor de una ausencia. En donde dijeron que estaba el sol central, el ser solar, el haz caliente hecho de todas las miradas humanas, no hay sino un hoyo y menos que un hoyo: el ojo de pez muerto, la oquedad vertiginosa del ojo que cae en sí mismo y se mira sin mirarse. Y no hay nada con que rellenar el hueco centro del torbellino. Se rompieron los resortes, los fundamentos se desplomaron, los lazos visibles o invisibles que unían una estrella a otra, un cuerpo a otro, un hombre a otro, no son sino un enredijo de alambres y pinchos, una maraña de garras y dientes que nos retuercen y mastican y escupen y nos vuelven a masticar. Nadie se ahorca con la cuerda de una ley física. Las ecuaciones caen incansablemente en sí mismas.

Y en cuanto al quehacer de ahora y al qué hacer con el ahora: no pertenezco a los señores. No me lavo las manos, pero no soy juez, ni testigo de cargo, ni ejecutor. Ni torturo, ni interrogo, ni sufro el interrogatorio. No pido a voces mi condena, ni quiero salvarme, ni salvar a nadie. Y por todo lo que no hago, y por todo lo que nos hacen, ni pido perdón ni perdono. Su piedad es tan abyecta como su justicia. ¿Soy inocente? Soy culpable. ¿Soy culpable? Soy inocente. (Soy inocente cuando soy culpable, culpable cuando soy inocente. Soy culpable cuando... pero eso es otra canción. ¿Otra canción? Todo es la misma canción.) Culpable inocente, inocente culpable, la verdad es que abandono mi puesto.

Recuerdo mis amores, mis pláticas, mis amistades. Lo recuerdo todo, lo veo todo, veo a todos. Con melancolía, pero sin nostalgia. Y sobre todo, sin esperanza. Ya sé que es inmortal y que, si somos algo, somos esperanza de algo. A mí ya me gastó la espera. Abandono el no obstante, el aún, el a pesar de todo, las moratorias, las disculpas y los exculpantes. Conozco el mecanismo de las trampas de la moral y el poder adormecedor de ciertas palabras. He perdido la fe en todas estas construcciones de piedra, ideas, cifras. Cedo mi puesto. Yo ya no defiendo esta torre cuarteada. Y, en silencio, espero el acontecimiento.

Soplará un vientecillo apenas helado. Los periódicos hablarán de una onda fría. Las gentes se alzarán de hombros y continuarán la vida de siempre. Los primeros muertos apenas hincharán un poco más la cifra cotidiana y nadie en los servicios de estadística advertirá ese cero de más. Pero al cabo del tiempo todos empezarán a mirarse y preguntarse: ¿qué pasa? Porque durante meses van a temblar puertas y ventanas, van a crujir muebles y árboles. Durante años habrá tembladera de huesos y entrechocar de dientes, escalofrío y carne de gallina. Durante años aullarán las chimeneas, los profetas y los jefes. La niebla que cabecea en los estanques podridos vendrá a pasearse a la ciudad. Y al mediodía, bajo el sol equívoco, el vientecillo arrastrará el olor de la sangre seca de un matadero abandonado ya hasta por las moscas.

Inútil salir o quedarse en casa. Inútil levantar murallas contra el impalpable. Una boca apagará todos los fuegos, una duda arrancará de cuajo todas las decisiones. Eso va a estar en todas partes, sin estar en ninguna. Empañará todos los espejos. Atravesando paredes y convicciones, vestiduras y almas bien templadas, se instalará en la médula de cada uno. Entre cuerpo y cuerpo, silbante; entre alma y alma, agazapado. Y todas las heridas se abrirán, porque con manos expertas y delicadas, aunque un poco frías, irritará llagas y pústulas, reventará granos e hinchazones, escarbará en las viejas heridas mal cicatrizadas. ¡Oh fuente de la sangre, inagotable siempre! La vida será un cuchillo, una hoja gris y ágil y tajante y exacta y arbitraria que cae y rasga y separa. ¡Hendir, desgarrar, descuartizar, verbos que vienen ya a grandes pasos contra nosotros!

No es la espada lo que brilla en la confusión de lo que viene. No es el sable, sino el miedo y el látigo. Hablo de lo que ya está entre nosotros. En todas partes hay temblor y cuchicheo, susurro y medias palabras. En todas partes sopla el vientecillo, la leve brisa que provoca la inmensa Fusta cada vez que se desenrolla en el aire. Y muchos ya llevan en la carne la insignia morada. El vientecillo se levanta de las praderas del pasado y se acerca trotanto a nuestro tiempo.

UN APRENDIZAJE DIFÍCIL[73]

VIVÍA entre impulsos y arrepentimientos, entre avanzar y retroceder. ¡Qué combates! Deseos y terrores tiraban hacia delante y hacia atrás, hacia la izquierda y hacia la derecha, hacia arriba y hacia abajo. Tiraban con tanta fuerza que me inmovilizaron. Durante años tasqué el freno, como río impetuoso atado a la peña del manantial. Echaba espuma, pataleaba, me encabritaba, hinchaban mi cuello venas y arterias. En vano, las riendas no aflojaban. Extenuado, me arrojaba al suelo; látigos y acicates me hacían saltar: ¡arre, adelante!

Lo más extraño era que estaba atado a mí mismo, y

---

[73] «*Un aprendizaje difícil*». Primera publicación, *Mar del Sur*, vol. V, núm. 15, enero-febrero de 1951, págs. 45-47.

por mí mismo. No me podía desprender de mí, pero tampoco podía estar en mí. Si la espuela me azuzaba, el freno me retenía. Mi vientre era un pedazo de carne roja, picada y molida por la impaciencia; mi hocico, un rictus petrificado. Y en esa inmovilidad hirviente de movimientos y retrocesos, yo era la cuerda y la roca, el látigo y la rienda.

Recluido en mí, incapaz de hacer un gesto sin recibir un golpe, incapaz de no hacerlo sin recibir otro, me extendía a lo largo de mi ser, entre el miedo y la fiebre. Así viví años. Mis pelos crecieron tanto que pronto quedé sepultado en su maleza intrincada. Allí acamparon pueblos enteros de pequeños bichos, belicosos, voraces e innumerables. Cuando no se exterminaban entre sí, me comían. Yo era su campo de batalla y su botín. Se establecían en mis orejas, sitiaban mis axilas, se replegaban en mis ingles, asolaban mis párpados, ennegrecían mi frente. Me cubrían con un manto pardusco, viviente y siempre en ebullición. Las uñas de mis pies también crecieron y nadie sabe hasta dónde habrían llegado de no presentarse las ratas. De vez en cuando me llevaba a la boca —aunque apenas podía abrirla, tantos eran los insectos que la sitiaban— un trozo de carne sin condimentar, arrancada al azar de cualquier ser viviente que se aventuraba por ahí.

Semejante régimen hubiera acabado con una naturaleza atlética —que no poseo, desgraciadamente. Pero al cabo de algún tiempo me descubrieron los vecinos, guiados acaso por mi hedor. Sin atreverse a tocarme, llamaron a mis parientes y amigos. Hubo consejo de familia. No me desataron. Decidieron, en cambio, confiarme a un pedagogo. Él me enseñaría el arte de ser dueño de mí, el arte de ser libre de mí.

Fui sometido a un aprendizaje intenso. Durante horas y horas el profesor me impartía sus lecciones, con voz grave, sonora. A intervalos regulares el látigo trazaba zetas invisibles en el aire, largas eses esbeltas en mi piel. Con la lengua fuera, los ojos extraviados y los músculos temblorosos, trotaba sin cesar dando vueltas y vueltas, saltando aros de fuego, trepando y bajando cubos de madera. Mi profesor empuñaba con elegancia la fusta. Era incansable y nunca estaba satisfecho. A otros podrá parecer excesiva la severidad de su método; yo agradecía aquel desvelo encarnizado y me esforzaba en probarlo. Mi reconocimiento se manifestaba en formas al mismo tiempo reservadas y sutiles, púdicas y devotas. Ensangrentado, pero con lágrimas de gratitud en los ojos, trotaba día y noche al compás del látigo. A veces la fatiga, más fuerte que el dolor, me derribaba. Entonces, haciendo chasquear la fusta en el aire polvoriento, él se acercaba y me decía con aire cariñoso: «Adelante», y me picaba las costillas con su pequeña daga. La herida y sus palabras de ánimo me hacían saltar. Con redoblado entusiasmo continuaba mi lección. Me sentía orgulloso de mi maestro y —¿por qué no decirlo?— también de mi dedicación.

La sorpresa y aun la contradicción formaban parte del sistema de enseñanza. Un día, sin previo aviso, me sacaron. De golpe me encontré en sociedad. Al principio, deslumbrado por las luces y la concurrencia, sentí un miedo irracional. Afortunadamente mi maestro estaba allí cerca, para infundirme confianza e inspirarme alientos. Al oír su voz, apenas más vibrante que de costumbre, y escuchar el conocido y alegre sonido de la fusta, recobré la calma y se aquietaron mis temores. Dueño de mí, empecé a repetir lo que tan penosamente me habían enseñado. Tímidamente al principio, pero a cada instante con mayor aplomo, salté, dancé, me incliné, sonreí, volví a saltar. Todos me felicitaron. Saludé, conmovido. Envalentonado, me atreví a decir tres o cuatro frases de circunstancia, que había preparado cuidadosamente y que pronuncié con aire distraído como si se tratara de una improvisación. Obtuve el éxito más lisonjero y algunas señoras me miraron con simpatía. Se redoblaron los cumplimientos. Volví a dar las gracias. Embriagado, corrí hacia adelante con los brazos abiertos y saltando. Tanta era mi emoción que quise abrazar a mis semejantes. Los más cercanos retrocedieron. Comprendí que debía detenerme, pues obscuramente me daba cuenta de que había cometido una grave descortesía. Era demasiado tarde. Y cuando estaba cerca de una encantadora niñita, mi avergonzado maestro me llamó al orden, blandiendo una barra de hierro con la punta encendida al rojo blanco. La quemadura me hizo aullar. Me volví con ira. Mi maestro sacó su revólver y disparó al aire. (Debo reconocer que su frialdad y dominio de sí mismo eran admirables: la sonrisa no le abandonaba jamás.) En medio del tumulto se hizo la luz en mí. Comprendí mi error. Conteniendo mi dolor, confuso y sobresaltado, mascullé excusas. Hice una reverencia y desaparecí. Mis piernas flaqueaban y mi cabeza ardía. Un murmullo me acompañó hasta la puerta.

No vale la pena recordar lo que siguió, ni cómo una carrera que parecía brillante se apagó de pronto. Mi destino es obscuro, mi vida difícil, pero mis acciones poseen cierto equilibrio moral. Durante años he recordado los incidentes de la noche funesta: mi deslumbramiento, las sonrisas de mi maestro, mis primeros éxitos, mi estúpida borrachera de vanidad y el oprobio último. No se apartan de mí los tiempos febriles y esperanzados de aprendizaje, las noches en vela, el polvillo asfixiante, las carreras y saltos, el sonido del látigo, la voz de mi maestro. Esos recuerdos son lo único que tengo y lo único que alimenta mi tedio. Es cierto que no he triunfado en la vida y que no salgo de mi escondite sino enmascarado e impelido por la dura necesidad. Mas cuando me quedo a solas conmigo y la envidia y el despecho me presentan sus caras horribles, el recuerdo de esas horas me apacigua y me calma. Los beneficios de la educación se prolongan durante toda la vida y, a veces, aún más allá de su término terrestre.

PRISA

A PESAR de mi torpor, de mis ojos hinchados, de mi panza, de mi aire de recién salido de la cueva, no me detengo nunca. Tengo prisa. Siempre he tenido prisa. Día y noche zumba en mi cráneo la abeja. Salto de la mañana a la noche, del sueño al despertar, del tumulto a la soledad, del alba al crepúsculo. Inútil que cada una de las cuatro estaciones me presente su mesa opulenta; inútil el rasgueo de madrugada del canario, el lecho hermoso como un río en verano, esa adolescente y su lágrima, cortada al declinar el otoño. En balde el mediodía y su tallo de cristal, las hojas verdes que lo filtran, las piedras que niega, las sombras que esculpe. Todas estas plenitudes me apuran de un trago. Voy y vuelvo, me revuelvo y me revuelco, salgo y entro, me asomo, oigo música, me rasco, medito, me digo, maldigo, cambio de traje, digo adiós al que fui, me demoro en el que seré. Nada me detiene. Tengo prisa, me voy. ¿Adónde? No sé, nada sé —excepto que no estoy en mi sitio.

Desde que abrí los ojos me di cuenta que mi sitio no estaba aquí, donde estoy, sino en donde no estoy ni he estado nunca. En alguna parte hay un lugar vacío y ese vacío se llenará de mí y yo me asentaré en ese hueco que insensiblemente rebosará de mí, pleno de mí hasta volverse fuente o surtidor. Y mi vacío, el vacío de mí que soy ahora, se llenará de sí, pleno de ser hasta los bordes.

Tengo prisa por estar. Corro tras de mí, tras de mi sitio, tras de mi hueco. ¿Quién me ha reservado este sitio? ¿Cómo se llama mi fatalidad? ¿Quién es y qué es lo que mueve y quién y qué es lo que aguarda mi advenimiento para cumplirse y para cumplirme? No sé, tengo prisa. Aunque no me mueva de mi silla, ni me levante de la cama. Aunque dé vueltas y vueltas en mi jaula. Clavado por un nombre, un gesto, un tic, me muevo y remuevo. Esta casa, estos amigos, estos países, estas manos, esta boca, estas letras que forman esta imagen que se ha desprendido sin previo aviso de no sé dónde y me ha dado en el pecho, no son mi sitio. Ni esto ni aquello es mi sitio.

Todo lo que me sostiene y sostengo sosteniéndome es alambrada, muro. Y todo lo salta mi prisa. Este cuerpo me ofrece su cuerpo, este mar se saca del vientre siete olas, siete desnudeces, siete sonrisas, siete cabrillas blancas. Doy las gracias y me largo. Sí, el paseo ha sido muy divertido, la conversación instructiva, aún es temprano, la función no acaba y de ninguna manera tengo la pretensión de conocer el desenlace. Lo siento: tengo prisa. Tengo ganas de estar libre de mi prisa, tengo prisa por acostarme y levantarme sin decirme: adiós, tengo prisa.

ENCUENTRO

Al llegar a mi casa, y precisamente en el momento de abrir la puerta, me vi salir. Intrigado, decidí seguirme. El desconocido —escribo con reflexión esta palabra— descendió las escaleras del edificio, cruzó la puerta y salió a la calle. Quise alcanzarlo, pero él apresuraba su marcha exactamente con el mismo ritmo con que yo aceleraba la mía, de modo que la distancia que nos separaba permanecía inalterable. Al rato de andar se detuvo ante un pequeño bar y atravesó su puerta roja. Unos segundos después yo estaba en la barra del mostrador, a su lado. Pedí una bebida cualquiera mientras examinaba de reojo las hileras de botellas en el aparador, el espejo, la alfombra raída, las mesitas amarillas, una pareja que conversaba en voz baja. De pronto me volví y le miré larga, fijamente. Él enrojeció, turbado. Mientras lo veía, pensaba (con la certeza de que él oía mis pensamientos): «No, no tiene derecho. Ha llegado un poco tarde. Yo estaba antes que usted. Y no hay la excusa del parecido, pues no se trata de semejanza, sino de substitución. Pero prefiero que usted mismo se explique...»

Él sonreía débilmente. Parecía no comprender. Se puso a conversar con su vecino. Dominé mi cólera y, tocando levemente su hombro, lo interpelé:

—No pretenda ningunearme. No se haga el tonto.

—Le ruego que me perdone, señor, pero no creo conocerlo.

Quise aprovechar su desconcierto y arrancarle de una vez la máscara:

—Sea hombre, amigo. Sea responsable de sus actos. Le voy a enseñar a no meterse donde nadie lo llama...

Con un gesto brusco me interrumpió:

—Usted se equivoca. No sé qué quiere decirme.

Terció un parroquiano:

—Ha de ser un error. Y además, esas no son maneras de tratar a la gente. Conozco al señor y es incapaz...

Él sonreía, satisfecho. Se atrevió a darme una palmada:

—Es curioso, pero me parece haberlo visto antes. Y sin embargo no podría decir dónde.

Empezó a preguntarme por mi infancia, por mi estado natal y otros detalles de mi vida. No, nada de lo que le contaba parecía recordarle quién era yo. Tuve que sonreír. Todos lo encontraban simpático. Tomamos algunas copas. Él me miraba con benevolencia.

—Usted es forastero, señor, no lo niegue. Pero yo voy a tomarlo bajo mi protección. ¡Ya le enseñaré lo que es México, Distrito Federal!

Su calma me exasperaba. Casi con lágrimas en los ojos, sacudiéndolo por la solapa, le grité:

—¿De veras no me conoces? ¿No sabes quién soy?

Me empujó con violencia:

—No me venga con cuentos estúpidos. Deje de fregarnos[74] y buscar camorra.

Todos me miraban con disgusto. Me levanté y les dije:

—Voy a explicarles la situación. Este señor los engaña, este señor es un impostor...

—Y usted es un imbécil y un desequilibrado —gritó.

Me lancé contra él. Desgraciadamente, resbalé. Mientras procuraba apoyarme en el mostrador, él me destrozó la cara a puñetazos. Me pegaba con saña reconcentrada, sin hablar. Intervino el barman:

—Ya déjalo, está borracho.

Nos separaron. Me cogieron en vilo y me arrojaron al arroyo:

—Si se le ocurre volver, llamaremos a la policía.

Tenía el traje roto, la boca hinchada, la lengua seca. Escupí con trabajo. El cuerpo me dolía. Durante un rato me quedé inmóvil, acechando. Busqué una piedra, algún arma. No encontré nada. Adentro reían y cantaban. Salió la pareja; la mujer me vio con descaro y se echó a reír. Me sentí solo, expulsado del mundo de los hombres. A la rabia sucedió la vergüenza. No, lo mejor

---

[74] *fregarnos.* En Hispanoamérica y en México es sinónimo de fastidiar o molestar.

era volver a casa y esperar otra ocasión. Eché a andar lentamente. En el camino, tuve esta duda que todavía me desvela: ¿y si no fuera él, sino yo...?

CABEZA DE ÁNGEL

Apenas entramos me sentí asfixiada por el calor y estaba como entre los muertos y creo que si me quedara sola en una sala de ésas me daría miedo pues me figuraría que todos los cuadros se me quedaban mirando y me daría una vergüenza muy grande y es como si fueras a un camposanto en donde todos los muertos estuvieran vivos o como si estuvieras muerta sin dejar de estar viva y lástima que no sepa contarte los cuadros ni tanta cosa de hace muchísimos siglos que es una maravilla que están como acabados de hacer ¿por qué las cosas se conservan más que las personas? imagínate ya ni sombra de los que los pintaron y los cuadros están como si nada hubiera pasado y había algunos muy lindos de martirios y degüellos de santas y niños pero estaban tan bien pintados que no me daban tristeza sino admiración los colores tan brillantes como si fueran de verdad el rojo de las flores el cielo tan azul y las nubes y los arroyos y los árboles y los colores de los trajes de todos colores y había un cuadro que me impresionó tanto que sin darme cuenta como cuando te ves en un espejo o como cuando te asomas a una fuente y te ves entre las hojas y las ramas que se reflejan en el agua entré en el paisaje con aquellos señores vestidos de rojo verde amarillo y azul y que llevaban espadas y hachas y lanzas y banderas y me puse a hablar con un ermitaño barbudo que rezaba junto a su cueva y era muy divertido jugar con los animalitos que venían a hacerle compañía venados pájaros y cuervos y leones y tigres mansos y de pronto cuando iba por el

prado los moros me cogían y me llevaban a una plaza
en donde había edificios muy altos y puntiagudos como
pinos y empezaban a martirizarme y yo empezaba a
echar sangre como surtidor pero no me dolía mucho y
no tenía miedo porque Dios arriba me estaba viendo y
los ángeles recogían en vasos mi sangre y mientras los
moros me martirizaban yo me divertía viendo a unas señoras muy elegantes que contemplaban mi martirio desde sus balcones y se reían y platicaban entre sí de sus
cosas sin que les importara mucho lo que a mí me pasaba y todo el mundo tenía un aire indiferente y allá lejos
había un paisaje con un labrador que araba muy tranquilo su campo con dos bueyes y un perro que saltaba junto a él y en el cielo había una multitud de pájaros volan-
do y unos cazadores vestidos de verde y de rojo y un pájaro caía traspasado por una flecha y se veían caer las
plumas blancas y las gotas rojas y nadie lo compadecía y
yo me ponía a llorar por el pajarito y entonces los moros me cortaban la cabeza con un alfanje muy blanco y
salía de mi cuello un chorro de sangre que regaba el suelo como una cascada roja y del suelo nacían multitud de
florecitas rojas y era un milagro y luego todos se iban y
yo me quedaba sola en aquel campo echando sangre durante días y días y regando las flores y era otro milagro
que no acabara la sangre de brotar hasta que llegaba un
ángel y me ponía la cabeza otra vez pero imagínate que
con la prisa me la ponía al revés y yo no podía andar
sino con trabajo y para atrás lo que me cansaba mucho y
como andaba para atrás pues empecé a retroceder y me
fui saliendo de aquel paisaje y volví a México y me metí
en el corral de mi casa en donde había mucho sol y polvo y todo el patio cubierto por unas grandes sábanas recién lavadas y puestas a secar y las criadas llegaban y le-
vantaban las sábanas y eran como grandes trozos de nubes y el prado aparecía todo verde y cubierto de floreci-

tas rojas que mi mamá decía que eran del color de la sangre de una Santa y yo me echaba a reír y le contaba que la Santa era yo y cómo me habían martirizado los moros y ella se enojaba y decía ay Dios mío ya mi hija perdió la cabeza y a mí me daba mucha tristeza oír aquellas palabras y me iba al rincón obscuro del castigo y me mordía los labios con rabia porque nadie me creía y cuando estaba pegada a la pared deseando que mi mamá y las criadas se murieran la pared se abrió y yo estaba al pie de un pirú que estaba junto a un río seco y había unas piedras grandes que brillaban al sol y una lagartija me veía con su cabecita alargada y corría de pronto a esconderse y en la tierra veía otra vez mi cuerpo sin cabeza y mi tronco ya estaba cicatrizado y sólo le escurría un hilo de sangre que formaba un charquito en el polvo y a mí me daba lástima y espantaba las moscas del charquito y echaba unos puñados de tierra para ocultarla y que los perros no pudieran lamerla y entonces me puse a buscar mi cabeza y no aparecía y no podía ni siquiera llorar y como no había nadie en aquel paraje me eché a andar por un llano inmenso y amarillo buscando mi cabeza hasta que llegué a un jacal de adobe y me encontré a un indito que allí vivía y le pedí un poco de agua por caridad y el viejito me dijo el agua no se niega a un cristiano y me dio agua en una jarra colorada que estaba muy fresca pero no podía beberla porque no tenía cabeza y el indito me dijo no se apure niña yo aquí tengo una de repuesto y empezó a sacar de unos huacales que tenía junto a la puerta su colección de cabezas pero ninguna me venía unas eran muy grandes otras muy chicas y había de viejos hombres y mujeres pero ninguna me gustaba y después de probar muchas me enojé y empecé a darles de patadas a todas las cabezas y el indito me dijo no se amuine niña vamos al pueblo a cortar una cabeza que le acomode y yo me puse muy contenta y el indito sacó de su casa un hacha de monte de cortar leña y empezamos a caminar y luego de muchas vueltas llegamos al pueblo y en la plaza había una niña que estaban martirizando unos señores vestidos de negro como si fueran a un entierro y uno de ellos leía un discurso como en el Cinco de Mayo[75] y había muchas banderas mexicanas y en el kiosco tocaban una marcha y era como una feria había montones de cacahuetes[76] y de jícamas[77] y cañas de azúcar y cocos y sandías y toda la gente compraba y vendía menos un grupo que oía al señor del discurso mientras los soldados martirizaban a la niña y arriba por un agujero Dios lo veía todo y la niña estaba muy tranquila y entonces el indito se abrió paso y cuando todos estaban descuidados le cortó la cabeza a la niña y me la puso y me quedó muy bien y yo di un salto de alegría porque el indito era un ángel y todos me miraban y yo me fui saltando entre los aplausos de la gente y cuando me quedé sola en el jardín de mi casa me puse un poco triste pues me acordaba de la niña que le cortaron la cabeza. Ojalá que ella se la pueda cortar a otra niña para que pueda tener cabeza como yo.

---

[75] *Cinco de Mayo.* Fecha patriótica mexicana cuando se conmemora la victoria del ejército mexicano sobre los franceses en el fuerte de Loreto, Puebla, en 1862.

[76] *cacahuates.* Cacahuete o maní. Viene del náhuatl, *tlacahuátl,* literalmente, «cacao de tierra».

[77] *jícama.* Tubérculo blanco, como cebolla grande, de 4 a 6 pulgadas. De sabor fresco y dulce, se come crudo, con sal y limón.

¿Águila o sol?
[1949-1950]

JARDÍN CON NIÑO

A TIENTAS, me adentro. Pasillos, puertas que dan a un cuarto de hotel, a una interjección, a un páramo urbano. Y entre el bostezo y el abandono, tú, intacto, verdor sitiado por tanta muerte, jardín revisto esta noche. Sueños insensatos y lúcidos, geometría y delirio entre altas bardas de adobe. La glorieta de los pinos, ocho testigos de mi infancia, siempre de pie, sin cambiar nunca de postura, de traje, de silencio. El montón de pedruscos de aquel pabellón que no dejó terminar la guerra civil, lugar amado por la melancolía y las lagartijas. Los yerbales, con sus secretos, su molicie de verde caliente, sus bichos agazapados y terribles. La higuera y sus consejas. Los adversarios: el floripondio y sus lámparas blancas frente al granado, candelabro de joyas rojas ardiendo en pleno día. El membrillo y sus varas flexibles, con las que arrancaba ayes al aire matinal. La lujosa mancha de vino de la bugambilia sobre el muro inmaculado, blanquísimo. El sitio sagrado, el lugar infame, el rincón del monólogo: la orfandad de una tarde, los himnos de una mañana, los silencios, aquel día de gloria entrevista, compartida.

Arriba, en la espesura de las ramas, entre los claros del cielo y las encrucijadas de los verdes, la tarde se bate con espadas transparentes. Piso la tierra recién llovida, los olores ásperos, las yerbas vivas. El silencio se yergue y me interroga. Pero yo avanzo y me planto en el centro de mi memoria. Aspiro largamente el aire cargado de porvenir. Vienen oleadas de futuro, rumor de conquistas, descubrimientos y esos vacíos súbitos con que prepara lo desconocido sus irrupciones. Silbo entre dientes y mi silbido, en la limpidez admirable de la hora, es un látigo alegre que despierta alas y echa a volar profecías. Y yo las veo partir hacia allá, al otro lado, a donde un hombre encorvado escribe trabajosamente, en camisa, entre pausas furiosas, estos cuantos adioses al borde del precipicio.

PASEO NOCTURNO

La noche extrae de su cuerpo una hora y otra. Todas diversas y solemnes. Uvas, higos, dulces gotas de negrura pausada. Fuentes: cuerpos. Entre las piedras del jardín en ruinas el viento toca el piano. El faro alarga el cuello, gira, se apaga, exclama. Cristales que empaña un pensamiento, suavidades, invitaciones: oh noche, hoja inmensa y luciente, desprendida del árbol invisible que crece en el centro del mundo.

Y al dar la vuelta, las Apariciones: la muchacha que se vuelve un montón de hojas secas si la tocas; el desconocido que se arranca la máscara y se queda sin rostro, viéndote fijamente; la bailarina que da vueltas sobre la punta de un grito; el ¿quién vive?, el ¿quién eres?, el

¿dónde estoy?; la joven que avanza como un rumor de pájaros; el torreón derruido de ese pensamiento inconcluso, abierto contra el cielo como un poema partido en dos... No, ninguna es la que esperas, la dormida, la que te espera en los repliegues de su sueño.

Y al dar la vuelta, terminan los Verdores y empiezan las piedras. No hay nada, no tienes nada que darle al desierto: ni una gota de agua ni una gota de sangre. Con los ojos vendados avanzas por corredores, plazas, callejas donde conspiran tres estrellas astrosas. El río habla en voz baja. A tu izquierda y derecha, atrás y adelante, cuchicheos y risas innobles. El monólogo te acecha a cada paso, con sus exclamaciones, sus signos de interrogación, sus nobles sentimientos, sus puntos sobre la íes en mitad de un beso, su molino de lamentos y su repertorio de espejos rotos. Prosigue: nada tienes que decirte a ti mismo.

ERALABÁN[78]

Engendros ataviados me sonríen desde lo alto de sus principios. La señora de las plumas turquesa me alancea el costado; otros caballeros me aturden con armas melladas. No basta esa falta de sintaxis que brilla como un pico de ámbar entre las ramas de una conversación demasiado frondosa, ni la frase que salta y a la que inútilmente detengo por la cola mientras le doy unos mendrugos de tontería. En vano busco en mis bolsillos las sonrisas, las objeciones, los asentimientos. Entre tantas simplezas extraigo de pronto una palabra que inventaste hace mucho, todavía viva. El instante centellea, piña de luz, penacho verde.

---

[78] *Eralabán.* Neologismo.

¡Eralabán, sílabas arrojadas al aire una tarde, constelación de islas en mitad de un verano de vidrio! Allá el lenguaje consiste en la producción de objetos hermosos y transparentes y la conversación es un intercambio de regalos, el encuentro feliz entre dos desconocidos hechos el uno para el otro, un insólito brotar de imágenes que cristalizan en actos. Idioma de vocales de agua entre hojas y peñas, marea cargada de tesoros. Entre las yerbas obscuras, al alcance de todos los paseantes, hay anillos fosforescentes, blancuras henchidas de sí mismas como un puñado de sal virgen, palabras tensas hechas de la misma materia vibrante con que hacen una pausa entre dos acordes. Allá el náufrago olvida amigos, patria y lengua natal. Pero si alguien lo descubre paseándose melancólico a la orilla, inmediatamente lo llevan al puerto y lo devuelven a su tierra, con la lengua cortada. Los isleños temen que la lepra de la memoria disgregue todos esos palacios de hielo que la fiebre construye.

Eralabán, sílabas que brillan en la cima de la ola nocturna, golpe de viento que abre una ventana cerrada hace un siglo, dedos que pulsan a la orilla de lo inesperado el arpa del Nunca.

Atado de pies y manos regreso a mis interlocutores, caníbales que me devoran sin mucha ceremonia.

SALIDA[79]

Al cabo de tanta vigilia, de tanto roer silogismos, de habitar tantas ruinas y razones en ruinas, salgo al aire. Busco un contacto. Y desde ese trampolín me arrojo, cabeza baja, ojos abiertos, a ¿dónde? Al pozo, el espejo, la mierda. (¡Oh belleza, duro resplandor que rechaza!)

[79] «*Salida*». Primera publicación junto con «Mediodía» y «Execración», *Orígenes*, año VI, núm. 23, otoño de 1949, págs. 3-5.

No; caer, caer en otros ojos. Agua de ojos, río amarillo, río verde, ay, caída sin fin en unos ojos translúcidos, en un río de ojos abiertos, entre dos hileras de pestañas como dos bosques de lanzas frente a frente, en espera del clarín de ataque... Río abajo he de perderme, he de volver a lo obscuro. Cierra, amor mío, cierra esos ojos tan repletos de insignificancias terribles: funcionarios que decretan suspender la circulación de la sangre, cirujanos dentistas que extraen los dientes de la noche, maestras, monjas, curas, presidentes, gendarmes... Como la selva se cierra sobre sí misma y borra los senderos que conducen a su centro magnético, cierra los ojos, cierra el paso a tantas memorias que se agolpan a la entrada de tu alma y tiranizan tu frente.

Ven, amor mío, ven a cortar relámpagos en el jardín nocturno. Toma este ramo de centellas azules, ven a arrancar conmigo unas cuantas horas incandescentes a este bloque de tiempo petrificado, única herencia que nos dejaron nuestros padres. En el cuello de ave de la noche eres un collar de sol. Por un cielo de intraojos desplegamos nuestras alas, águila bicéfala, cometa de cauda[80] de diamante y gemido. Arde, candelabro de ocho brazos, árbol vivo que canta, raíces enlazadas, ramas entretejidas, copa donde pían pájaros de coral y de brasa. Todo es tanto su ser que ya es otra cosa.

Y peso palabras preciosas, palabras de amor, en la balanza de este ahora. Una sola frase de más a estas alturas bastaría para hundirnos de aquel lado del tiempo.

---

[80] *cauda.* Cola.

LLANO

EL HORMIGUERO hace erupción. La herida abierta borbotea, espumea, se expande, se contrae. El sol a estas horas no deja nunca de bombear sangre, con las sienes hinchadas, la cara roja. Un niño —ignorante de que en un recodo de la pubertad lo esperan unas fiebres y un problema de conciencia— coloca con cuidado una piedrecita en la boca despellejada del hormiguero. El sol hunde sus picas en las jorobas del llano, humilla promontorios de basura. Resplandor desenvainado, los reflejos de una lata vacía —erguida sobre una pirámide de piltrafas— acuchillan todos los puntos del espacio. Los niños buscadores de tesoros y los perros sin dueño escarban en el amarillo esplendor del pudridero. A trescientos metros la iglesia de San Lorenzo llama a misa de doce. Adentro, en el altar de la derecha, hay un santo pintado de azul y rosa. De su ojo izquierdo brota un enjambre de insectos de alas grises, que vuelan en línea recta hacia la cúpula y caen, hechos polvo, silencioso derrumbe de armaduras tocadas por la mano del sol. Silban las sirenas de las torres de las fábricas. Falos decapitados. Un pájaro vestido de negro vuela en círculos y se posa en el único árbol vivo del llano. Después... No hay después. Avanzo, perforo grandes rocas de años, grandes masas de luz compacta, desciendo galerías de minas de arena, atravieso corredores que se cierran como labios de granito. Y vuelvo al llano, donde siempre es mediodía, donde un sol idéntico cae fijamente sobre un paisaje detenido. Y no acaban de caer las doce campanadas, ni de zumbar las moscas, ni de estallar en astillas este minuto que no pasa, que sólo arde y no pasa.

EXECRACIÓN

Esta noche he invocado a todas las potencias. Nadie acudió. Caminé calles, recorrí plazas, interrogué puertas, estrujé espejos. Desertó mi sombra, me abandonaron los recuerdos.

(La memoria no es lo que recordamos, sino lo que nos recuerda. La memoria es un presente que nunca acaba de pasar. Acecha, nos coge de improviso entre sus manos de humo que no sueltan, se desliza en nuestra sangre: el que fuimos se instala en nosotros y nos echa afuera. Hace mil años, una tarde, al salir de la escuela, escupí sobre mi alma; y ahora mi alma es el lugar infame, la plazuela, los fresnos, el muro ocre, la tarde interminable en que escupo sobre mi alma. Nos vive un presente inextinguible e irreparable. Ese niño apedreado, ese sexo femenino como una grieta que fascina, ese adolescente que acaudilla un ejército de pájaros al asalto del sol, esa grúa esbelta de fina cabeza de dinosaurio inclinándose para devorar un transeúnte, a ciertas horas me expulsan de mí, viven en mí, me viven. No esta noche.)

¿A qué grabar con un cuchillo mohoso signos y nombres sobre la corteza de la noche? Las primeras olas de la mañana borran todas esas estelas. ¿A quién invocar a estas horas y contra quién pronunciar exorcismos? No hay nadie arriba, ni abajo; no hay nadie detrás de la puerta, ni en el cuarto vecino, ni fuera de la casa. No hay nadie, nunca ha habido nadie, nunca habrá nadie. No hay yo. Y el otro, el que piensa, no me piensa esta noche. Piensa otro, se piensa. Me rodea un mar de arena y de miedo, me cubre una vegetación de arañas, me paseo en mí mismo como un reptil entre piedras rotas, masa de escombros y ladrillos sin historia. El agua del tiempo escurre lentamente en esta oquedad agrietada, cueva donde se pudren todas las palabras ateridas.

MAYÚSCULA

A Arthur Lundkvist[81]

FLAMEA el desgañicresterío[82] del alba. ¡Primer huevo, primer picoteo, degollina y alborozo! Vuelan plumas, despliegan alas, hinchan velas, hunden remos en la madrugada. Ah, luz sin brida, encabritada luz primera. Derrumbes de cristales irrumpen del monte, témpanos rompetímpanos se quiebran en mi frente.

No sabe a nada, no huele a nada la alborada, la niña todavía sin nombre, todavía sin rostro. Llega, avanza, titubea, se va por las afueras. Deja una cola de rumores que abren los ojos. Se pierde en ella misma. Y el día aplasta con su gran pie colérico una estrella pequeña.

MARIPOSA DE OBSIDIANA[83]

MATARON a mis hermanos, a mis hijos, a mis tíos. A la orilla del lago de Texcoco me eché a llorar. Del Peñón subían remolinos de salitre. Me cogieron suavemente y me depositaron en el atrio de la Catedral. Me

---

[81] *Arthur Lundkvist* (1906), poeta y ensayista sueco.

[82] *desgañicresterío.* Neologismo. Palabra-maleta que combina «desgañitarse», gritar o vocear con esfuerzo, y «crestería», remate calado que corona la parte superior de los edificios.

[83] Primera publicación, junto con «La higuera» y «Dama huasteca», *Orígenes,* año VIII, núm. 27 (1951), págs. 3-5. La nota del autor aclara que el título proviene de Itzpapálotl, de náhuatl *itztli,* obsidiana, y *papálotl,* mariposa. Originalmente una deidad del culto de la obsidiana venerada por las tribus chichimecas, Itzpapálotl fue asociada más adelante con los alimentos y el parto como manifestación de la madre tierra. A partir del siglo XVI se la vincula con el culto a la Virgen de Guadalupe. La obsidiana, a su vez, es un vidrio volcánico antiguamente utilizado para espejos y para cuchi-

hice tan pequeña y tan gris que muchos me confundieron con un montoncito de polvo. Sí, yo misma, la madre del pedernal y de la estrella, yo, encinta del rayo, soy ahora la pluma azul que abandona el pájaro en la zarza. Bailaba, los pechos en alto y girando, girando, girando hasta quedarme quieta; entonces empezaba a echar hojas, flores, frutos. En mi vientre latía el águila. Yo era la montaña que engendra cuando sueña, la casa del fuego, la olla primordial donde el hombre se cuece y se hace hombre. En la noche de las palabras degolladas mis hermanas y yo, cogidas de la mano, saltamos y cantamos alrededor de la I, única torre en pie del alfabeto arrasado. Aún recuerdo mis canciones:

> *Canta en la verde espesura*
> *la luz de garganta dorada,*
> *la luz, la luz decapitada*[84].

Nos dijeron: una vereda derecha nunca conduce al invierno. Y ahora las manos me tiemblan, las palabras me cuelgan de la boca. Dame una sillita y un poco de sol.

En otros tiempos cada hora nacía del vaho de mi aliento, bailaba un instante sobre la punta de mi puñal y

---

llos de sacrificio. Los antiguos mesoamericanos lo suponían representante del alma en su forma más permanente, cristalizada en roca. Según Carlos R. Bertelspachen, «Si bien Xochiquétzal era la diosa del amor y de todas las artes agradables y la belleza, Itzpapálotl era una diosa guerrera de origen chichimeca, símbolo de sacrificio, y se le representaba con garras en manos y pies, muchas veces portando corazones sangrantes en sus garras.» Citado en Brian Nissen: *Exposición en torno al poema «Mariposa de obsidiana» de Octavio Paz (Noviembre de 1983 a enero de 1984)*, México, Museo Rufino Tamayo, 1983, pág. 45. Según Krickeberg, Itzpapálotl «era un ser fantasmal cubierto de cuchillos de piedra, encarnación de las mujeres muertas en parto que bajaban del cielo nocturno», Krickeberg, pág. 141.

[84] *«Canta en la verde espesura / la luz de garganta dorada / la luz, la luz decapitada».* Invención del autor.

desaparecía por la puerta resplandeciente de mi espejito. Yo era el mediodía tatuado y la medianoche desnuda, el pequeño insecto de jade que canta entre las yerbas del amanecer y el zenzontle de barro que convoca a los muertos. Me bañaba en la cascada solar, me bañaba en mí misma, anegada en mi propio resplandor. Yo era el pedernal que rasga la cerrazón nocturna y abre las puertas del chubasco. En el cielo del Sur planté jardines de fuego, jardines de sangre. Sus ramas de coral todavía rozan la frente de los enamorados. Allá el amor es el encuentro en mitad del espacio de dos aerolitos y no esa obstinación de piedras frotándose para arrancarse un beso que chisporrotea.

Cada noche es un párpado que no acaban de atravesar las espinas. Y el día no acaba nunca, no acaba nunca de contarse a sí mismo, roto en monedas de cobre. Estoy cansada de tantas cuentas de piedra desparramadas en el polvo. Estoy cansada de este solitario trunco. Dichoso el alacrán madre, que devora a sus hijos. Dichosa la araña. Dichosa la serpiente, que muda de camisa. Dichosa el agua que se bebe a sí misma. ¿Cuándo acabarán de devorarme estas imágenes? ¿Cuándo acabaré de caer en esos ojos desiertos?

Estoy sola y caída, grano de maíz desprendido de la mazorca del tiempo. Siémbrame entre los fusilados. Naceré del ojo del capitán. Lluéveme, asoléame. Mi cuerpo arado por el tuyo ha de volverse un campo donde se siembra uno y se cosecha ciento. Espérame al otro lado del año: me encontrarás como un relámpago tendido a la orilla del otoño. Toca mis pechos de yerba. Besa mi vientre, piedra de sacrificios. En mi ombligo el remolino se aquieta: yo soy el centro fijo que mueve la danza. Arde, cae en mí: soy la fosa de cal viva que cura los huesos de su pesadumbre. Muere en mis labios. Nace en mis ojos. De mi cuerpo brotan imágenes: bebe en esas aguas y recuerda lo que olvidaste al nacer. Yo soy la herida que no cicatriza, la pequeña piedra solar: si me rozas, el mundo se incendia.

Toma mi collar de lágrimas. Te espero en ese lado del tiempo en donde la luz inaugura un reinado dichoso: el pacto de los gemelos enemigos, el agua que escapa entre los dedos y el hielo, petrificado como un rey en su orgullo. Allí abrirás mi cuerpo en dos, para leer las letras de tu destino.

LA HIGUERA

EN MIXCOAC[85], pueblo de labios quemados, sólo la higuera señalaba los cambios del año. La higuera, seis meses vestida de un sonoro vestido verde y los otros seis carbonizada ruina del sol de verano.

Encerrado en cuatro muros (al norte, el cristal del no saber, paisaje por inventar; al sur, la memoria cuarteada; al este, el espejo; al oeste, la cal y el canto del silencio) escribía mensajes sin respuesta, destruidos apenas firmados. Adolescencia feroz: el hombre que quiere ser, y que ya no cabe en ese cuerpo demasiado estrecho, estrangula al niño que somos. (Todavía, al cabo de los años, el que voy a ser, y que no será nunca, entra a saco en el que fui, arrasa mi estar, lo deshabita, malbarata riquezas, comercia con la Muerte.) Pero en este tiempo la higuera llegaba hasta mi encierro y tocaba insistente los vidrios de la ventana, llamándome. Yo salía y penetraba en su centro: sopor visitado de pájaros, vibraciones de élitros, entrañas de fruto goteando plenitud.

---

[85] *Mixcoac.* Pequeño pueblo donde transcurrió la infancia de Octavio Paz. Estaba situado en las afueras de la Ciudad de México. Actualmente, con el crecimiento demográfico, forma parte de ella.

En los días de calma la higuera era una petrificada carabela de jade, balanceándose imperceptiblemente, atada al muro negro, salpicado de verde por la marea de la primavera. Pero si soplaba el viento de marzo, se abría paso entre la luz y las nubes, hinchadas las verdes velas. Yo me trepaba a su punta y mi cabeza sobresalía entre las grandes hojas, picoteada de pájaros, coronada de vaticinios.

¡Leer mi destino en las líneas de la palma de una hoja de higuera! Te prometo luchas y un gran combate solitario contra un ser sin cuerpo. Te prometo una tarde de toros y una cornada y una ovación. Te prometo el coro de los amigos, la caída del tirano y el derrumbe del horizonte. Te prometo el destierro y el desierto, la sed y el rayo que parte en dos la roca: te prometo el chorro de agua. Te prometo la llaga y los labios, un cuerpo y una visión. Te prometo una flotilla navegando por un río turquesa, banderas y un pueblo libre a la orilla. Te prometo unos ojos inmensos, bajo cuya luz has de tenderte, árbol fatigado. Te prometo el hacha y el arado, la espiga y el canto, te prometo grandes nubes, canteras para el ojo, y un mundo por hacer.

Hoy la higuera golpea en mi puerta y me convida. ¿Debo coger el hacha o salir a bailar con esa loca?

NOTA ARRIESGADA

Templada nota que avanzas por un país de nieve y alas, entre despeñaderos y picos donde afilan su navaja los astros, acompañada sólo por un murmullo grave de cola aterciopelada, ¿adónde te diriges? Pájaro negro, tu pico hace saltar las rocas. Tu imperio enlutado vuelve ilusorios los precarios límites entre el hierro y el girasol, la piedra y el ave, el fuego y el liquen. Arrancas a la altura réplicas ardientes. La luz de cuello de vidrio se parte en dos y tu negra armadura se constela de frialdades intactas. Ya estás entre las transparencias y tu penacho blanco ondea en mil sitios a la vez, cisne ahogado en su propia blancura. Te posas en la cima y clavas tu centella. Después, inclinándote, besas los labios congelados del cráter. Es hora de estallar en una explosión que no dejará más huella que una larga cicatriz en el cielo. Cruzas los corredores de la música y desapareces entre un cortejo de cobres.

GRAN MUNDO

Habitas un bosque de vidrio. El mar de labios delgados, el mar de las cinco de la mañana, centellea a las puertas de tu dormir. Cuando lo rozan tus ojos, su lomo metálico brilla como un cementerio de corazas. El mar amontona a tus pies espadas, azagayas[86], picas, ballestas, dagas. Hay moluscos resplandecientes, hay plantaciones de joyas vivas en tus alrededores. Hay una pecera de ojos en tu alcoba. Duermes en una cama hecha de un solo fulgor. Hay miradas entrelazadas en tus dominios. Hay una sola mirada fija en tus umbrales. En cada uno de los caminos que conducen hacia ti hay una pregunta sin revés, un hacha, una indicación ambigua en su inocencia, una copa que contiene fuego, otra pregunta que es un solo tajo, muchas viscosidades lujosas, una espesura de alusiones entretejidas y fatales. En tu alcoba de telarañas dictas edictos de sal. Te sirves de las claridades, manejas bien las armas frías. En otoño vuelves a los salones.

---

[86] *azagayas*. Dardos pequeños.

CASTILLO EN EL AIRE

A Blanca y Fernando Szyszlo[87]

CIERTAS tardes me salen al paso presencias insólitas. Basta rozarlas para cambiar de piel, de ojos, de instintos. Entonces me aventuro por senderos poco frecuentados. A mi derecha, grandes masas de materias impenetrables; a mi izquierda, la sucesión de fauces. Subo la montaña como se trepa esa idea fija que desde la infancia nos amedrenta y fascina y a la que, un día u otro, no tenemos más remedio que encararnos. El castillo que corona el peñasco está hecho de un solo relámpago. Esbelto y simple como un hacha, erecto y llameante, se adelanta contra el valle con la evidente intención de hendirlo. ¡Castillo de una sola pieza, proposición de lava irrefutable! ¿Se canta adentro? ¿Se ama o se degüella? El viento amontona estruendos en mi frente y el trueno establece su trono en mis tímpanos. Antes de volver a mi casa, corto la florecita que crece entre las grietas, la florecita negra quemada por el rayo.

VIEJO POEMA

ESCOLTADO por memorias tercas, subo a grandes pasos la escalinata de la música. Arriba, en las crestas de cristal, la luz deja caer sus vestiduras. A la entrada, dos surtidores se yerguen, me saludan, inclinan sus penachos parlanchines, se apagan en un murmullo que asiente. Pompas hipócritas. Adentro, en habitaciones con retratos, alguien que conozco juega un solitario empezado en 1870, alguien que me ha olvidado escribe una carta a

---

[87] *Blanca y Fernando Szyszlo* (1938). Destacado pintor peruano y su esposa, Blanca Varela, conocida poetisa.

un amigo que todavía no nace. Puertas, sonrisas, pasos quedos, cuchicheos, corredores por donde la sangre marcha al redoble de tambores enlutados. Al fondo, en el último cuarto, la lucecita de la lámpara de aceite. La lucecita diserta, moraliza, debate consigo misma. Me dice que no vendrá nadie, que apague la espera, que ya es hora de echar una cruz sobre todo y echarse a dormir. En vano hojeo mi vida. Mi rostro se desprende de mi rostro y cae en mí, como un silencioso fruto podrido. Ni un son, ni un ay. Y de pronto, indecisa en la luz, la antigua torre, erguida entre ayer y mañana, esbeltez entre dos abismos. Conozco, reconozco la escalera, los gastados escalones, el mareo y el vértigo. Aquí lloré, aquí canté. Estas son las piedras con que te hice, torre de palabras ardientes y confusas, montón de letras desmoronadas.

No. Quédate, si quieres, a rumiar al que fuiste. Yo parto al encuentro del que soy, del que ya empieza a ser, mi descendiente y antepasado, mi padre y mi hijo, mi semejante desemejante. El hombre empieza donde muere. Voy a mi nacimiento.

UN POETA

A Loleh y Claude Roy[88]

—Música y pan, leche y vino, amor y sueño: gratis. Gran abrazo mortal de los adversarios que se aman: cada herida es una fuente. Los amigos afilan bien sus armas, listos para el diálogo final, el diálogo a muerte para toda la vida. Cruzan la noche los amantes enlazados,

---

[88] Claude Roy, escritor francés, y la actriz Loleh Delon, su esposa.

conjunción de astros y cuerpos. El hombre es el alimento del hombre. El saber no es distinto del soñar, el soñar del hacer. La poesía ha puesto fuego a todos los poemas. Se acabaron las palabras, se acabaron las imágenes. Abolida la distancia entre el nombre y la cosa, nombrar es crear, e imaginar, nacer.

—*Por lo pronto, coge el azadón, teoriza, sé puntual. Paga tu precio y cobra tu salario. En los ratos libres pasta hasta reventar: hay inmensos predios de periódicos. O desplómate cada noche sobre la mesa del café, con la lengua hinchada de política. Calla o gesticula: todo es igual. En algún sitio ya prepararon tu condena. No hay salida que no dé a la deshonra o al patíbulo: tienes los sueños demasiado claros,* te hace falta una filosofía fuerte.

APARICIÓN

Vuelan aves radiantes de estas letras. Amanece la desconocida en pleno día, sol rival del sol, e irrumpe entre los blancos y negros del poema. Pía en la espesura de mi asombro. Se posa en mi pecho con la misma suavidad inexorable de la luz que reclina la frente sobre una piedra abandonada. Extiende sus alas y canta. Su boca es un palomar del que brotan palabras sin sentido, fuente deslumbrada por su propio manar, blancuras atónitas de ser. Luego desaparece.

Inocencia entrevista, que cantas en el pretil del puente a la hora en que yo soy un río que deserta en lo obscuro: ¿qué frutos picas allá arriba?, ¿en qué ramas de qué árbol cantas los cantos de la altura?

DAMA HUASTECA[89]

Ronda por las orillas, desnuda, saludable, recién salida del baño, recién nacida de la noche. En su pecho arden joyas arrancadas al verano. Cubre su sexo la yerba lacia, la yerba azul, casi negra, que crece en los bordes del volcán. En su vientre un águila despliega sus alas, dos banderas enemigas se enlazan, reposa el agua. Viene de lejos, del país húmedo. Pocos la han visto. Diré su secreto: de día, es una piedra al lado del camino; de noche, un río que fluye al costado del hombre.

SER NATURAL

A Rufino Tamayo[90]

I

Despliegan sus mantos, extienden sus cascadas, desvelan sus profundidades, transparencia torneada a fuego, los azules. Plumas coléricas o gajos de alegría, deslumbramientos, decisiones imprevistas, siempre certeras y tajantes, los verdes acumulan humores, mastican bien su grito antes de gritarlo, frío y centelleante, en su propia espesura. Innumerables, graduales, implacables, los grises se abren paso a cuchilladas netas, a clarines impávidos. Colindan con lo rosa, con lo llama. Sobre sus hombros descansa la geometría del incendio. Indemnes al fuego, indemnes a la selva, son espinas dorsales, son columnas, son mercurio.

---

[89] *Huasteca.* Del náhuatl, *huaxtla: huaxin,* guaje, y *tlan,* abundancia.
[90] *Rufino Tamayo* (1899). Pintor mexicano, al que Paz ha dedicado varios ensayos. Sus dibujos ilustran la primera edición de ¿*Águila o sol*?

En un extremo arde la media luna. No es joya ya, sino fruta que madura al sol interior de sí misma. La media luna es irradiación, matriz de madre de todos, de mujer de cada uno, caracol rosa que canta abandonado en una playa, águila nocturna. Y abajo, junto a la guitarra que canta sola, el puñal de cristal de roca, la pluma de colibrí y el reloj que se roe incansablemente las entrañas, junto a los objetos que acaban de nacer y los que están en la mesa desde el Principio, brillan la tajada de sandía, el mamey incandescente, la rebanada de fuego. La media fruta es una media luna que madura al sol de una mirada de mujer.

Equidistantes de la luna frutal y de las frutas solares, suspendidos entre mundos enemigos que pactan en ese poco de materia elegida, entrevemos nuestra porción de totalidad. Muestra los dientes el Tragaldabas, abre los ojos el Poeta, los cierra la Mujer. Todo es.

II

Arrasan las alturas jinetes enlutados. Los cascos de la caballería salvaje dejan un reguero de estrellas. El pedernal eleva su chorro de negrura afilada. El planeta vuela hacia otro sistema. Alza su cresta encarnada el último minuto vivo. El aullido del incendio rebota de muro a muro, de infinito a infinito. El loco abre los barrotes del espacio y salta hacia dentro de sí. Desaparece al instante, tragado por sí mismo. Las fieras roen restos de sol, huesos astrales y lo que aún queda del Mercado de Oaxaca. Dos gavilanes picotean un lucero en pleno cielo. La vida fluye en línea recta, escoltada por dos riberas de ojos. A esta hora guerrera y de sálvese el que pueda, los amantes se asoman al balcón del vértigo. Ascienden suavemente, espiga de dicha que se balancea sobre un campo calcinado. Su amor es un imán del que cuelga el mundo. Su beso regula las mareas y alza las esclusas de la música. A los pies de su calor la realidad despierta, rompe su cáscara, extiende las alas y vuela.

III

Entre tanta materia dormida, entre tantas formas que buscan sus alas, su peso, su otra forma, surge la bailarina, la señora de las hormigas rojas, la domadora de la música, la ermitaña que vive en una cueva de vidrio, la hermosa que duerme a la orilla de una lágrima. Se levanta y danza la danza de la inmovilidad. Su ombligo concentra todos los rayos. Está hecha de las miradas de todos los hombres. Es la balanza que equilibra deseo y saciedad, la vasija que nos da de dormir y de despertar. Es la idea fija, la perpetua arruga en la frente del hombre, la estrella sempiterna. Ni muerta ni viva, es la gran flor que crece del pecho de los muertos y del sueño de los vivos. La gran flor que cada mañana abre lentamente los ojos y contempla sin reproche al jardinero que la corta. Su sangre asciende pausada por el tallo tronchado y se eleva en el aire, antorcha que arde silenciosa sobre las ruinas de México. Árbol fuente, árbol surtidor, arco de fuego, puente de sangre entre los vivos y los muertos: todo es inacabable nacimiento.

VALLE DE MÉXICO[91]

El DÍA despliega su cuerpo transparente. Atado a la piedra solar, la luz me golpea con sus grandes martillos invisibles. Sólo soy una pausa entre una vibración y

---

[91] *«Valle de México»*. Primera publicación, *Sur*, 162, abril de 1948, páginas 66-68.

otra: el punto vivo, el afilado, quieto punto fijo de inter-
sección de dos miradas que se ignoran y se encuentran
en mí. ¿Pactan? Soy el espacio puro, el campo de batalla. Veo a través de mi cuerpo mi otro cuerpo. La piedra centellea. El sol me arranca los ojos. En mis órbitas
vacías dos astros alisan sus plumas rojas. Esplendor, espiral de alas y un pico feroz. Y ahora, mis ojos cantan.
Asómate a su canto, arrójate a la hoguera.

LECHO DE HELECHOS

En el fin del mundo, frente a un paisaje de ojos inmensos, adormecidos pero aún destellantes, me miras
con tu mirada última —la mirada que pierde cielo. La
playa se cubre de miradas, escamas resplandecientes. Se
retira la ola de oro líquido. Tendida sobre la lava que
huye, eres un gran témpano lunar que enfila hacia el ay,
un pedazo de estrella que cintila en la boca del cráter.
En tu lecho vertiginoso te enciendes y apagas. Tu caída
me arrastra, herida que parpadea, círculo que cierra sus
pestañas, negrura que se abre, despeñadero en cuyo fondo nace un astro de hielo. Desde tu caer me contemplas
con tu primer mirada —la mirada que pierde suelo. Y
tu mirar se prende al mío. Te sostienen en vilo mis ojos,
como la luna a la marea encendida. A tus pies la espuma
degollada canta el canto de la noche que empieza.

EL SITIADO

A mi izquierda el verano despliega sus verdes liber-
tades, sus claros y cimas de ventura: follajes, transparencias, pies desnudos en el agua, sopor bajo los plátanos y
un enjambre de imágenes revoloteando alrededor de

292

mis ojos entrecerrados. Canta el mar de hojas. Zumba el sol. Alguien me espera en la espesura caliente; alguien ríe entre los verdes y los amarillos. Inclinado sobre mí mismo, me defiendo: aún no acabo conmigo. Pero insisten a mi izquierda: ¡ser yerba para un cuerpo, ser un cuerpo, ser orilla que se desmorona, embestida dulce de un río que avanza entre meandros! Sí, extenderse, ser cada vez más. De mi ojo nace un pájaro, se enreda la vid en mi tobillo, hay una colmena en mi oreja derecha; maduro, caigo con un ruido de fruto, me picotea la luz, me levanto con el fresco, aparto con el pecho las hojas obstinadas. Cruzan ejércitos de alas el espacio. No, no cedo. Aún no acabo conmigo.

A mi derecha no hay nada. El silencio y la soledad extienden sus llanuras. ¡Oh mundo por poblar, hoja en blanco! Peregrinaciones, sacrificios, combates cuerpo a cuerpo con mi alma, diálogos con la nieve y la sal: ¡cuántas blancuras que esperan erguirse, cuántos nombres dormidos, prestos a ser alas del poema! Horas relucientes, espejos pulidos por la espera, trampolines del vértigo, atalayas del éxtasis, puentes colgantes sobre el vacío que se abre entre dos exclamaciones, estatuas momentáneas que celebran durante una fracción de segundo el descenso del Rayo. La yerba despierta, se echa a andar y cubre de viviente verdor las tierras áridas; el musgo sube hasta las rocas; se abren las nubes. Todo canta, todo da frutos, todo se dispone a ser. Pero yo me defiendo. Aún no acabo conmigo.

Entre extenderse y erguirse, entre los labios que dicen la Palabra y la Palabra, hay una pausa, un centelleo que divide y desgarra: yo. Aún no acabo comigo.

HIMNO FUTURO

A Mario Vargas Llosa[92]

Desde la baja maleza que me ahoga, lo veo brillar, alto y serio. Arde, inmóvil, sobre la cima de sí mismo: chopo de luz, columna de música, chorro de silencio.

Al verlo allá arriba, mi orgullo incendia haces de palabras, fragmentos de realidades, realidades en fragmentos. ¡Hojarasca, llamarada resuelta en humo! Y sobre mi fracaso se precipitan, gatos insidiosos, los razonamientos de medianoche, las sonrisillas en fila india, la jauría de las risotadas. Los refranes me hacen guiños, me excomulga la cordura, los preceptos me tiran de la manga. Yo me arrisco el sombrero, levanto el cuello de mi gabán y me echo a andar. Pero no avanzo. Y mientras marco el paso, él arde allá, sobre la roca, inoído.

Sé que no basta quemar lo que ya está quemado en nosotros. Sé que no basta dar: hay que darse. Y hay que recibir. No basta ser la cumbre monda, el hueso pulido, la piedra rodada. No basta la lengua para el canto. Hay que ser la oreja, el caracol humano en donde Juan graba sus desvelos, María sus vaticinios, sus gemidos Isabel, su risa Joaquín. Lo que en nosotros sólo quiere ser, no es, no será nunca. Allá, donde mi voz termina y la tuya empieza, ni solo ni acompañado, nace el canto.

Mas cuando el tiempo se desgaja del tiempo y sólo es boca y grandes muelas negras, gaznate sin fondo, caída animal en un estómago animal siempre vacío, no queda sino entretener su hambre con canciones bárbaras. Cara al cielo, al borde del caer, tarareo el canto del tiempo. Al día siguiente no queda nada de esos gorgoritos. Y

---

[92] *Mario Vargas Llosa* (1936). Destacado narrador, ensayista y dramaturgo peruano. Autor de la novela *La ciudad y los perros* (1963), entre muchas otras obras.

me digo: no es hora de cantos, sino de balbuceos. Déjame contar mis palabras, una a una: arrancadas a insomnio y ceguera, a ira y desgano, son todo lo que tengo, todo lo que tenemos.

No es tiempo. No ha llegado el Tiempo. Siempre es deshora y demasiado tarde, pensamiento sin cuerpo, cuerpo bruto. Y marco el paso, marco el paso. Pero tú, himno libre del hombre libre, tú, dura pirámide de lágrimas, llama tallada en lo alto del desvelo, brilla en la cima de la ira y canta, cántame, cántanos: pino de música, columna de luz, chopo de fuego, chorro de agua. ¡Agua, agua al fin, palabra del hombre para el hombre!

HACIA EL POEMA

(PUNTOS DE PARTIDA)

I

PALABRAS, *ganancias de un cuarto de hora arrancado al árbol calcinado del lenguaje, entre los buenos días y las buenas noches, puertas de entrada y salida y entrada de un corredor que va de ningunaparte a ningúnlado.*

Damos vueltas y vueltas en el vientre animal, en el vientre mineral, en el vientre temporal. Encontrar la salida: el poema.

Obstinación de ese rostro donde se quiebran mis miradas. Frente armada, invicta ante un paisaje en ruinas, tras el asalto al secreto. Melancolía de volcán.

La benévola jeta[93] *de piedra de cartón del Jefe, del Conductor,*

---

[98] *jeta.* Hocico.

fetiche del siglo; los yo, tú, él, tejedores de telarañas, pronombres armados de uñas; las divinidades sin rostro, abstractas. Él y nosotros, Nosotros y Él: nadie y ninguno. Dios padre se venga en todos estos ídolos.

El instante se congela, blancura compacta que ciega y no responde y se desvanece, témpano empujado por corrientes circulares. Ha de volver.

Arrancar las máscaras de la fantasía, clavar una pica en el centro sensible: provocar la erupción.

Cortar el cordón umbilical, matar bien a la Madre: crimen que el poeta moderno cometió por todos, en nombre de todos. Toca al nuevo poeta descubrir a la Mujer.

II

Hablar por hablar, arrancar sones a la desesperada, escribir al dictado lo que dice el vuelo de la mosca, ennegrecer. El tiempo se abre en dos: hora del salto mortal.

Palabras, frases, sílabas, astros que giran alrededor de un cetro fijo. Dos cuerpos, muchos seres que se encuentran en una palabra. El papel se cubre de letras indelebles, que nadie dijo, que nadie dictó, que han caído allí y arden y queman y se apagan. Así pues, existe la poesía, el amor existe. Y si yo no existo, existes tú.

Por todas partes los solitarios forzados empiezan a crear las palabras del nuevo diálogo.

El chorro de agua. La bocanada de salud. Una muchacha reclinada sobre su pasado. El vino, el fuego, la guitarra, la sobremesa. Un muro de terciopelo rojo en una plaza de pueblo. Las aclamaciones, la caballería reluciente entrando en la ciudad, el pueblo en vilo: ¡himnos! La irrupción de lo blanco, de lo verde, de lo llameante. Lo demasiado fácil, lo que se escribe solo: la poesía.

El poema prepara un orden amoroso. Preveo un hombre-sol y una mujer-luna, el uno libre de su poder, la otra libre de su esclavitud, y amores implacables rayando el espacio negro. Todo ha de ceder a esas águilas incandescentes.

Por las almenas de tu frente el canto alborea. La justicia poética incendia campos de oprobio: no hay sitio para la nostalgia, el yo, el nombre propio.

Todo poema se cumple a expensas del poeta.

Mediodía futuro, árbol inmenso de follaje invisible. En las plazas cantan los hombres y las mujeres el canto solar, surtidor de transparencias. Me cubre la marejada amarilla: nada mío ha de hablar por mi boca.

Cuando la Historia duerme, habla en sueños: en la frente del pueblo dormido el poema es una constelación de sangre. Cuando la Historia despierta, la imagen se hace acto, acontece el poema: la poesía entra en acción.

Merece lo que sueñas.

V

La estación violenta[94]

[1948-1957]

[94] *La estación violenta.* Publicado primero como libro (México, Fondo de Cultura Económica, 1958). Recopila nueve poemas extensos, incluyendo «Piedra de sol». El título se deriva de un verso de Guillaume Apollinaire en «La Jolie rousse» («La linda pelirroja»): *«Voici que vient l'été, la saison violente / ma jeunesse est morte comme le printemps.»* («Ya viene el verano, la estación violenta / mi juventud ha muerto como la primavera.») Paz tradujo este poema de Apollinaire, junto con otros suyos, para una serie de programas de Radio Universidad de México en junio de 1953. Sus versiones de dos de los poemas, incluyendo éste, se publicaron en *México en la Cultura,* 20 de julio de 1953, pág. 3. En la nota que acompañó sus versiones Paz llama el poema «una suerte de "testamento poético", una hermosa y apasionada defensa de los derechos de la aventura (que eso es, o fue, la poesía moderna) frente al tribunal del orden». Las versiones revisadas de los dos poemas, a su vez, se reproducen, sin el comentario de Paz, en su *Versiones y diversiones,* págs. 24-29. A continuación de los versos arriba citados, le siguen los del epígrafe: *«O Soleil, c'est le temps de la raison ardente»* («¡Oh Sol! es el tiempo de la razón ardiente»). El epígrafe alude a la madurez —el verano de la vida— que el hombre y el poeta Paz cree haber alcanzado. Posteriores traducciones de Paz de poemas de este mismo poeta aparecen en su «El músico de Saint-Merry», recogido en *Puertas al campo,* 1966; Barcelona, Seix Barral, 1972, págs. 31-42 y en *15 poemas de Apollinaire,* México, Editorial Latitudes, 1979. Sobre estos últimos ver también, «Melancólico vigía», en *Sombras de obras,* págs. 131-141.

O soleil c'est le temps de la Raison ardente.

APOLLINAIRE

Tláloc

HIMNO ENTRE RUINAS

donde espumoso el mar siciliano...[95]
GÓNGORA

CORONADO de sí el día extiende sus plumas.
¡Alto grito amarillo,
caliente surtidor en el centro de un cielo
imparcial y benéfico!
Las apariencias son hermosas en esta su verdad momen-
táurea.

---

[95] *«donde espumoso el mar siciliano»*. El epígrafe es el primer verso de la octava 4 de *Fábula de Polifemo y Galatea* (1613), de Luis de Góngora (1561-1627). En ella se describe la gruta donde mora el gigante Polifemo. La octava completa reza así:

> *Donde espumoso el mar siciliano*
> *el pie argenta de plata al Lilibeo*
> *(bóveda o de las fraguas de Vulcano,*
> *o tumba de los huesos de Tifeo),*
> *pálidas señas cenizoso un llano*
> *—cuando no del sacrílego deseo—*
> *del duro oficio da. Allí una alta roca*
> *mordaza es a una gruta, de su boca.*

La estrofa de Góngora es la primera del poema en que se indica el lugar de acción del poema: Sicilia. Como epígrafe, el verso evoca por tanto, el ambiente «mediterráneo» del poema (pues fue escrito en Nápoles en 1948). También alude, a través del mito de Polifemo y Galatea, al concepto de las «dos mitades enemigas» de que se vale el poema de Paz. Para un comentario pormenorizado de la estrofa de Góngora véase, de Dámaso Alonso, *Góngora y el «Polifemo»*, 1974; Madrid, Gredos, 1980, III, 573-579.

El mar trepa la costa,
se afianza entre las peñas, araña deslumbrante;
la herida cárdena del monte resplandece;
un puñado de cabras es un rebaño de piedras;
el sol pone su huevo de oro y se derrama sobre el mar.
Todo es dios.
¡Estatua rota,
columnas comidas por la luz,
ruinas vivas en un mundo de muertos en vida!

Cae la noche sobre Teotihuacán[96].
En lo alto de la pirámide los muchachos fuman marihuana,
suenan guitarras roncas.
¿Qué yerba, qué agua de vida ha de darnos la vida,
dónde desenterrar la palabra,
la proporción que rige al himno y al discurso,
al baile, a la ciudad y a la balanza?
El canto mexicano estalla en un carajo,
estrella de colores que se apaga,
piedra que nos cierra las puertas del contacto.
Sabe la tierra a tierra envejecida.

Los ojos ven, las manos tocan.
Bastan aquí unas cuantas cosas:
tuna, espinoso planeta coral,
higos encapuchados,
uvas con gusto a resurrección,
almejas, virginidades ariscas,
sal, queso, vino, pan solar.
Desde lo alto de su morenía una isleña me mira,
esbelta catedral vestida de luz.

---

[96] *Teotihuacán.* Ciudad sagrada, hoy zona arqueológica, al norte de la actual Ciudad de México. Antecede a la antigua Tenochtitlán por más de mil años. Famosa por sus pirámides del sol y de la luna, entre otros monumentos.

Torres de sal, contra los pinos verdes de la orilla
surgen las velas blancas de las barcas.
La luz crea templos en el mar.

Nueva York, Londres, Moscú.
La sombra cubre al llano con su yedra fantasma,
con su vacilante vegetación de escalofrío,
su vello ralo, su tropel de ratas.
A trechos tirita un sol anémico.
Acodado en montes que ayer fueron ciudades, Polifemo bosteza.
Abajo, entre los hoyos, se arrastra un rebaño de hombres.
(Bípedos domésticos, su carne
—a pesar de recientes interdicciones religiosas—
es muy gustada por las clases ricas.
Hasta hace poco el vulgo los consideraba animales impuros.)

Ver, tocar formas hermosas, diarias.
Zumba la luz, dardos y alas.
Huele a sangre la mancha de vino en el mantel.
Como el coral sus ramas en el agua
extiendo mis sentidos en la hora viva:
el instante se cumple en una concordancia amarilla,
¡oh mediodía, espiga henchida de minutos,
copa de eternidad!

Mis pensamientos se bifurcan, serpean, se enredan,
recomienzan,
y al fin se inmovilizan, ríos que no desembocan,
delta de sangre bajo un sol sin crepúsculo.
¿Y todo ha de parar en este chapoteo de aguas muertas?

¡Día, redondo día,
luminosa naranja de veinticuatro gajos,
todos atravesados por una misma y amarilla dulzura!
La inteligencia al fin encarna,

se reconcilian las dos mitades enemigas
y la conciencia-espejo se licúa,
vuelve a ser fuente, manantial de fábulas:
Hombre, árbol de imágenes,
palabras que son flores que son frutos que son actos.

Nápoles, 1948

MÁSCARAS DEL ALBA[97]

A José Bianco

SOBRE el tablero de la plaza
se demoran las últimas estrellas.
Torres de luz y alfiles afilados
cercan las monarquías espectrales.
¡Vano ajedrez, ayer combate de ángeles!

Fulgor de agua estancada donde flotan
pequeñas alegrías ya verdosas,
la manzana podrida de un deseo,
un rostro recomido por la luna,
el minuto arrugado de una espera,
todo lo que la vida no consume,
los restos del festín de la impaciencia.

Abre los ojos el agonizante.
Esa brizna de luz que tras cortinas

---

[97] *«Máscaras del alba».* Primera publicación, con el título de «Primera vigilia», *México en la cultura*, 13 de diciembre de 1949, págs. 1 y 2. El título «Máscaras del alba» apareció por primera vez en su reproducción posterior, *Estaciones*, año III, núm. 9, primavera de 1958, págs. 12-14, de LBP. *José Bianco* (1911-1986), narrador y ensayista argentino. Autor, entre otras obras, de la novela *Sombras suele vestir* (1945). Durante años fue secretario de redacción de la revista *Sur*.

espía al que la expía entre estertores
es la mirada que no mira y mira,
el ojo en que espejean las imágenes
antes de despeñarse, el precipicio
cristalino, la tumba de diamante:
es el espejo que devora espejos.

Olivia, la ojizarca[98] que pulsaba,
las blancas manos entre cuerdas verdes,
el arpa de cristal de la cascada,
nada contra corriente hasta la orilla
del despertar: la cama, el haz de ropas,
las manchas hidrográficas del muro,
ese cuerpo sin nombre que a su lado
mastica profecías y rezongos
y la abominación del cielo raso.
Bosteza lo real sus naderías,
se repite en horrores desventrados.

El prisionero de sus pensamientos
teje y desteje su tejido a ciegas,
escarba sus heridas, deletrea
las letras de su nombre, las dispersa,
y ellas insisten en el mismo estrago:
se engastan en su nombre desgastado.
Va de sí mismo hacia sí mismo, vuelve,
en el centro de sí se para y grita
¿quién va? y el surtidor de su pregunta
abre su flor absorta, centellea,
silba en el tallo, dobla la cabeza,
y al fin, vertiginoso, se desploma
roto como la espada contra el muro.

---

[98] *ojizarca*. De ojos azules claros.

La joven domadora de relámpagos
y la que se desliza sobre el filo
resplandeciente de la guillotina;
el señor que desciende de la luna
con un fragante ramo de epitafios;
la frígida que lima en el insomnio
el pedernal gastado de su sexo;
el hombre puro en cuya sien anida
el águila real, la cejijunta
voracidad de un pensamiento fijo;
el árbol de ocho brazos anudados
que el rayo del amor derriba, incendia
y carboniza en lechos transitorios;
el enterrado en vida con su pena;
la joven muerta que se prostituye
y regresa a su tumba al primer gallo;
la víctima que busca a su asesino;
el que perdió su cuerpo, el que su sombra,
el que huye de sí y el que se busca
y se persigue y no se encuentra, todos,
vivos muertos al borde del instante
se detienen suspensos. Duda el tiempo,
el día titubea.

   Soñolienta
en su lecho de fango, abre los ojos
Venecia y se recuerda: ¡pabellones
y un alto vuelo que se petrifica!

Oh esplendor anegado...
Los caballos de bronce de San Marcos[99]
cruzan arquitecturas que vacilan,
descienden verdinegros hasta el agua

---

[99] *San Marcos.* Catedral y Plaza de Venecia. Se refiere a los cuatro caballos traídos de Constantinopla por los venecianos.

y se arrojan al mar, hacia Bizancio[100].
Oscilan masas de estupor y piedra,
mientras los pocos vivos de esta hora...
Pero la luz avanza a grandes pasos,
aplastando bostezos y agonías.
¡Júbilos, resplandores que desgarran!
El alba lanza su primer cuchillo.

Venecia, 1948

FUENTE[101]

EL MEDIODÍA alza en vilo al mundo.
Y las piedras donde el viento borra lo que a ciegas escribe el tiempo,
las torres que al caer la tarde inclinan la frente,
la nave que hace siglos encalló en la roca, la iglesia de
oro que tiembla al peso de una cruz de palo,
las plazas donde si un ejército acampa se siente desamparado y sin defensa,
el Fuerte que hinca la rodilla ante la luz que irrumpe por
la loma,
los parques y el corro cuchicheante de los olmos y los
álamos,
las columnas y los arcos a la medida exacta de la gloria,
la muralla que abierta al sol dormita, echada sobre sí
misma, sobre su propia hosquedad desplomada,
el rincón visitado sólo por los misántropos que rondan
las afueras: el pino y el sauce,

---

[100] *Bizancio.* La parte oriental del imperio romano, fundada por el emperador Constantino en 330 d. C. Después de la caída de Roma se prolonga hasta
1453.
[101] *«Fuente».* Primera publicación, bajo el título de «Segunda vigilia», *Cuadernos Americanos*, 55, enero-febrero de 1951, págs. 278-281.

los mercados bajo el fuego graneado de los gritos,
el muro a media calle, que nadie sabe quién edificó ni
     con qué fin, el desollado, el muro en piedra viva,
todo lo atado al suelo por amor de materia enamorada,
     rompe amarras
y asciende radiante entre las manos intangibles de esta
     hora.

El viejo mundo de las piedras se levanta y vuela.
Es un pueblo de ballenas y delfines que retozan en ple-
     no cielo, arrojándose grandes chorros de gloria;
y los cuerpos de piedra, arrastrados por el lento huracán
     de calor,
escurren luz y entre las nubes relucen, gozosos.
La ciudad lanza sus cadenas al río y vacía de sí misma,
de su carga de sangre, de su carga de tiempo, reposa
hecha un ascua, hecha un sol en el centro del torbellino.
El presente la mece.

Todo es presencia, todos los siglos son este Presente.
¡Ojo feliz que ya no mira porque todo es presencia y su
     propia visión fuera de sí lo mira!
¡Hunde la mano, coge el fulgor, el pez solar, la llama en-
     tre lo azul,
el canto que se mece en el fuego del día!
Y la gran ola vuelve y me derriba, echa a volar la mesa
     y los papeles y en lo alto de su cresta me suspende,
música detenida en su más, luz que no pestañea, ni cede,
     ni avanza.
Todo es presente, espejo sin revés: no hay sombra, no
     hay lado opaco, todo es ojo,
todo es presencia, estoy presente en todas partes y para
     ver mejor, para mejor arder, me apago
y caigo en mí y salgo de mí y subo hasta el cohete y bajo
     hasta el hachazo

porque la gran esfera, la gran bola de tiempo incandescente,
el fruto que acumula todos los jugos de la historia, la
presencia, el presente, estalla
como un espejo roto al mediodía, como un mediodía
roto contra el mar y la sal.

Toco la piedra y no contesta, cojo la llama y no me quema, ¿qué esconde esta presencia?
No hay nada atrás, las raíces están quemadas, podridos
los cimientos,
basta un manotazo para echar abajo esta grandeza.
¿Y quién asume la grandeza si nadie asume el desamparo?
Penetro en mi oquedad: yo no respondo, no me doy la
cara,
perdí el rostro después de haber perdido cuerpo y alma
Y mi vida desfila ante mis ojos sin que uno solo de mis
actos lo reconozca mío:
¿y el delirio de hacer saltar la muerte con el apenas golpe de alas de una imagen
y la larga noche pasada en esculpir el instantáneo cuerpo del relámpago
y la noche de amor puente colgante entre esta vida y la
otra?

No duele la antigua herida, no arde la vieja quemadura,
es una cicatriz casi borrada
el sitio de la separación, el lugar del desarraigo, la boca
por donde hablan en sueños la muerte y la vida
es una cicatriz invisible.
Yo no daría la vida por mi vida: es otra mi verdadera
historia.

La ciudad sigue en pie.

Tiembla en la luz, hermosa.
Se posa el sol en su diestra pacífica.
Son más altos, más blancos, los chorros de las fuentes.
Todo se pone en pie para caer mejor.
Y el caído bajo el hacha de su propio delirio se levanta.
Malherido, de su frente hendida brota un último pájaro.

Es el doble de sí mismo,
el joven que cada cien años vuelve a decir unas palabras,
    siempre las mismas,
la columna transparente que un instante se obscurece y
    otro centellea,
según avanza la veloz escritura del destino.
En el centro de la plaza la rota cabeza del poeta es una
    fuente.

Aviñón, 1950

REPASO NOCTURNO[102]

TODA la noche batalló con la noche,
ni vivo ni muerto,
a tientas penetrando en su substancia,
llenándose hasta el borde de sí mismo.

Primero fue el extenderse en lo oscuro,
hacerse inmenso en lo inmenso,
reposar en el centro insondable del reposo.
Fluía el tiempo, fluía su ser,
fluían en una sola corriente indivisible.
A zarpazos somnolientos el agua caía y se levantaba,

---

[102] *«Repaso nocturno»*. Primera publicación, bajo el título de «Tercera vigilia», *México en el arte*, 12, 30 de noviembre de 1952, págs. 7-8. El título «Repaso nocturno» apareció en otra versión publicada en *Ciclón*, 3, abril-junio de 1957, págs. 3-4.

se despeñaban alma y cuerpo, pensamiento y huesos:
¿pedía redención el tiempo,
pedía el agua erguirse, pedía verse,
vuelta transparente monumento de su caída?
Río arriba, donde lo no formado empieza,
al agua se desplomaba con los ojos cerrados.
Volvía el tiempo a su origen, manándose.

Allá, del otro lado, un fulgor hizo señas.
Abrió los ojos, se encontró en la orilla:
ni vivo ni muerto,
al lado de su cuerpo abandonado.
Empezó el asedio de los signos,
la escritura de sangre de la estrella en el cielo,
las ondas concéntricas que levanta una frase
al caer y caer en la conciencia.
Ardió su frente cubierta de inscripciones,
santo y señas súbitos abrieron laberintos y espesuras,
cambiaron reflejos tácitos los cuatro puntos cardinales.
Su pensamiento mismo, entre los obeliscos derribado,
fue piedra negra tatuada por el rayo.
Pero el sueño no vino.

¡Ciega batalla de alusiones,
obscuro cuerpo a cuerpo con el tiempo sin cuerpo!
Cayó de rostro en rostro,
                            de año en año,
hasta el primer vagido:
                            humus de vida,
tierra que se destierra,
                            cuerpo que se desnace,
vivo para la muerte,
                            muerto para la vida.

(*A esta hora hay mediadores en todas partes,*

hay puentes invisibles entre el dormir y el velar.
Los dormidos muerden el racimo de su propia fatiga,
el racimo solar de la resurrección cotidiana;
los desvelados tallan el diamante que ha de vencer a la noche;
aun los que están solos llevan en sí su pareja encarnizada,
en cada espejo yace un doble,
un adversario que nos refleja y nos abisma;
el fuego precioso oculto bajo la capa de seda negra,
el vampiro ladrón dobla la esquina y desaparece, ligero,
robado por su propia ligereza;
con el peso de su acto a cuestas
se precipita en su dormir sin sueño el asesino,
ya para siempre a solas, sin el otro;
abandonados a la corriente todopoderosa,
flor doble que brota de un tallo único,
los enamorados cierran los ojos en lo alto del beso:
la noche se abre para ellos y les devuelve lo perdido,
el vino negro en la copa hecha de una sola gota de sol,
la visión doble, la mariposa fija por un instante en el centro del
     cielo,
en el ala derecha un grano de luz y en la izquierda uno de som-
     bra.
Reposa la ciudad en los hombros del obrero dormido,
la semilla del canto se abre en la frente del poeta.)

El escorpión ermitaño en la sombra se aguza.
¡Noche en entredicho,
instante que balbucea y no acaba de decir lo que quiere!
¿Saldrá mañana el sol,
se anega el astro en su luz,
se ahoga en su cólera fija?
¿Cómo decir buenos días a la vida?
No preguntes más,
no hay nada que decir, nada tampoco que callar.
El pensamiento brilla, se apaga, vuelve,

idéntico a sí mismo se devora y engendra, se repite,
ni vivo ni muerto,
en torno siempre al ojo frío que lo piensa.

Volvió a su cuerpo, se metió en sí mismo.
Y el sol tocó la frente del insomne,
brusca victoria de un espejo que no refleja ya ninguna
    imagen.

París, 1950

MUTRA [103]

Como una madre demasiado amorosa, una madre terri-
    ble que ahoga,
como una leona taciturna y solar,
como una sola ola del tamaño del mar,
ha llegado sin hacer ruido y en cada uno de nosotros se
    asienta como un rey

---

[103] *Mutra.* O *Madura.* Ciudad y distrito en la división de Agia de Uttar Pra-
desh a 160 kilómetros al sureste de Nueva Delhi, India, en la margen derecha
del río Jumna. Paz residió en la India, como diplomático mexicano, entre 1951 y 1952. Primera publicación, *Cuadernos Americanos,* 64, julio-agosto
de 1953, págs. 243-246. Al reproducirse el poema en *México en la cultura* se
incluyó la siguiente introducción: «En el verano de 1952 visité la antigua ciudad de Mutra, que en el siglo II de nuestra era fue uno de los grandes centros
budistas. De toda su grandeza hoy sólo resta un museo de escultura, famoso
en el mundo por sus ejemplares de la escuela grecobudista de Gándara. Aunque el budismo ha desaparecido de la India, Mutra sigue siendo un foco reli-
gioso —cerca se encuentra el santuario de Krisna— y cada año la ciudad se
ve invadida por millares de peregrinos. El tema del poema es la llegada del
verano a la ciudad y los delirios que engendra en la tierra y en la mente. Este
tema se asocia al de la religiosidad hindú y a su búsqueda de la unidad a través de la pluralidad de formas en que la vida se despliega. El final del poema
opone a la tentación de un absoluto estático, una idea de vida como acción y
heroísmo, legada por Grecia.
»Las explicaciones anteriores vienen a cuento por lo siguiente: quizá el
poema no habría sido escrito sin un libro de Alfonso Reyes. En esos días había recibido un ejemplar de su traducción de *La Ilíada:* su libro me acompañó

315

y los días de vidrio se derriten y en cada pecho erige un
    trono de espinas y de brasas
y su imperio es un hipo solemne, una aplastada respira-
    ción de dioses y animales de ojos dilatados
y bocas llenas de insectos calientes pronunciando una
    misma sílaba día y noche, día y noche.
¡Verano, boca inmensa, vocal hecha de vaho y jadeo!

Este día herido de muerte que se arrastra a lo largo del
    tiempo sin acabar de morir,
y el día que lo sigue y ya escarba impaciente la indecisa
    tierra del alba,
y los otros que esperan su hora en los vastos establos
    del año,
este día y sus cuatro cachorros, la mañana de cola de
    cristal y el mediodía con su ojo único,
el mediodía absorto en su luz, sentado en su esplendor,
la tarde rica en pájaros y la noche con sus luceros arma-
    dos de punta en blanco,
este día y las presencias que alza o derriba el sol con un
    simple aletazo:
la muchacha que aparece en la plaza y es un chorro de
    frescura pausada,
el mendigo que se levanta como una flaca plegaria,
    montón de basura y cánticos gangosos,
las buganvillas rojas negras a fuerza de encarnadas, mo-
    radas de tanto azul acumulado,

en mi viaje y sus hermosos alejandrinos, según le conté a él mismo en una
carta que acaso recuerde, me defendieron contra el verano y sus tentaciones.
En la última estrofa, evocadas por el libro de Reyes, surgen las imágenes del
mundo griego. Me parece natural publicar ahora el poema con esta nota que
explica su nacimiento como un homenaje a Don Alfonso.»

    En la Capilla Alfonsina, en efecto, figura una carta de Paz a Reyes, fechada
en Ginebra a «25 de marzo de 1953», en que le acusa recibo de su traducción
de *La Ilíada:* «Fue una de las pocas defensas contra lo que, sin exagerar, puede llamarse la fascinación metafísica de Oriente.»

las mujeres albañiles que llevan una piedra en la cabeza
como si llevasen un sol apagado,

la bella en su cueva de estalactitas y el son de sus ajorcas
de escorpiones,

el hombre cubierto de ceniza que adora al falo, al estiér-
col y al agua,

los músicos que arrancan chispas a la madrugada y hacen bajar al suelo la tempestad airosa de la danza,

el collar de centellas, las guirnaldas de electricidad balanceándose en mitad de la noche,

los niños desvelados que se espulgan a la luz de la luna,

los padres y las madres con sus rebaños familiares y sus
bestias adormecidas y sus dioses petrificados hace mil
años,

las mariposas, los buitres, las serpientes, los monos, las
vacas, los insectos parecidos al delirio,

todo este largo día con su terrible cargamento de seres y
de cosas, encalla lentamente en el tiempo parado.

Todos vamos cayendo con el día, todos entramos en el
túnel,

atravesamos corredores interminables cuyas paredes de
aire sólido se cierran,

nos internamos en nosotros y a cada paso el animal humano jadea y se desploma,

retrocedemos, vamos hacia atrás, el animal pierde futuro a cada paso,

y lo erguido y duro y óseo en nosotros al fin cede y cae
pesadamente en la boca madre.

Dentro de mí me apiño, en mí mismo me hacino y al
apiñarme me derramo,

soy lo extendido dilatándose, lo repleto vertiéndose y
llenándose,

no hay vértigo ni espejo ni náusea ante el espejo, no hay
caída,

sólo un estar, un derramado estar, llenos hasta los bordes, todos a la deriva:
no como el arco que se encorva y sobre sí se dobla para
que el dardo salte y dé en el centro justo,
ni como el pecho que lo aguarda y a quien la espera dibuja ya la herida,
no concentrados ni en arrobo, sino a tumbos, de peldaño
ño en peldaño, agua vertida, volvemos al principio.
Y la cabeza cae sobre el pecho y el cuerpo cae sobre el
cuerpo sin encontrar su fin, su cuerpo último.

No, asir la antigua imagen: ¡anclar el ser y en la roca
plantarlo, zócalo del relámpago!
Hay piedras que no ceden, piedras hechas de tiempo,
tiempo de piedra, siglos que son columnas,
asambleas que cantan himnos de piedra,
surtidores de jade, jardines de obsidiana, torres de mármol, alta belleza armada contra el tiempo.
Un día rozó mi mano toda esa gloria erguida.
Pero también las piedras pierden pie, también las piedras son imágenes,
y caen y se disgregan y confunden y fluyen con el río
que no cesa.
También las piedras son el río.

¿Dónde está el hombre, el que da vida a las piedras de
los muertos, el que hace hablar piedras y muertos?
Las fundaciones de la piedra y de la música,
la fábrica de espejos del discurso y el castillo de fuego
del poema
enlazan sus raíces en su pecho, descansan en su frente:
él los sostiene a pulso.
Tras la coraza de cristal de roca busqué al hombre, pal-
pé a tientas la brecha imperceptible:
nacemos y es un rasguño apenas la desgarradura y nunca cicatriza y arde y es una estrella de luz propia,

nunca se apaga la diminuta llaga, nunca se borra la señal
de sangre, por esa puerta nos vamos a lo obscuro.
También el hombre fluye, también el hombre cae y es
una imagen que se desvanece.

Pantanos del sopor, algas acumuladas, cataratas de abejas sobre los ojos mal cerrados,
festín de arena, horas mascadas, imágenes mascadas,
vida mascada siglos
hasta no ser sino una confusión estática que entre las
aguas somnolientas sobrenada,
agua de ojos, agua de bocas, agua nupcial y ensimismada, agua incestuosa,
agua de dioses, cópula de dioses, agua de astros y repti-
les, selvas de agua de cuerpos incendiados,
beatitud de lo repleto sobre sí mismo derramándose, no
somos, no quiero ser
Dios, no quiero ser a tientas, no quiero regresar, soy
hombre y el hombre es
el hombre, el que saltó al vacío y nada lo sustenta desde
entonces sino su propio vuelo,
el desprendido de su madre, el desterrado, el sin raíces,
ni cielo ni tierra, sino puente, arco
tendido sobre la nada, en sí mismo anudado, hecho haz,
y no obstante partido en dos desde el nacer, peleando
contra su sombra, corriendo siempre tras de sí, dispara-
do, exhalado, sin jamás alcanzarse,
el condenado desde niño, destilador del tiempo, rey de
sí mismo, hijo de sus obras.

Se despeñan las últimas imágenes y el río negro anega la
conciencia.
La noche dobla la cintura, cede el alma, caen racimos de
horas confundidas, cae el hombre

como un astro, caen racimos de astros, como un fruto
demasiado maduro cae el mundo y sus soles.
Pero en mi frente velan armas la adolescencia y sus imágenes, solo tesoro no dilapidado:
naves ardiendo en mares todavía sin nombre y cada ola
golpeando la memoria con un tumulto de recuerdos,
el agua dulce en las cisternas de las islas, el agua dulce
de las mujeres y sus voces sonando en la noche como
muchos arroyos que se juntan,
la diosa de ojos verdes y palabras humanas que plantó
en nuestro pecho sus razones como una hermosa
procesión de lanzas,
la reflexión sosegada ante la esfera, henchida de sí misma como una espiga, mas inmortal, perfecta, suficiente,
la contemplación de los números que se enlazan como
notas o amantes,
el universo como una lira y un arco y la geometría vencedora de dioses, ¡única morada digna del hombre!
y la ciudad de altas murallas que en la llanura centellea
como una joya que agoniza
y los torreones demolidos y el defensor por tierra y en
las cámaras humeantes el tesoro real de las mujeres
y el epitafio del héroe apostado en la garganta del desfiladero como una espada
y el poema que asciende y cubre con sus dos alas el
abrazo de la noche y el día
y el árbol del discurso en la plaza plantado virilmente
y la justicia al aire libre de un pueblo que pesa cada acto
en la balanza de un alma sensible al peso de la luz,
¡actos, altas piras quemadas por la historia!
Bajo sus restos negros dormita la verdad que levantó las
obras: el hombre sólo es hombre entre los hombres.

Y hundo la mano y cojo el grano incandescente y lo
   planto en mi ser: ha de crecer un día.

Delhi, 1952

¿NO HAY SALIDA?

EN DUERMEVELA oigo correr entre bultos adormilados y
   ceñudos un incesante río.
Es la catarata negra y blanca, las voces, las risas, los gemidos del mundo confuso, despeñándose.
Y mi pensamiento que galopa y galopa y no avanza,
   también cae y se levanta
y vuelve a despeñarse en las aguas estancadas del lenguaje.
Hace un segundo habría sido fácil coger una palabra y
   repetirla una vez y otra vez,
cualquiera de esas frases que decimos a solas en un
   cuarto sin espejos
para probarnos que no es cierto,
                                    que aún estamos vivos,
pero ahora con manos que no pesan la noche aquieta la
   furiosa marea
y una a una desertan las imágenes, una a una las palabras se cubren el rostro.

Pasó ya el tiempo de esperar la llegada del tiempo, el
   tiempo de ayer, hoy y mañana,
ayer es hoy, mañana es hoy, hoy todo es hoy, salió de
   pronto de sí mismo y me mira,
no viene del pasado, no va a ninguna parte, hoy está
   aquí, no es la muerte
—nadie se muere de la muerte, todos morimos de la
   vida—, no es la vida
—fruto instantáneo, vertiginosa y lúcida embriaguez, el

vacío sabor de la muerte da más vida a la vida—,
hoy no es muerte ni vida,
no tiene cuerpo, ni nombre, ni rostro, hoy está aquí,
echado a mis pies, mirándome.

Yo estoy de pie, quieto en el centro del círculo que
   hago al ir cayendo desde mis pensamientos,
estoy de pie y no tengo adónde volver los ojos, no queda ni una brizna del pasado,
toda la infancia se la tragó este instante y todo el porvenir son estos muebles clavados en su sitio,
el ropero con su cara de palo, las sillas alineadas en la
   espera de nadie,
el rechoncho sillón con los brazos abiertos, obsceno
   como morir en su lecho,
el ventilador, insecto engreído, la ventana mentirosa, el
   presente sin resquicios,
todo se ha cerrado sobre sí mismo, he vuelto adonde
   empecé, todo es hoy y para siempre.

Allá, del otro lado, se extienden las playas inmensas como una
   mirada de amor,
allá la noche vestida de agua despliega sus jeroglíficos al alcance
   de la mano,
el río entra cantando por el llano dormido y moja las raíces de la
   palabra libertad,
allá los cuerpos enlazados se pierden en un bosque de árboles
   transparentes,
bajo el follaje del sol caminamos, somos dos reflejos que cruzan
   sus aceros,
la plata nos tiende puentes para cruzar la noche, las piedras nos
   abren paso,
allá tú eres el tatuaje en el pecho del jade caído de la luna, allá
   el diamante insomne cede

y en su centro vacío somos el ojo que nunca parpadea y la fijeza
del instante ensimismado en su esplendor.

Todo está lejos, no hay regreso, los muertos no están
    muertos, los vivos no están vivos,
hay un muro, un ojo que es un pozo, todo tira hacia
    abajo, pesa el cuerpo,
pesan los pensamientos, todos los años son este minuto
    desplomándose interminablemente,
aquel cuarto de hotel de San Francisco me salió al paso
    en Bangkok[104], hoy es ayer, mañana es ayer,
la realidad es una escalera que no sube ni baja, no nos
    movemos, hoy es hoy, siempre es hoy,
siempre el ruido de los trenes que despedazan cada no-
    che a la noche,
el recurrir a las palabras melladas,
la perforación del muro, las idas y venidas, la realidad
    cerrando puertas,
poniendo comas, la puntuación del tiempo, todo está le-
    jos, los muros son enormes,
está a millas de distancia el vaso de agua, tardaré mil
    años en recorrer mi cuarto,
qué sonido remoto tiene la palabra vida, no estoy aquí,
    no hay aquí, este cuarto está en otra parte,
aquí es ninguna parte, poco a poco me he ido cerrando
    y no encuentro salida que no dé a este instante,
este instante soy yo, salí de pronto de mí mismo, no
    tengo nombre ni rostro,
yo está aquí, echado a mis pies, mirándome mirándose
    mirarme mirado.

---

[104] *Bangkok.* Capital de Tailandia.

Fuera, en los jardines que arrasó el verano, una cigarra
se ensaña contra la noche.
¿Estoy o estuve aquí?

Tokio, 1952

EL RÍO[105]

LA CIUDAD desvelada circula por mi sangre como una
abeja.
Y el avión que traza un gemido en forma de S larga, los
tranvías que se derrumban en esquinas remotas,
ese árbol cargado de injurias que alguien sacude a medianoche en la plaza,
los ruidos que ascienden y estallan y los que se deslizan
y cuchichean en la oreja un secreto que repta
abren lo obscuro, precipicios de aes y oes, túneles de
vocales taciturnas,
galerías que recorro con los ojos vendados, el alfabeto
somnoliento cae en el hoyo como un río de tinta,
y la ciudad va y viene y su cuerpo de piedra se hace añi-
cos al llegar a mi sien,
toda la noche, uno a uno, estatua a estatua, fuente a
fuente, piedra a piedra, toda la noche
sus pedazos se buscan en mi frente, toda la noche la ciudad habla dormida por mi boca
y es un discurso incomprensible y jadeante, un tartamu-
deo de aguas y piedra batallando, su historia.

Detenerse un instante, detener a mi sangre que va y viene, va y viene y no dice nada,

[105] *«El río»*. Primera publicación, bajo el título de «Sexta vigilia», *México en
la cultura*, 10 de mayo de 1953, pág. 3.

sentado sobre mí mismo como el yoguín a la sombra de
la higuera, como Buda a la orilla del río, detener al
instante,
un solo instante, sentado a la orilla del tiempo, borrar
mi imagen del río que habla dormido y no dice nada
y me lleva consigo,
sentado a la orilla detener al río, abrir el instante, penetrar por sus salas atónitas hasta su centro de agua,
beber en la fuente inagotable, ser la cascada de sílabas
azules que cae de los labios de piedra,
sentado a la orilla de la noche como Buda a la orilla de
sí mismo ser el parpadeo del instante,
el incendio y la destrucción y el nacimiento del instante
y la respiración de la noche fluyendo enorme a la orilla del tiempo,
decir lo que dice el río, larga palabra semejante a labios,
larga palabra que no acaba nunca,
decir lo que dice el tiempo en duras frases de piedra, en
vastos ademanes de mar cubriendo mundos.

A mitad del poema me sobrecoge siempre un gran desamparo, todo me abandona,
no hay nadie a mi lado, ni siquiera esos ojos que desde
atrás contemplan lo que escribo,
no hay atrás ni adelante, la pluma se rebela, no hay comienzo ni fin, tampoco hay muro que saltar,
es una explanada desierta el poema, lo dicho no está dicho, lo no dicho es indecible,
torres, terrazas devastadas, babilonias, un mar de sal negra, un reino ciego,
                    No,
detenerme, callar, cerrar los ojos hasta que brote de mis
párpados una espiga, un surtidor de soles,
y el alfabeto ondule largamente bajo el viento del sueño
y la marea crezca en una ola y la ola rompa el dique,

esperar hasta que el papel se cubra de astros y sea el
poema un bosque de palabras enlazadas,

No,

no tengo nada que decir, nadie tiene nada que decir,
nada ni nadie excepto la sangre,

nada sino este ir y venir de la sangre, este escribir sobre
lo escrito y repetir la misma palabra en mitad del
poema,

sílabas de tiempo, letras rotas, gotas de tinta, sangre que
va y viene y no dice nada y me lleva consigo.

Y digo mi rostro inclinado sobre el papel y alguien a mi
lado escribe mientras la sangre va y viene,

y la ciudad va y viene por su sangre, quiere decir algo,
el tiempo quiere decir algo, la noche quiere decir,

toda la noche el hombre quiere decir una sola palabra,
decir al fin su discurso hecho de piedras desmoronadas,

y aguzo el oído, quiero oír lo que dice el hombre, repetir lo que dice la ciudad a la deriva,

toda la noche las piedras rotas se buscan a tientas en mi
frente, toda la noche pelea el agua contra la piedra,

las palabras contra la noche, la noche contra la noche,
nada ilumina el opaco combate,

el choque de las armas no arranca un relámpago a la
piedra, una chispa a la noche, nadie da tregua,

es un combate a muerte entre inmortales,

No,

dar marcha atrás, parar el río de sangre, el río de tinta,

remontar la corriente y que la noche, vuelta sobre sí
misma, muestre sus entrañas,

que el agua muestre su corazón, racimo de espejos ahogados,

que el tiempo se cierre y sea su herida una cicatriz invisible, apenas una delgada línea sobre la piel del mundo,

que las palabras depongan armas y sea el poema una
    sola palabra entretejida,
y sea el alma el llano después del incendio, el pecho lu-
    nar de un mar petrificado que no refleja nada
sino la extensión extendida, el espacio acostado sobre sí
    mismo, las alas inmensas desplegadas,
y sea todo como la llama que se esculpe y se hiela en la
    roca de entrañas transparentes,
duro fulgor resuelto ya en cristal y claridad pacífica.

Y el río remonta su curso, repliega sus velas, recoge sus
    imágenes y se interna en sí mismo.

Ginebra, 1953

EL CÁNTARO ROTO[106]

LA MIRADA interior se despliega y un mundo de vértigo
    y llama nace bajo la frente del que sueña:
soles azules, verdes remolinos, picos de luz que abren
    astros como granadas,
tornasol solitario, ojo de oro girando en el centro de
    una explanada calcinada,
bosques de cristal de sonido, bosques de ecos y respues-
    tas y ondas, diálogo de transparencias,
¡viento, galope de agua entre los muros interminables de
    una garganta de azabache,
caballo, cometa, cohete que se clava justo en el corazón
    de la noche, plumas, surtidores,
plumas, súbito florecer de las antorchas, velas, alas, in-
    vasión de lo blanco,
pájaros de las islas cantando bajo la frente del que sueña!

[106] *«El cántaro roto».* Primera publicación, *Revista mexicana de literatura*, 1,
septiembre-octubre de 1955, págs. 1-5.

Abrí los ojos, los alcé hasta el cielo y vi cómo la noche
se cubría de estrellas.
¡Islas vivas, brazaletes de islas llameantes, piedras ardiendo, respirando, racimos de piedras vivas,
cuánta fuente, qué claridades, qué cabelleras sobre una
espalda obscura,
cuánto río allá arriba, y ese sonar remoto de agua junto
al fuego, de luz contra la sombra!
Harpas, jardines de harpas.

Pero a mi lado no había nadie.
Sólo el llano: cactus, huizaches[107], piedras enormes
que estallan bajo el sol.
No cantaba el grillo,
había un vago olor a cal y semillas quemadas,
las calles del poblado eran arroyos secos
y el aire se habría roto en mil pedazos si alguien hubiese
gritado: ¿quién vive?
Cerros pelados, volcán frío, piedra y jadeo bajo tanto esplendor, sequía, sabor de polvo,
rumor de pies descalzos sobre el polvo, ¡y el pirú en medio del llano como un surtidor petrificado!

Dime, sequía, dime, tierra quemada, tierra de huesos re-
molidos, dime, luna agónica,
¿no hay agua,
hay sólo sangre, sólo hay polvo, sólo pisadas de pies
desnudos sobre la espina,
sólo andrajos y comida de insectos y sopor bajo el mediodía impío como un cacique de oro?
¿No hay relinchos de caballos a la orilla del río, entre las
grandes piedras redondas y relucientes,
en el remanso, bajo la luz verde de las hojas y los gritos
de los hombres y las mujeres bañándose al alba?

---

[107] *huizaches*. () huisache. Del náhuatl, *huixachi*. Acacia mexicana.

El dios-maíz, el dios-flor, el dios-agua, el dios-sangre, la
    Virgen,
¿todos se han muerto, se han ido, cántaros rotos al bor-
    de de la fuente cegada?
¿Sólo está vivo el sapo,
sólo reluce y brilla en la noche de México el sapo ver-
    duzco,
sólo el cacique gordo de Cempoala[108] es inmortal?

Tendido al pie del divino árbol de jade regado con san-
    gre, mientras dos esclavos jóvenes lo abanican,
en los días de las grandes procesiones al frente del pue-
    blo, apoyado en la cruz: arma y bastón,
en traje de batalla, el esculpido rostro de sílex[109] aspi-
    rando como un incienso precioso el humo de los fu-
    silamientos,
los fines de semana en su casa blindada junto al mar, al
    lado de su querida cubierta de joyas de gas neón,

---

[108] *Cempoala.* Poblado al este de la Ciudad de México y al norte de Veracruz. Antes de la Conquista de México fue la capital de los totonacas, a la sazón bajo el imperio de los aztecas, y por tanto un gran centro ceremonial.
Después de Veracruz, fue uno de los poblados donde el conquistador Hernán
Cortés se asesoró sobre las condiciones políticas del imperio azteca. La frase
«*el cacique gordo*» se refiere al incidente en Cempoala que narra Bernal Díaz del
Castillo *(Verdadera historia de la conquista de la Nueva España)*. Dice Bernal que
al llegar al pueblo: «salieron veinte indios a nos rescebir de partes del cacique,
y trujeron unas piñas de rosas de la tierra muy olorosas, y dieron a Cortés y a
los de a caballo con gran amor, y le dijeron que su señor nos estaba esperan-
do en los aposentos, y por ser muy gordo y pesado no podía venir a nos rescebir» (Capítulo 45). Cuatro capítulos después se describe cómo reacciona
Cortés cuando los caciques le piden protección contra los aztecas: «Y luego
envió a Cortés a llamar al cacique gordo e a todos los más principales que estaban aguardando el ayuda y socorro, y les dijo: "Allá envío con vosotros ese
mi hermano para que mate y eche todos los colúas [aztecas] de ese pueblo y
me trayga presos a los que no se quisiesen ir"» (Capítulo 49). La alusión, por
tanto, se refiere a la supervivencia, en tiempos modernos, de un caciquismo
indolente y venal.
[109] *sílex.* Sílice. Designa en particular el material de los utensilios prehistó-
ricos.

¿sólo el sapo es inmortal?

He aquí a la rabia verde y fría y a su cola de navajas y vidrio cortado,
he aquí al perro y a su aullido sarnoso,
al maguey taciturno, al nopal y al candelabro[110] erizados, he aquí a la flor que sangra y hace sangrar,
la flor de inexorable y tajante geometría como un delicado instrumento de tortura,
he aquí a la noche de dientes largos y mirada filosa, la
   noche que desuella con un pedernal invisible,
oye a los dientes chocar uno contra otro,
oye a los huesos machacando a los huesos,
al tambor de piel humana golpeado por el fémur,
al tambor del pecho golpeado por el talón rabioso,
al tam-tam de los tímpanos golpeados por el sol delirante,
he aquí al polvo que se levanta como un rey amarillo y
   todo lo descuaja y danza solitario y se derrumba
como un árbol al que de pronto se le han secado las raíces, como una torre que cae de un solo tajo,
he aquí al hombre que cae y se levanta y come polvo y
   se arrastra,
al insecto humano que perfora la piedra y perfora los siglos y carcome la luz,
he aquí a la piedra rota, al hombre roto, a la luz rota.

¿Abrir los ojos o cerrarlos, todo es igual?
Castillos interiores que incendia el pensamiento porque
   otro más puro se levante, sólo fulgor y llama,
semilla de la imagen que crece hasta ser árbol y hace estallar el cráneo,
palabra que busca unos labios que la digan,

---

[110] *maguey.* Planta amarilidácea del género agave. *Candelabro,* planta cactá-
cea que alcanza alturas de más de seis metros; abunda en los desiertos del sur
de Estados Unidos y norte de México.

sobre la antigua fuente humana cayeron grandes pie-
    dras,
hay siglos de piedras, años de losas, minutos espesores
    sobre la fuente humana.
Dime, sequía, piedra pulida por el tiempo sin dientes,
    por el hambre sin dientes,
polvo molido por dientes que son siglos, por siglos que
    son hambres,
dime, cántaro roto caído en el polvo, dime,
¿la luz nace frotando hueso contra hueso, hombre con-
    tra hombre, hambre contra hambre,
hasta que surja al fin la chispa, el grito, la palabra,
hasta que brote al fin el agua y crezca el árbol de anchas
    hojas de turquesa?

Hay que dormir con los ojos abiertos, hay que soñar con
    las manos,
soñemos sueños activos de río buscando su cauce, sue-
    ños de sol soñando sus mundos,
hay que soñar en voz alta, hay que cantar hasta que el
    canto eche raíces, tronco, ramas, pájaros, astros,
cantar hasta que el sueño engendre y brote del costado
    del dormido la espiga roja de la resurrección,
el agua de la mujer, el manantial para beber y mirarse y
    reconocerse y recobrarse,
el manantial para saberse hombre, el agua que habla a
    solas en la noche y nos llama con nuestro nombre,
el manantial de las palabras para decir yo, tú, él, noso-
    tros, bajo el gran árbol viviente estatua de la lluvia,
para decir los pronombres hermosos y reconocernos y
    ser fieles a nuestros nombres
hay que soñar hacia atrás, hacia la fuente, hay que remar
    siglos arriba,
más allá de la infancia, más allá del comienzo, más allá
    de las aguas del bautismo,

echar abajo las paredes entre el hombre y el hombre,
   juntar de nuevo lo que fue separado,
vida y muerte no son mundos contrarios, somos un
   solo tallo con dos flores gemelas,
hay que desenterrar la palabra perdida, soñar hacia dentro y también hacia afuera,
descifrar el tatuaje de la noche y mirar cara a cara al mediodía y arrancarle su máscara,
bañarse en luz solar y comer los frutos nocturnos, dele-
   trear la escritura del astro y la del río,
recordar lo que dicen la sangre y la marea, la tierra y el
   cuerpo, volver al punto de partida,
ni adentro ni afuera, ni arriba ni abajo, al cruce de caminos, adonde empiezan los caminos,
porque la luz canta con un rumor de agua, con un rumor de follaje canta el agua
y el alba está cargada de frutos, el día y la noche recon-
   ciliados fluyen como un río manso,
el día y la noche se acarician largamente como un hombre y una mujer enamorados,
como un solo río interminable bajo arcos de siglos
   fluyen las estaciones y los hombres,
hacia allá, al centro vivo del origen, más allá de fin y comienzo.

México, 1955

PIEDRA DE SOL[111]

La treizième revient... c'est encor la première;
et c'est toujours la seule —ou c'est le seul moment;
car es-tu reine, ô toi, la première ou dernière?
es-tu roi, toi le seul ou le dernier amant?

GÉRARD DE NERVAL, «Arthémis»[112]

un sauce de cristal, un chopo de agua,
un alto surtidor que el viento arquea,
un árbol bien plantado mas danzante,
un caminar de río que se curva,

---

[111] *Piedra de sol.* Se publicó primero como libro, México, Tezontle, 1957. Fragmentos, *Revista mexicana de Literatura*, 11, mayo-junio de 1957, págs. 3-8; *Sur*, 250, enero-febrero de 1958, págs. 23-26; y en *Cuadernos del Congreso por la Libertad de la Cultura*, 28, enero-febrero de 1958, págs. 10-12. A partir de LBP2, se reproduce en todas sus sucesivas ediciones. Es uno de los poemas más antologados de Paz. En la primera edición se incluía la siguiente nota del autor:

En la portada de este libro aparece la cifra 585 escrita con el sistema maya de numeración; asimismo, los signos mexicanos correspondientes al Día 4 Olín (Movimiento) y al Día 4 Ehécatl (Viento) figuran al principio y fin del poema. Quizá no sea inútil señalar que este poema está compuesto por 584 endecasílabos (los seis últimos no se cuentan porque son idénticos a los seis primeros: en realidad, con ellos no termina sino vuelve a empezar el poema). Este número de versos es igual al de la revolución sinódica del planeta Venus [♀], que es de 584 días. Los antiguos mexicanos llevaban la cuenta del ciclo venusino (y de los planetas visibles a simple vista) a partir del Día 4 Olín; el Día 4 Ehécatl señalaba, 584 días después, la conjunción de Venus y el Sol y, en consecuencia, el [fin de un ciclo y el principio de otro]. El lector interesado puede encontrar más completa (y mejor) información sobre este asunto en los estudios que ha dedicado al tema el licenciado Raúl Noriega, a quien debo estos datos.

El planeta Venus aparece dos veces al día, como Estrella de la Mañana *(Phosphorus)* y como Estrella de la Tarde *(Hesperus).* Esta dualidad (Lucifer y Vésper) no ha dejado de impresionar a los hombres de todas las civilizaciones, que han visto en ella un símbolo, una cifra o una encarnación de la ambigüedad esencial del universo. Así, Ehécatl, divinidad del viento, era una de las manifestaciones de Quetzalcóatl, la serpiente emplumada, que concentra las dos vertientes de la vida. Asociado a la Luna, a la humedad, al agua, a la vegetación naciente, a la muerte y resurrección de la naturaleza, para los antiguos mediterráneos el planeta Venus era un nudo de imágenes y fuerzas ambivalentes: Istar, la Dama del Sol, la Piedra Cónica, la Piedra sin Labrar (que recuerda al «pedazo de madera sin pulir» del taoísmo), Afrodita, la cuádruple Venus de Cicerón, la doble diosa de Pausanias, etc.

O. P.

La nota desaparece a partir de la inclusión del poema en *La estación violenta* (1958), al que cierra, pero se vuelve a incorporar, parcialmente, en la sección de «Notas» de *Poemas, 1935-1975.*

«La piedra del sol» es el nombre popular español del llamado «calendario azteca», conocido monumento que es, a la vez, calendario y *cuauhxicalli* («vasija del águila» en náhuatl), o piedra de sacrificio, actualmente guardado en el Museo Nacional de Antropología de la Ciudad de México. Antiguamente figuraba en el edificio de la «Casa de las Águilas» de Tenochtitlán. La expresión «piedra del sol», que no es de origen náhuatl, aparece por primera vez en la *Historia de las Indias de Nueva España e Islas de la Tierra Firme* (1867-1870) de Fray Diego Durán, y fue puesta en circulación modernamente en los trabajos de Alfredo Chavero *(El calendario azteca,* 1875 y 1876; *La piedra del sol,* 1886). La corrección científica de este nombre la realizó Hermann Beyer en su *El llamado «Calendario Azteca». Descripción e interpretación del cuauhxicalli de la «Casa de las Águilas»,* México, Verband Deutscher Reichsangehöriger, 1921. Paz se refiere a los estudios de Raúl Noriega, *Tres estudios sobre la Piedra del Sol,* México, 1954, y *La Piedra del Sol y 16 monumentos astronómicos del México antiguo,* 2.ª ed. preliminar, México, 1955. Para más información sobre el calendario véase el monumental estudio de Alfonso Caso, *Los calendarios prehispánicos,* México, Fondo de Cultura Económica, 1967.

[112] *Arthémis.* El epígrafe proviene del soneto «Arthémis» (Artemisa), de la serie poética *Les Chimères* (Las quimeras) que publicase Gérard de Nerval (1808-1855), en *Les Filles du Feu* (1854). Paz tradujo este y otros sonetos de la serie en «Homenaje a Gerardo de Nerval», *México en la cultura,* 30 de enero de 1955, págs. 1, 2. Estas y nuevas versiones de los poemas se reproducen en *Versiones y diversiones,* págs. 18-22. La primera versión del epígrafe reza así:

> *Vuelve otra vez la Trece —¡y es aún la Primera!*
> *Y es la única siempre— ¿o es el solo momento?*
> *¿Dime, Reina, tú eres la primera o la última?*
> *¿Tú eres, Rey, el último? ¿eres el solo amante?*

(*Versiones y diversiones,* pág. 21)

La equivalencia entre los números 13 y 1 en el poema de Nerval subraya el carácter cíclico del texto de Paz; así como la noción del «solo momento» apunta al concepto del «instante» en el poema. De hecho, en la segunda versión de la traducción del cuarteto citado, Paz cambia la expresión «el solo momento» (v. 2) a «el único instante». Sobre la relación entre los poemas de Nerval y Paz, son útiles los comentarios de Fein, *Toward Octavio Paz,* especialmente las págs. 11-40.

                          .un caminar tranquilo
de estrella o primavera sin premura,
agua que con los párpados cerrados
mana toda la noche profecías,
unánime presencia en oleaje,
ola tras ola hasta cubrirlo todo,
verde soberanía sin ocaso
como el deslumbramiento de las alas
cuando se abren en mitad del cielo,

un caminar entre las espesuras
de los días futuros y el aciago
fulgor de la desdicha como un ave
petrificando el bosque con su canto
y las felicidades inminentes
entre las ramas que se desvanecen,
horas de luz que pican ya los pájaros,
presagios que se escapan de la mano,

una presencia como un canto súbito,
como el viento cantando en el incendio,
una mirada que sostiene en vilo
al mundo con sus mares y sus montes,
cuerpo de luz filtrada por un ágata,
piernas de luz, vientre de luz, bahías,
roca solar, cuerpo color de nube,
color de día rápido que salta,
la hora centellea y tiene cuerpo,
el mundo ya es visible por tu cuerpo,
es transparente por tu transparencia,

voy entre galerías de sonidos,
fluyo entre las presencias resonantes,
voy por las transparencias como un ciego,
un reflejo me borra, nazco en otro,

oh bosque de pilares encantados,
bajo los arcos de la luz penetro
los corredores de un otoño diáfano,

voy por tu cuerpo como por el mundo,
tu vientre es una plaza soleada,
tus pechos dos iglesias donde oficia
la sangre sus misterios paralelos,
mis miradas te cubren como yedra,
eres una ciudad que el mar asedia,
una muralla que la luz divide
en dos mitades de color durazno,
un paraje de sal, rocas y pájaros
bajo la ley del mediodía absorto,

vestida del color de mis deseos
como mi pensamiento vas desnuda,
voy por tus ojos como por el agua,
los tigres beben sueño en esos ojos,
el colibrí se quema en esas llamas,
voy por tu frente como por la luna,
como la nube por tu pensamiento,
voy por tu vientre como por tus sueños,

tu falda de maíz ondula y canta,
tu falda de cristal, tu falda de agua,
tus labios, tus cabellos, tus miradas,
toda la noche llueves, todo el día
abres mi pecho con tus dedos de agua,
cierras mis ojos con tu boca de agua,
sobre mis huesos llueves, en mi pecho
hunde raíces de agua un árbol líquido,

voy por tu talle como por un río,
voy por tu cuerpo como por un bosque,

como por un sendero en la montaña
que en un abismo brusco se termina,
voy por tus pensamientos afilados
y a la salida de tu blanca frente
mi sombra despeñada se destroza,
recojo mis fragmentos uno a uno
y prosigo sin cuerpo, busco a tientas,

corredores sin fin de la memoria,
puertas abiertas a un salón vacío
donde se pudren todos los veranos,
las joyas de la sed arden al fondo,
rostro desvanecido al recordarlo,
mano que se deshace si la toco,
cabelleras de arañas en tumulto
sobre sonrisas de hace muchos años,

a la salida de mi frente busco,
busco sin encontrar, busco un instante,
un rostro de relámpago y tormenta
corriendo entre los árboles nocturnos,
rostro de lluvia en un jardín a obscuras,
agua tenaz que fluye a mi costado,

busco sin encontrar, escribo a solas,
no hay nadie, cae el día, cae el año,
caigo con el instante, caigo a fondo,
invisible camino sobre espejos
que repiten mi imagen destrozada,
piso días, instantes caminados,
piso los pensamientos de mi sombra,
piso mi sombra en busca de un instante,

busco una fecha viva como un pájaro,
busco el sol de las cinco de la tarde

templado por los muros de tezontle:
la hora maduraba sus racimos
y al abrirse salían las muchachas
de su entraña rosada y se esparcían
por los patios de piedra del colegio,
alta como el otoño caminaba
envuelta por la luz bajo la arcada
y el espacio al ceñirla la vestía
de una piel más dorada y transparente,

tigre color de luz, pardo venado
por los alrededores de la noche,
entrevista muchacha reclinada
en los balcones verdes de la lluvia,
adolescente rostro innumerable,
he olvidado tu nombre, Melusina[113],
Laura, Isabel, Perséfona, María,
tienes todos los rostros y ninguno,
eres todas las horas y ninguna,
te pareces al árbol y a la nube,
eres todos los pájaros y un astro,

---

[113] *Melusina...* Nombres de mujeres míticas o literarias que representan, en su conjunto, a la mujer en la historia. *Laura e Isabel* [Freire], por ejemplo, son las amadas a las que cantaron los poetas Francesco Petrarca (1304-1374) y Garcilaso de la Vega (1503-1536) en sus respectivas series líricas. *Perséfona* es, en la mitología griega, hija de Demeter y esposa de Hades, rey del Infierno; como diosa de las cosechas representa el mito de la regeneración cíclica. *María* es la Virgen, Madre de Cristo. *Melusina,* es un personaje de la antigua mitología francesa, popularizada por la *Histoire de Lusignan* de Jehan d'Arras (1393), donde se describe como una mujer-serpiente. Según la leyenda, después de casarse con ella, su esposo Raimondin promete nunca verla los sábados, cuando Melusina se encierra en su cuarto. Un día falta a su promesa, la sorprende bañándose y descubre su monstruosidad. Sintiéndose traicionada Melusina se tira de la torre del castillo donde vivía. Los surrealistas, y sobre todo André Breton *(Arcane 17),* utilizaron el mito de Melusina.

te pareces al filo de la espada
y a la copa de sangre del verdugo,
yedra que avanza, envuelve y desarraiga
al alma y la divide de sí misma,

escritura de fuego sobre el jade,
grieta en la roca, reina de serpientes,
columna de vapor, fuente en la peña,
circo lunar, peñasco de las águilas,
grano de anís, espina diminuta
y mortal que da penas inmortales,
pastora de los valles submarinos
y guardiana del valle de los muertos,
liana que cuelga del cantil del vértigo,
enredadera, planta venenosa,
flor de resurrección, uva de vida,
señora de la flauta y del relámpago,
terraza del jazmín, sal en la herida,
ramo de rosas para el fusilado,
nieve en agosto, luna del patíbulo,
escritura del mar sobre el basalto,
escritura del viento en el desierto,
testamento del sol, granada, espiga,

rostro de llamas, rostro devorado,
adolescente rostro perseguido
años fantasmas, días circulares
que dan al mismo patio, al mismo muro,
arde el instante y son un solo rostro
los sucesivos rostros de la llama,
todos los nombres son un solo nombre,
todos los rostros son un solo rostro,
todos los siglos son un solo instante
y por todos los siglos de los siglos
cierra el paso al futuro un par de ojos,

no hay nada frente a mí, sólo un instante
rescatado esta noche, contra un sueño
de ayuntadas imágenes soñado,
duramente esculpido contra el sueño,
arrancado a la nada de esta noche,
a pulso levantado letra a letra,
mientras afuera el tiempo se desboca
y golpea las puertas de mi alma
el mundo con su horario carnicero,

sólo un instante mientras las ciudades,
los nombres, los sabores, lo vivido,
se desmoronan en mi frente ciega,
mientras la pesadumbre de la noche
mi pensamiento humilla y mi esqueleto,
y mi sangre camina más despacio
y mis dientes se aflojan y mis ojos
se nublan y los días y los años
sus horrores vacíos acumulan,

mientras el tiempo cierra su abanico
y no hay nada detrás de sus imágenes
el instante se abisma y sobrenada
rodeado de muerte, amenazado
por la noche y su lúgubre bostezo,
amenazado por la algarabía
de la muerte vivaz y enmascarada
el instante se abisma y se penetra,
como un puño se cierra, como un fruto
que madura hacia dentro de sí mismo
y a sí mismo se bebe y se derrama
el instante translúcido se cierra
y madura hacia dentro, echa raíces,
crece dentro de mí, me ocupa todo,
me expulsa su follaje delirante,

mis pensamientos sólo son sus pájaros,
su mercurio circula por mis venas,
árbol mental, frutos sabor de tiempo,

oh vida por vivir y ya vivida,
tiempo que vuelve en una marejada
y se retira sin volver el rostro,
lo que pasó no fue pero está siendo
y silenciosamente desemboca
en otro instante que se desvanece:

frente a la tarde de salitre y piedra
armada de navajas invisibles
una roja escritura indescifrable
escribes en mi piel y esas heridas
como un traje de llamas me recubren,
ardo sin consumirme, busco el agua
y en tus ojos no hay agua, son de piedra,
y tus pechos, tu vientre, tus caderas
son de piedra, tu boca sabe a polvo,
tu boca sabe a tiempo emponzoñado,
tu cuerpo sabe a pozo sin salida,
pasadizo de espejos que repiten
los ojos del sediento, pasadizo
que vuelve siempre al punto de partida,
y tú me llevas ciego de la mano
por esas galerías obstinadas
hacia el centro del círculo y te yergues
como un fulgor que se congela en hacha,
como luz que desuella, fascinante
como el cadalso para el condenado,
flexible como el látigo y esbelta
como un arma gemela de la luna,
y tus palabras afiladas cavan
mi pecho y me despueblan y vacían,

uno a uno me arrancas los recuerdos,
he olvidado mi nombre, mis amigos
gruñen entre los cerdos o se pudren
comidos por el sol en un barranco,

no hay nada en mí sino una larga herida,
una oquedad que ya nadie recorre,
presente sin ventanas, pensamiento
que vuelve, se repite, se refleja
y se pierde en su misma transparencia,
conciencia traspasada por un ojo
que se mira mirarse hasta anegarse
de claridad:
               yo vi tu atroz escama,
Melusina, brillar verdosa al alba,
dormías enroscada entre las sábanas
y al despertar gritaste como un pájaro
y caíste sin fin, quebrada y blanca,
nada quedó de ti sino tu grito,
y al cabo de los siglos me descubro
con tos y mala vista, barajando
viejas fotos:
               no hay nadie, no eres nadie,
un montón de ceniza y una escoba,
un cuchillo mellado y un plumero,
un pellejo colgado de unos huesos,
un racimo ya seco, un hoyo negro
y en el fondo del hoyo los dos ojos
de una niña ahogada hace mil años,

miradas enterradas en un pozo,
miradas que nos ven desde el principio,
mirada niña de la madre vieja
que ve en el hijo grande un padre joven,
mirada madre de la niña sola

que ve en el padre grande un hijo niño,
miradas que nos miran desde el fondo
de la vida y son trampas de la muerte
—¿o es al revés: caer en esos ojos
es volver a la vida verdadera?,

¡caer, volver, soñarme y que me sueñen
otros ojos futuros, otra vida,
otras nubes, morirme de otra muerte!
—esta noche me basta, y este instante
que no acaba de abrirse y revelarme
dónde estuve, quién fui, cómo te llamas,
cómo me llamo yo:
                            ¿hacía planes
para el verano —y todos los veranos—
en Christopher Street[114], hace diez años,
con Filis que tenía dos hoyuelos
donde bebían luz los gorriones?,
¿por la Reforma[115] Carmen me decía
«no pesa el aire, aquí siempre es octubre»,
o se lo dijo a otro que he perdido
o yo lo invento y nadie me lo ha dicho?,
¿caminé por la noche de Oaxaca,
inmensa y verdinegra como un árbol,
hablando solo como el viento loco
y al llegar a mi cuarto —siempre un cuarto—
no me reconocieron los espejos?,
¿desde el hotel Vernet[116] vimos al alba
bailar con los castaños —«ya es muy tarde»
decías al peinarte y yo veía

---

[114] *Christopher Street.* Calle en el barrio de Greenwich Village, de la ciudad de Nueva York, donde Paz vivió brevemente en 1944.
[115] *Reforma.* Paseo de la Reforma, bulevar céntrico de la Ciudad de México.
[116] *Hotel Vernet.* Hotel en París.

manchas en la pared, sin decir nada?,
¿subimos juntos a la torre, vimos
caer la tarde desde al arrecife?,
¿comimos uvas en Bidart?[117], ¿compramos
gardenias en Perote?[118],

                                nombres, sitios,
calles y calles, rostros, plazas, calles,
estaciones, un parque, cuartos solos,
manchas en la pared, alguien se peina,
alguien canta a mi lado, alguien se viste,
cuartos, lugares, calles, nombres, cuartos,

Madrid, 1937[119],
en la Plaza del Ángel las mujeres
cosían y cantaban con sus hijos,
después sonó la alarma y hubo gritos,
casas arrodilladas en el polvo,
torres hendidas, frentes escupidas
y el huracán de los motores, fijo:
los dos se desnudaron y se amaron
por defender nuestra porción eterna,
nuestra ración de tiempo y paraíso,
tocar nuestra raíz y recobrarnos,
recobrar nuestra herencia arrebatada
por ladrones de vida hace mil siglos,
los dos se desnudaron y besaron
porque las desnudeces enlazadas
saltan el tiempo y son invulnerables,
nada las toca, vuelven al principio,

---

[117] *Bidart.* Pueblo de Francia, en el departamento de los Bajos Pirineos,
distrito de Bayona.
[118] *Perote.* Región montañosa de Veracruz.
[119] *Madrid, 1937 / en la Plaza del Ángel.* Se refiere a la guerra civil española
(1936-1939). Durante su visita en 1937, Paz vivió durante una breve tempo-
rada en Madrid. Para más detalles al respecto ver mi «Introducción» a Octavio Paz, *Primeras Letras (1931-1943),* Barcelona, Seix Barral, 1988.

no hay tú ni yo, mañana, ayer ni nombres,
verdad de dos en sólo un cuerpo y alma,
oh ser total...
                        cuartos a la deriva
entre ciudades que se van a pique,
cuartos y calles, nombres como heridas,
el cuarto con ventanas a otros cuartos
con el mismo papel descolorido
donde un hombre en camisa lee el periódico
o plancha una mujer; el cuarto claro
que visitan las ramas del durazno;
el otro cuarto: afuera siempre llueve
y hay un patio y tres niños oxidados;
cuartos que son navíos que se mecen
en un golfo de luz; o submarinos:
el silencio se esparce en olas verdes,
todo lo que tocamos fosforece;
mausoleos del lujo, ya roídos
los retratos, raídos los tapetes;
trampas, celdas, cavernas encantadas,
pajareras y cuartos numerados,
todos se transfiguran, todos vuelan,
cada moldura es nube, cada puerta
da al mar, al campo, al aire, cada mesa
es un festín; cerrados como conchas
el tiempo inútilmente los asedia,
no hay tiempo ya, ni muro: ¡espacio, espacio,
abre la mano, coge esta riqueza,
corta los frutos, come de la vida,
tiéndete al pie del árbol, bebe el agua!,

todo se transfigura y es sagrado,
es el centro del mundo cada cuarto,
es la primera noche, el primer día,
el mundo nace cuando dos se besan,

gota de luz de entrañas transparentes
el cuarto como un fruto se entreabre
o estalla como un astro taciturno
y las leyes comidas de ratones,
las rejas de los bancos y las cárceles,
las rejas de papel, las alambradas,
los timbres y las púas y los pinchos,
el sermón monocorde de las armas,
el escorpión meloso y con bonete,
el tigre con chistera, presidente
del Club Vegetariano y la Cruz Roja,
el burro pedagogo, el cocodrilo
metido a redentor, padre de pueblos,
el Jefe, el tiburón, el arquitecto
del porvenir, el cerdo uniformado,
el hijo predilecto de la Iglesia
que se lava la negra dentadura
con el agua bendita y toma clases
de inglés y democracia, las paredes
invisibles, las máscaras podridas
que dividen al hombre de los hombres,
al hombre de sí mismo,
                           se derrumban
por un instante inmenso y vislumbramos
nuestra unidad perdida, el desamparo
que es ser hombres, la gloria que es ser hombres
y compartir el pan, el sol, la muerte,
el olvidado asombro de estar vivos;

amar es combatir, si dos se besan
el mundo cambia, encarnan los deseos,
el pensamiento encarna, brotan alas
en las espaldas del esclavo, el mundo
es real y tangible, el vino es vino,
el pan vuelve a saber, el agua es agua,

amar es combatir, es abrir puertas,
dejar de ser fantasma con un número
a perpetua cadena condenado
por un amo sin rostro;

                el mundo cambia
si dos se miran y se reconocen,
amar es desnudarse de los nombres:
«déjame ser tu puta», son palabras
de Eloísa[120], mas él cedió a las leyes,
la tomó por esposa y como premio
lo castraron después;

                mejor el crimen,
los amantes suicidas[121], el incesto
de los hermanos como dos espejos
enamorados de su semejanza,
mejor comer el pan envenenado,
el adulterio en lechos de ceniza,
los amores feroces, el delirio,
su yedra ponzoñosa, el sodomita[122]
que lleva por clavel en la solapa
un gargajo, mejor ser lapidado
en las plazas que dar vuelta a la noria
que exprime la substancia de la vida,

---

[120] *Eloísa.* Se refiere a los trágicos amores del teólogo francés Pedro Abelardo (1079-1142) con su alumna Eloísa. Después del nacimiento de un hijo y de su matrimonio, el tío de ésta forzó su separación. En castigo, Abelardo fue castrado, destituido de su cargo como profesor en la Escuela de Notre Dame y exiliado al monasterio de Chaux, donde murió. Eloísa, a su vez, ingresó en un convento. De ellos dos sobreviven la *Historia calamitatum* de Abelardo, así como las cartas de Eloísa a Abelardo.

[121] *amantes suicidas.* Referencia colectiva a parejas trágicas, como Paolo y Francesca de Dante, o Romeo y Julieta, de Shakespeare.

[122] *el sodomita.* Alusión a Oscar Wilde (1854-1900), dramaturgo y humorista británico. Su personalidad de *poseur* lo llevaba a usar flores en la solapa del traje y a exagerar su vestimenta como un dandy. Wilde fue acusado de perversión sexual. Su juicio, que produjo escándalo en la sociedad decimonónica inglesa, le llevó a prisión. De esa experiencia sobrevive su autobiografía *De profundis* y su poema testimonial *The Ballad of Reading Gaol.*

cambia la eternidad en horas huecas,
los minutos en cárceles, el tiempo
en monedas de cobre y mierda abstracta;

mejor la castidad, flor invisible
que se mece en los tallos del silencio,
el difícil diamante de los santos
que filtra los deseos, sacia al tiempo,
nupcias de la quietud y el movimiento,
canta la soledad en su corola,
pétalo de cristal es cada hora,
el mundo se despoja de sus máscaras
y en su centro, vibrante transparencia,
lo que llamamos Dios, el ser sin nombre,
se contempla en la nada, el ser sin rostro
emerge de sí mismo, sol de soles,
plenitud de presencias y de nombres;

sigo mi desvarío, cuartos, calles,
camino a tientas por los corredores
del tiempo y subo y bajo sus peldaños
y sus paredes palpo y no me muevo,
vuelvo adonde empecé, busco tu rostro,
camino por las calles de mí mismo
bajo un sol sin edad, y tú a mi lado
caminas como un árbol, como un río
caminas y me hablas como un río,
creces como una espiga entre mis manos,
lates como una ardilla entre mis manos,
vuelas como mil pájaros, tu risa
me ha cubierto de espumas, tu cabeza
es un astro pequeño entre mis manos,
el mundo reverdece si sonríes
comiendo una naranja,
                              el mundo cambia

si dos, vertiginosos y enlazados,
caen sobre la yerba: el cielo baja,
los árboles ascienden, el espacio
sólo es luz y silencio, sólo espacio
abierto para el águila del ojo,
pasa la blanca tribu de las nubes,
rompe amarras el cuerpo, zarpa el alma,
perdemos nuestros nombres y flotamos
a la deriva entre el azul y el verde,
tiempo total donde no pasa nada
sino su propio transcurrir dichoso,

no pasa nada, callas, parpadeas
(silencio: cruzó un ángel este instante
grande como la vida de cien soles),
¿no pasa nada, sólo un parpadeo?
—y el festín, el destierro, el primer crimen[123],
la quijada del asno, el ruido opaco
y la mirada incrédula del muerto
al caer en el llano ceniciento,
Agamenón[124] y su mugido inmenso
y el repetido grito de Casandra
más fuerte que los gritos de las olas,
Sócrates en cadenas (el sol nace,
morir es despertar: «Critón, un gallo
a Esculapio, ya sano de la vida»)[125],

---

[123] *«el festín, el destierro, el primer crimen».* Se refiere al mito edénico, el destierro de Adán y Eva, y el asesinato de Abel a manos de su hermano Caín (Génesis: 1-4). Constituye la primera de una serie de alusiones en el poema a crímenes míticos e históricos.

[124] *Agamenón.* Agamenón era rey de Micenas, esposo de Clitemnestra y amante de *Casandra*, pitonisa troyana. A su regreso de la Guerra de Troya, Clitemnestra lo asesina a él y a Casandra. Paz toma la imagen de la *Orestíada*, la trilogía de Esquilo, cuya primera obra es justamente *Agamenón*.

[125] *Sócrates* (470?-499, a. C.). Filósofo y maestro griego, padre de la filosofía occidental. Condenado al suicidio en Atenas por impiedad y corrupción

el chacal que diserta entre las ruinas
de Nínive[126], la sombra que vio Bruto[127]
antes de la batalla, Moctezuma[128]
en el lecho de espinas de su insomnio,
el viaje en la carreta hacia la muerte
—el viaje interminable más contado
por Robespierre minuto tras minuto,

la mandíbula rota entre las manos[129]—,
Churruca en su barrica como un trono

---

de la juventud ateniense. Las palabras citadas son las últimas de Sócrates después de haber bebido la cicuta. Platón narra la escena en el *Fedón* (118, 7-10). La oferta de «un gallo a Esculapio» se suele interpretar, siguiendo creencias antiguas, como la cura de Sócrates ante la enfermedad de la vida. La idea de la vida como enfermedad incurable no parece compatible con la filosofía socrática, por lo cual sus palabras también se han interpretado como el saldo de una deuda real. Es evidente, sin embargo, que al menos en el contexto de este pasaje del poema la referencia adquiere el valor de una protesta ante la enfermedad vital.

[126] *Nínive*. Antigua capital de Asiria, cuyas ruinas hoy descansan a orillas del río Tigris, frente a Mosul. Fue destruida durante la invasión de babilonios y medeos en el año 612 a. C. Los versos de Paz aluden a pasajes del Antiguo Testamento (libro de Nahum e Isaías 37:37) donde se celebra la caída de Nínive y se narra el asesinato del rey Sennacherib por sus hijos Adrammelech y Sharezer.

[127] *Bruto*. Marco Junio Bruto (85?-42, a. C.). Líder político y militar romano. Participó en el asesinato de Julio César. La imagen se deriva de Plutarco *(Vidas paralelas,* «Vida de Marco Junio Bruto», 36, 48), donde se narra la siguiente aparición: «La noche antes de que el ejército cruzara a Grecia, estaba sentado solo en su tienda de campaña, apenas iluminada; era tarde, y había silencio en todo el campo. En medio de sus meditaciones, le pareció haber oído a alguien entrar en la tienda, y cuando puso los ojos en la entrada vislumbró una extraña y horrible aparición, una figura monstruosa y terrible parada al lado suyo. Dándose valor para preguntarle, le dijo: "¿Qué hombre o dios eres tú, qué quieres conmigo?" El fantasma respondió, "Soy tu espíritu maligno, Bruto: me verás en la batalla de Filipo." Bruto se controló y contestó: "Te veré entonces."» Traduzco de *Makers of Rome. Nine Lives by Plutarch,* ed. Ian Scott-Kilvert, Harmondsworth, Penguin, 1967, págs. 254-255.

[128] *Moctezuma*. Moctezuma II (1480?-1520). Último emperador azteca de México. Capturado por el conquistador Hernán Cortés (1485-1547) y luego asesinado.

[129] *Robespierre*. Maximilien François Marie de Robespierre (1758-1794). Líder revolucionario francés. Murió guillotinado.

escarlata[130], los pasos ya contados
de Lincoln al salir hacia el teatro[131],
el estertor de Trotsky y sus quejidos
de jabalí[132], Madero y su mirada
que nadie contestó: ¿por qué me matan?[133],
los carajos, los ayes, los silencios
del criminal, el santo, el pobre diablo,
cementerios de frases y de anécdotas
que los perros retóricos escarban,
el delirio, el relincho, el ruido obscuro
que hacemos al morir y ese jadeo
de la vida que nace y el sonido
de huesos machacados en la riña
y la boca de espuma del profeta
y su grito y el grito del verdugo
y el grito de la víctima...

son llamas

---

[130] *Churruca*. Cosme Damián Churruca y Elorza (1761-1805). Marino español, héroe de la Batalla de Trafalgar, 21 de octubre de 1805, en la que murió heroica y dramáticamente. Cuando una bala de cañón inglesa le hirió la pierna derecha, arrancándosela a la altura de la ingle, dícese que respondió gritando: «Esto no es nada; siga el fuego.» Paz toma la imagen de *Trafalgar* (1873), novela histórica de Benito Pérez Galdós y uno de sus más famosos *Episodios Nacionales,* donde la muerte del héroe militar español se narra de la siguiente manera: «Pero Dios no quiso que saliera vivo de la terrible porfía... Volvía al alcázar de popa, cuando una bala de cañón le alcanzó en la pierna derecha, con tal acierto, que casi se la desprendió del modo más doloroso por la parte alta del muslo. Corrimos a sostenerlo, y el héroe cayó en mis brazos. ¡Qué horrible momento! Aun me parece que siento bajo mi mano el violento palpitar de un corazón, que hasta en aquel instante terrible no latía sino por la patria. Su decaimiento físico fue rapidísimo: le vi esforzándose por erguir la cabeza, que se le inclinaba sobre el pecho le vi tratando de reanimar con una sonrisa su semblante, cubierto de mortal palidez, mientras con voz apenas alterada, exclamó: "Esto no es nada. Siga el fuego."»

[131] *Lincoln*. Abraham Lincoln (1809-1865), decimosexto presidente de los Estados Unidos de América. Murió asesinado.

[132] *Trotsky*. (Lev Davidovich Bronstein, 1879-1940). Revolucionario ruso y estadista soviético. Expulsado de la Unión Soviética en 1929 y asesinado en México, por órdenes de Stalin, doce años después.

[133] *Madero*. Francisco Indalecio Madero (1873-1913). Estadista mexicano y presidente de su país entre 1911 y 1913, al iniciarse la Revolución Mexicana. Murió asesinado, víctima de una conspiración política.

los ojos y son llamas lo que miran,
llama la oreja y el sonido llama,
brasa los labios y tizón la lengua,
el tacto y lo que toca, el pensamiento
y lo pensado, llama el que lo piensa,
todo se quema, el universo es llama,
arde la misma nada que no es nada
sino un pensar en llamas, al fin humo:
no hay verdugo ni víctima...

                ¿y el grito
en la tarde del viernes?, y el silencio
que se cubre de signos, el silencio
que dice sin decir, ¿no dice nada?,
¿no son nada los gritos de los hombres?,
¿no pasa nada cuando pasa el tiempo?

—no pasa nada, sólo un parpadeo
del sol, un movimiento apenas, nada,
no hay redención, no vuelve atrás el tiempo,
los muertos están fijos en su muerte
y no pueden morirse de otra muerte,
intocables, clavados en su gesto,
desde su soledad, desde su muerte
sin remedio nos miran sin mirarnos,
su muerte ya es la estatua de su vida,
un siempre estar ya nada para siempre,
cada minuto es nada para siempre,
un rey fantasma rige tus latidos
y tu gesto final, tu dura máscara
labra sobre tu rostro cambiante:
el monumento somos de una vida
ajena y no vivida, apenas nuestra,

—¿la vida, cuándo fue de veras nuestra?,
¿cuándo somos de veras lo que somos?,

bien mirado no somos, nunca somos
a solas sino vértigo y vacío,
muecas en el espejo, horror y vómito,
nunca la vida es nuestra, es de los otros,
la vida no es de nadie, todos somos
la vida —pan de sol para los otros,
los otros todos que nosotros somos—,
soy otro cuando soy, los actos míos
son más míos si son también de todos,
para que pueda ser he de ser otro,
salir de mí, buscarme entre los otros,
los otros que no son si yo no existo,
los otros que me dan plena existencia,
no soy, no hay yo, siempre somos nosotros,
la vida es otra, siempre allá, más lejos,
fuera de ti, de mí, siempre horizonte,
vida que nos desvive y enajena,
que nos inventa un rostro y lo desgasta,
hambre de ser, oh muerte, pan de todos,

Eloísa, Perséfona, María,
muestra tu rostro al fin para que vea
mi cara verdadera, la del otro,
mi cara de nosotros siempre todos,
cara de árbol y de panadero,
de chofer y de nube y de marino,
cara de sol y arroyo y Pedro y Pablo,
cara de solitario colectivo,
despiértame, ya nazco:
                           vida y muerte
pactan en ti, señora de la noche,
torre de claridad, reina del alba,
virgen lunar, madre del agua madre,
cuerpo del mundo, casa de la muerte,
caigo sin fin desde mi nacimiento,

caigo en mí mismo sin tocar mi fondo,
recógeme en tus ojos, junta el polvo
disperso y reconcilia mis cenizas,
ata mis huesos divididos, sopla
sobre mi ser, entiérrame en tu tierra,
tu silencio dé paz al pensamiento
contra sí mismo airado;

                      abre la mano,
señora de semillas que son días,
el día es inmortal, asciende, crece,
acaba de nacer y nunca acaba,
cada día es nacer, un nacimiento
es cada amanecer y yo amanezco,
amanecemos todos, amanece
el sol cara de sol, Juan amanece
con su cara de Juan cara de todos,

puerta del ser, despiértame, amanece,
déjame ver el rostro de este día,
déjame ver el rostro de esta noche,
todo se comunica y transfigura,
arco de sangre, puente de latidos,
llévame al otro lado de esta noche,
adonde yo soy tú somos nosotros,
al reino de pronombres enlazados,

puerta del ser: abre tu ser, despierta,
aprende a ser también, labra tu cara,
trabaja tus facciones, ten un rostro
para mirar mi rostro y que te mire,
para mirar la vida hasta la muerte,
rostro de mar, de pan, de roca y fuente,
manantial que disuelve nuestros rostros
en el rostro sin nombre, el ser sin rostro,
indecible presencia de presencias...

quiero seguir, ir más allá, y no puedo:
se despeñó el instante en otro y otro,
dormí sueños de piedra que no sueña
y al cabo de los años como piedras
oí cantar mi sangre encarcelada,
con un rumor de luz el mar cantaba,
una a una cedían las murallas,
todas las puertas se desmoronaban
y el sol entraba a saco por mi frente,
despegaba mis párpados cerrados,
desprendía mi ser de su envoltura,
me arrancaba de mí, me separaba
de mi bruto dormir siglos de piedra
y su magia de espejos revivía
un sauce de cristal, un chopo de agua,
un alto surtidor que el viento arquea,
un árbol bien plantado mas danzante,
un caminar de río que se curva,
avanza, retrocede, da un rodeo
y llega siempre:

México, 1957

Apéndice

Entre los poemas suprimidos en la edición corregida y disminuida de *Libertad bajo palabra* (1968), se encuentra la «Elegía a un compañero muerto en el frente de Aragón». Lo recojo ahora no porque haya cambiado de opinión —me sigue pareciendo tributario de una retórica que repruebo— sino por ser el doble testimonio de una convicción y una amistad. La convicción se llamó España —la leal, la popular; la amistad se llamó José Bosch.

«Conocí a Boch en 1929, en la Escuela Secundaria Número 3, un colegio que se encontraba en las calles de Marsella, en la Colonia Juárez. En aquella época ese barrio todavía conservaba su fisonomía afrancesada de principios de siglo: pequeños "hoteles particulares" con torrecillas y "mansardas", altas verjas de hierro y jardinillos geométricos. El colegio era una vieja casa que parecía salida de una novela de Henry James. El Gobierno la había comprado hacía poco y, sin adaptarla, la había convertido en escuela pública. Los salones eran pequeños, las escaleras estrechas y nosotros nos amontonábamos en los pasillos y en una "cour" —en realidad: la antigua cochera— en la que habían instalado tableros y cestas de basket-ball. En la clase de Álgebra mi compañero de pupitre era un muchacho tres años mayor que yo, de pantalón largo de campana y un saco azul que le quedaba chico. No muy alto, frágil pero huesudo, las manos grandes y rojas, tenso siempre como a punto de saltar, el pelo rubio y lacio, pálido y ya con unos cuantos pelos en la barba, los ojos vivos y biliosos, nariz grande, los labios delgados y despectivos, la mandíbula potente, la frente amplia. Era levemente prognato y él acentuaba ese defecto al hablar con la cabeza echada hacia atrás en perenne gesto de desafío. Tenía unos diecisiete años. Su edad, su aplomo y su acento catalán provocaban entre nosotros una reacción ligeramente defensiva, mezcla de asombro y de irritación.

»Un día, al salir de la clase, mi compañero me puso entre las manos un folleto y se alejó de prisa. En la portada, con letras rojas, un nombre: Kropotkin. Lo leí esa misma mañana, en el tranvía, durante los cuarenta y cinco minutos del trayecto entre la estación de la calle de Nápoles y Mixcoac. Nos hicimos amigos. Me dio más folletos: Eliseo Reclus, Ferrer, Proudhon y otros. Yo le prestaba libros de literatura —novelas, poesía— y unas cuantas obras de autores socialistas que había encontrado entre los libros de mi padre. Unos meses después intentamos sublevar a nuestros compañeros y los incitamos a que se declarasen en huelga. El Director llamó a la fuerza pública, cerraron la escuela por dos días y a nosotros nos llevaron a los separos de la Inspección de Policía.

»Pasamos dos noches en una celda. Una mañana nos liberaron y un alto funcionario de la Secretaría de Educación Pública nos citó en su despacho. Acudimos con temor. El funcionario nos recibió con un regaño elocuente; nos amenazó con la expulsión de todos los colegios de la República e insinuó que la suerte de Bosch podía ser peor, ya que era extranjero. Después, paseándose a lo largo de su oficina, mientras nosotros lo contemplábamos muy quietos en nuestras sillas, varió de tono y nos dijo que comprendía nuestra rebelión: él también había sido joven. Se perdió entonces en una disquisición acerca de las enseñanzas de la vida y de cómo, sin renunciar a sus ideales, él había buscado una vía más razonable para realizarlos. El verdadero idealista es siempre realista y lo que nosotros necesitábamos era una mejor preparación. Acabó ofreciéndonos un viaje a Europa y unas becas... si cambiábamos de actitud. Bosch pasó de la palidez al rubor y del rubor a la ira violenta. Se levantó y le contestó; no recuerdo sus palabras, sí sus gestos y ademanes de molino de viento enloquecido. El alto funcionario llamó a un ujier y nos echó. En la calle nos esperaba un viejecito muy pequeño y arrugado. Era el padre de Bosch. Cuando le contamos lo que acababa de ocurrir, nos abrazó. Era un antiguo militante de la Federación Anarquista Ibérica.

»Aquellos días eran los de la campaña electoral de José Vasconcelos, candidato a la Presidencia de la República. Vasconcelos y sus amigos habían encendido a los jóvenes y Bosch dejó la escuela para participar en el movimiento. Yo era demasiado chico y continué mis estudios. En cambio, sí tomé parte en la gran huelga de estudiantes que paralizó durante varios meses los colegios y facultades de la ciudad de México. Bosch se convirtió en el centro de nuestro grupo. No fue nuestro jefe ni tampoco nuestro guía: fue nuestra conciencia. Nos enseñó a desconfiar de la autoridad y del poder; nos hizo ver que la libertad es el eje de la justicia. Su influencia fue perdurable: ahí comenzó la repugnancia que todavía siento por los jefes, las burocracias y las ideologías autoritarias. Desde entonces ni el Uno mismo de Plotino escapa a mi animadversión: siempre estoy con el Otro y los otros.

»Al año siguiente pasamos a la Escuela Nacional Preparatoria (San Ildefonso). Bosch no pudo ingresar porque la campaña política le hizo perder los cursos. Pero no nos dejó: se instaló en un cuartito que el director de la escuela —antiguo amigo y compañero de López Velarde— nos había cedido para que sirviese como local a una agrupación fundada por un amigo nuestro de origen inglés. La sociedad se llamaba Unión de Estudiantes Pro Obreros y Campesinos. Había sido creada en memoria de tres víctimas del vasconcelismo —un estudiante, un obrero y un campesino— asesinados el año anterior por el gobierno "revolucionario". La UEPOC estableció por toda la ciudad escuelas nocturnas para trabajadores. Nosotros éramos los profesores y con frecuencia nuestras clases se transformaban en reuniones políticas. Trabajos perdidos: ¿cómo encender el ánimo poco belicoso de nuestros alumnos, la mayoría compuesta por artesanos, criadas, obreros sin trabajo y gente que acababa de llegar del campo para conseguir empleo? Nuestros oyentes no buscaban una doctrina para cambiar al mundo sino unos pocos conocimientos que les abriesen las puertas de la ciudad. Para consolarnos nos decíamos que la UEPOC era "una base de operaciones". Bosch discutía incansablemente con las dos corrientes que empezaban a surgir del derrotado vasconcelismo: la marxista y la que después se expresaría en Acción Nacional, el Sinarquismo y otras tendencias más o menos influidas por Maurras y Primo de Rivera.

»A mediados de 1930 la Escuela Nacional Preparatoria recibió la visita de una delegación de estudiantes de la Universidad de Oklahoma. Medio centenar de muchachas y muchachos norteamericanos. Las autoridades universitarias organizaron una ceremonia en su honor, en el paraninfo de San Ildefonso. Muy temprano ocupamos los asientos de ese salón, en cuyos muros Diego Rivera pintó sus primeros frescos, que nosotros comparábamos con los de Giotto pero que son en realidad imitaciones de Puvis de Chavannes. El programa comprendía varios números de bailes folklóricos a cargo de las muchachas y muchachos de la Escuela de Danza, recitación de poemas de Díaz Mirón y López Velarde, canciones de Ponce y un discurso. El encargado de pronunciarlo, en español y en inglés, era un estudiante bilingüe más o menos al servicio del gobierno y que después hizo carrera como "intelectual progresista".

»Aplaudimos los cantos, los bailes y los poemas pero, ante el asombro de nuestros visitantes, interrumpimos al orador a poco de comenzar. No nos habíamos puesto de acuerdo; nuestra cólera era espontánea y no obedecía a ninguna táctica ni consigna. La gritería creció y creció. Bosch, encaramado en una silla, se agitaba y pronunciaba un discurso que nadie oía. Al fin, en un momento de silencio, uno de nosotros, que también hablaba inglés, pudo hablar y explicar a los norteamericanos la razón del escándalo: los habían engañado, México vivía bajo una dictadura que se decía revolucionaria y democrática pero que había hipotecado y ensangrentado al país. (Más allá de su programa —o mejor dicho: de su ausencia de programa—, el vasconcelismo fue sano porque llamaba a las cosas por su nombre: los crímenes eran crímenes y los robos, robos. Después vino la era de las ideologías; los criminales y los tiranos se evaporaron, convertidos en conceptos: estructuras, superestructuras y otras entelequias.) El discurso de nuestro amigo calmó un poco los ánimos. Un poco más tarde la reunión se disolvió y la gente empezó a salir.

»En la calle, confundidos entre la multitud para no despertar sospechas, nos esperaban muchos agentes secretos que seguían a los que suponían ser los cabecillas y discretamente los aprehendían. Así nos pescaron a una veintena. Nos llevaron de nuevo a las celdas de la Inspección de Policía pero a las veinticuatro horas, gracias a una gestión del Rector de la Universidad, nos soltaron a todos... menos a Bosch. No era estudiante universitario ni era mexicano. Unos días después, sin que pudiésemos siquiera verlo, con fundamento en el infame artículo 33 de la Constitución de México, que da poder al gobierno para expulsar sin juicio a los extranjeros, Bosch fue conducido al puerto de Veracruz y embarcado en un vapor español que regresaba a Europa.

»De tiempo en tiempo nos llegaban noticias suyas. Uno de nosotros recibió una carta en la que contaba que había padecido penalidades en Barcelona y que no lograba ni proseguir sus estudios ni encontrar trabajo. Más tarde supimos que había hecho un viaje a París. Allá quiso ver a Vasconcelos, desterrado en aquellos años, sin conseguir que lo recibiera; desanimado y sin dinero, no había tenido más remedio que regresar a Barcelona. Después hubo un silencio de años. Estalló la guerra en España y todos sus amigos lo imaginamos combatiendo con los milicianos de la FAI. Uno de nosotros, al leer en un diario una lista de caídos en el frente de Aragón, encontró su nombre. La noticia de su muerte nos consternó y nos exaltó. Nació su leyenda: ya teníamos un héroe y un mártir. En 1937 escribí un poema: "Elegía a José Bosch, muerto en el frente de Aragón".

»En 1937 estuve en España: Barcelona, Valencia, Madrid, el frente del Sur, donde mandaba una brigada un pintoresco mexicano: Juan B. Gómez. Al final de mi estancia, en Barcelona, unos días antes de mi salida, la Sociedad de Amigos de México me invitó a participar en una reunión pública. En casi todas las ciudades dominadas por la República había una Sociedad de Amigos de México. La mayoría habían sido fundadas por los anarquistas para contrarrestar la influencia de las Sociedades de Amigos de la URSS, de inspiración comunista. Creo que la de Barcelona estaba manejada por republicanos catalanes. Pensé que nada podía ser más apropiado que leer en aquel acto el poema que había escrito en memoria de mi amigo.

»El día indicado, a las seis de la tarde, me presenté en el lugar de la reunión. El auditorio estaba lleno. Música revolucionaria, banderas, himnos, discursos. Llegó mi turno: me levanté, saqué el poema de mi carpeta, avancé unos pasos hacia el proscenio y dirigí la vista hacia el público: allí, en primera fila, estaba José Bosch. No sé si la gente se dio cuenta de mi turbación. Durante unos segundos no pude hablar; después masculló algo que nadie entendió, ni siquiera yo mismo; bebí un poco de agua pensando que el incidente era más bien grotesco y comencé a leer mi poema, aunque omitiendo, en el título, el nombre de José Boch. Leí dos o tres poemas más y regresé a mi sitio. Confusión y abatimiento. A la salida, en la puerta del auditorio, en la calle totalmente a obscuras —no había alumbrado por los bombardeos aéreos— vi caminar hacia mí un bulto negro que me dejó un papel entre las manos y desapareció corriendo. Lo leí al llegar a mi hotel. Eran unas líneas garrapateadas por Bosch: quería verme para hablar a solas —subrayaba *a solas*— y me pedía que lo viese al día siguiente, en tal lugar y a tal hora. Me suplicaba reserva absoluta y me recomendaba que destruyese su mensaje.

»A las cinco de la tarde del día siguiente lo encontré en una de las Ramblas. Había llegado antes y me esperaba caminando de un lado para otro. Era el fin del otoño y hacía ya frío.

»Estaba vestido con modestia; parecía un pequeño burgués, un oficinista. Como en sus años de estudiante el traje parecía quedarle chico. Su nerviosidad se había exacerbado. Sus ojos todavía despedían reflejos vivaces pero ahora también había angustia en su mirada. Esa mirada del que teme la mirada ajena. Al cabo de un rato de conversación me di cuenta de que, aunque seguía siendo colérico, había dejado de ser desdeñoso. Ya no tenía la seguridad de antes. Nos echamos a andar. Anduvimos durante más de dos horas, como en los tiempos de México, sólo que no hablamos ni del Anticristo nietzcheano, que él admiraba, ni de las novelas de

Lawrence, que lo escandalizaban. Otro fue nuestro tema; mejor dicho, el suyo, pues él habló casi todo el tiempo.

»Hablaba de prisa y de manera atropellada, se comía las palabras, saltaba de un tema a otro, se repetía, daba largos rodeos, sus frases se estrellaban contra muros invisibles, recomenzaba, se hundía en olvidos como pantanos. Un animal perseguido. Adiviné en la confusión de su relato que había participado en la sublevación de los anarquistas y del POUM (Partido Obrero de Unificación Marxista) del primero de mayo de 1937 y que por un milagro había escapado con vida. "Ya sé que tú y mis amigos mexicanos han creído en las mentiras de ellos. No somos agentes de Franco. Fuera de España no se sabe lo que ha pasado y sigue pasando aquí. Os han engañado, se burlan de vosotros. Nuestro levantamiento era justo... un acto de autodefensa. Era la revolución. Ellos han aplastado a la revolución y asesinan a los revolucionarios. Son como los otros. Los otros nos han vendido a Mussolini y ellos a Stalin. ¿Las democracias? Son las alcahuetas de Stalin. Ellos dicen que primero hay que ganar la guerra y después hacer la revolución. Pero estamos perdiendo la guerra porque hemos perdido la revolución. Ellos le están abriendo las puertas a Franco... que los matará y nos matará a nosotros."

»Atacó al gobierno del Centro con saña. Me sorprendió la viveza de su catalanismo. En su mente el nacionalismo catalán no se oponía al internacionalismo anarquista. Me dijo que lo buscaba el SIM, el temido Servicio de Información Militar. "Si me encuentran, me matarán como a los otros. ¿Sabes dónde estoy escondido? En la casa del Presidente de la Generalidad, Luis Companys." No pude saber si estaba ahí con el conocimiento y el consentimiento de Companys o por la intercesión de algún camarada con relaciones entre los ayudantes y servidores del político catalán. "Vivo con los criados. Ellos no saben quién soy. Debo cuidarme. No se te ocurra buscarme allí. Sería peligroso. Estoy con otro nombre. Tengo miedo. Hay una criada que me odia. Podría denunciarme... o envenenarme. Sí, han querido envenenarme." Ante mi gesto de asombro continuó con vehemencia: "Digo la verdad. Hay una criada que no me puede ver. Hay agentes de ellos en todas partes. Pueden envenenarme. No sería el primer caso... Debo buscar otro escondite." Volvió a contarme como, después del primero de mayo, había estado escondido, sin salir a la calle durante varios meses, no en la residencia de Companys sino en otro lugar. Insistió en los detalles triviales de su vida con los criados del Presidente de la Generalidad. A ratos era lúcido y otros se perdía en delirios sombríos. Quise hablarle de México pero el tema no le interesó Pasaba de la cólera al terror y regresaba continuamente a la historia de sus persecuciones. Su insistencia en lo del envenenamiento y en el odio de aquella criada me turbaba y acongojaba. Intenté que me aclarase algunos puntos que me parecían confusos. Imposible: su conversación era espasmódica y errabunda. Sentí que no hablaba conmigo sino con sus fantasmas.

»Nos detuvimos en una esquina, no muy lejos de mi hotel. Le dije que esa misma semana me iría de España. Me contestó: "Dame el número de tu teléfono. Te llamaré mañana por la mañana. No con mi nombre. Diré que soy R. D." (Uno de nuestros amigos mexicanos.) Se quedó callado, viéndome fijamente, otra vez con angustia. Caminamos unos pasos y volvimos a detenernos. Dijo: "Tengo que irme. Ya es tarde. Si me retraso, no me darán de comer. Esa criada me odia. Debe sospechar algo..." Se golpeó el flanco derecho con el puño. Volvió a decir: "Tengo que irme. Me voy, me voy..." Nos dimos un abrazo y se fue caminando a saltos. De pronto se detuvo, se volvió y me gritó: "Te llamaré sin falta, por la mañana." Me saludó con la mano derecha y se echó a correr. No me llamó. Nunca más volví a verlo.»

Índice de primeros versos

Índice

Colección Letras Hispánicas

DE PRÓXIMA APARICIÓN